라쇼몽

아쿠타가와 류노스케 중단편선

라쇼몽

아쿠타가와 류노스케 | 김영식 옮김

문예출판사

羅生門 外

芥川龍之介

차례

라쇼몽 • 7

코 • 19

두 통의 편지 • 33

지옥변 • 55

귤 • 105

늪지 • 113

의혹 • 119

미생의 믿음 • 143

가을 • 149

묘한 이야기 • 173

버려진 아이 • 185

남경의 그리스도 • 197

덤불 속 • 219

오도미의 정조 • 239

인사 • 259

흙 한 덩어리 • 269

세 개의 창 • 289

작품 해설 • 307

옮긴이의 말 • 321

아쿠타가와 류노스케 연보 • 323

라쇼몽*

* 본래는 라조몽〔羅城門〕이다. 지금의 교토 중심부 위치한 헤이안 시대(平安, 794~1185년)의 수도 헤이안경의 주작대로(朱雀大路) 남단에 설치된 문이다. 기와지붕의 이층 구조로 되어 있었으나 980년 폭풍우로 파괴되어 황폐하게 남아 여러 기담을 낳고 도적의 소굴이 되기도 하였다. 나성(羅城)은 둘러싼 성을 의미하고 그 성의 대문을 나성문(羅城門)이라 한다. '라세이몽(らせいもん)'으로 발음하다 세월이 지나면서 'せい(sei)'와 같은 발음을 가진 생(生)을 쓰기 시작해 다시 생의 다른 발음 'しょう(shou)'가 널리 쓰여 '라쇼몽〔羅生門〕'이 된 듯하다. 실제로도 역사 속에 존재했던 이 문은 라조몽〔羅城門〕으로 발음과 표기가 통일되었다. 교토 토지〔東寺〕 서쪽 라조몽 터에 석비 하나가 서 있다. 소설의 원전이 수록된 《곤자쿠 이야기집(今昔物語)》에는 라조몽〔羅城門〕으로 나와 있다.

어느 날 해 질 무렵이었다. 한 하인이 라쇼몽 아래서 비가 멎기를 기다리고 있었다.

넓은 문 아래는 이 남자 말고는 아무도 없었다. 단지 군데군데 단청이 벗겨진 큰 기둥에 귀뚜라미 한 마리가 달라붙어 있었다. 라쇼몽이 주작대로에 서 있기 때문에 이 남자 말고도 비가 그치기를 기다리는 여인네나 남정네가 두세 명 정도는 더 있을 법도 하였으나 이 남자 외에는 아무도 없었다.

왜냐하면 최근 2~3년 동안 교토에는 지진과 회오리바람, 그리고 화재와 기근 같은 재해가 연달아 일어났다. 그래서 성 안은 몹시 황폐하였다. 기록에 따르면 사람들은 불상과 불구(佛具)를 깨버리고, 단청을 칠하거나 금은박을 입힌 나무를 길가에 쌓아놓고 장작 값으로 팔 정도였다고 한다. 성 안이 그런 형편이었으니 라쇼몽의 수리 따위는 애초부터 생각지도 못한 채 아무도 돌보는 사람이 없었다. 그러자 그 극도의 황폐함을 이용하여 여우나 너구리가 드나들고, 도적이 소굴로 삼기도 하였고, 이윽고 거두어 줄 사람이 없는 시체를 라쇼몽에 버리고 가는 풍습까지 생겼다. 그런 연유로 해가 지면 모두가 으스스한 기분에 라쇼몽 근처에는 발걸음을 하지 않게 되었다.

그 대신에 어디에선가 많은 까마귀가 몰려들었다. 낮에 보면 수많은 까마귀가 높은 용마루 주위로 까악까악 원을 그리며 날아다녔다. 특히 문 위의 하늘이 저녁노을로 붉게 물들었을 때는 검은깨를 뿌린 듯 까마귀들이 또렷이 보였다. 까마귀들은 물론 문 위에 있는 시체를 쪼아 먹으러 온 것이다. 그런데 오늘은 시간이 늦은 탓인지 한 마리도 보이지 않았다. 다만, 군데군데 무너지기 시작해 벌어진 틈새로 긴 풀이 돋아난 돌계단 위로, 까마귀 똥이 점점이 하얗게 달라붙은 것이 보였다. 하인은 일곱 개의 돌계단 맨 위에 다 헤진 남색 겹옷을 입고 걸터앉아 오른쪽 볼에 난 큰 여드름을 어루만지면서 멍하니 비가 내리는 것을 바라보고 있었다.

작자는 아까, "하인이 비가 멎기를 기다리고 있었다"라고 썼다. 그러나 하인은 비가 그쳐도 특별히 무얼 하겠다는 목적은 없었다. 평소라면 물론 주인댁으로 돌아갔을 터였다. 그러나 형편이 궁해진 주인은 4~5일 전에 하인을 내보냈다. 앞에서 말한 바와 같이 당시 교토의 거리는 몹시 퇴락한 모습이었다. 하인이 오랫동안 일하던 주인집에서 쫓겨나게 된 것도 바로 이러한 쇠퇴의 작은 여파였다. 그러니, "하인이 비가 멎기를 기다리고 있었다"라고 하기보다는, "비에 쫓겨 온 하인이 갈 곳이 없어 어찌할 바를 모르고 있었다"라고 하는 편이 적당하리라. 게다가 오늘 하늘 모양도 적잖이 헤이안 시대 하인의 센티멘털리즘에 영향을 끼쳤다. 오후 3~4시부터 내리기 시작한 비는 아직 갤 낌새가 보이지 않았다. 그래서 하인은 무엇보다 당장 내일 먹고살 궁리를 어떻게든 해보려고, 즉 어찌할 바가 없는 것을 어떻게든 해보려고 종잡을 수 없는 생각을 더듬어가며 아까부터 주작대로에 내리는 빗소리를 그저 아무 생각 없이 듣고 있었다.

멀리서부터 쏴아 하는 빗소리가 다가와 라쇼몽을 휩쌌다. 저녁 어스름에 하늘은 점차 낮아져 라쇼몽의 지붕을 올려다보면 비스듬하게 뻗어나온 용마루 끝이 어둑한 구름을 묵직하게 받치고 있었다.

어찌할 바가 없는 것을 어떻게든 해보려면 수단을 가릴 겨를이 없다. 그러다간 토담 밑이나 길바닥에서 굶어 죽을 뿐이다. 그리고 이 문 위로 옮겨져 개처럼 버려질 뿐이다. 수단을 가리지 않는다면……. 하인의 생각은 몇 번이나 같은 길을 배회한 끝에 마침내 이 지점에 닿았다. 그러나 이 "……않는다면"은 시간이 흘러가도 끝내 "……않는다면"에 머물렀다. 하인은 수단을 가리지 않겠다고 마음은 먹었지만, 이 "……않는다면"을 완결하려면 당연히 그 뒤에 붙어야 할 "도둑이 될 수밖에 없다"라는 것을 적극적으로 긍정할 만한 용기가 나지 않았다.

하인은 크게 재채기를 하고 나서 무거운 몸을 억지로 일으켰다. 밤이면 추워지는 교토는 벌써 화로가 생각날 만큼 쌀쌀했다. 어둠 속에서 세차게 부는 바람은 문 기둥과 기둥 사이로 빠져나갔다. 단청 기둥에 달라붙어 있던 귀뚜라미도 이미 어디론가 사라져버렸다.

하인은 목을 움츠리면서 누런 여름옷에 걸친 남색 겹옷의 깃을 높이 세우고 문 주위를 둘러보았다. 비바람 맞을 걱정 없고 사람 눈에 띌 염려 없이 하룻밤 편히 잘 만한 곳이 있다면 그곳에서 대충 밤을 보낼 생각이었기 때문이다. 그러자 다행히도 문 위 2층 누각으로 올라가는, 폭이 넓고 단청을 칠한 사다리가 눈에 들어왔다. 위에는 사람이 있다고 해도 어차피 죽은 사람뿐이다. 하인은 허리에 찬 칼이 칼집에서 빠지지 않도록 조심하면서 짚신을 신은 발을 사다리 맨 아랫단에 걸쳤다.

그리고 몇 분이 지났다. 라쇼몽의 누각으로 오르는 폭이 넓은 사다리 중간에 한 남자가 고양이처럼 몸을 움츠린 채 숨소리도 내지 않고 위의 상황을 살피고 있었다. 누각 위로부터 비치는 불빛이 희미하게 이 남자의 오른쪽 얼굴을 비추었다. 얼굴에는 짧은 턱수염과 벌겋게 곪은 여드름이 보였다. 하인은 애초부터 문 위에는 시체뿐일 거라고 단정했다. 그런데 사다리를 두세 단 올라가 보니, 위에는 누가 불을 밝혀놓았을 뿐 아니라 그 불을 이리저리 움직이고 있는 듯하였다. 그렇게 생각한 것은 희미한 노란 빛이 거미줄 쳐진 천장을 여기저기 비추며 흔들리고 있었기 때문이다. 이렇게 비 오는 밤에 라쇼몽 위에서 불을 밝히고 있으니, 아무래도 수상한 사람이라고 생각했다.

하인은 도마뱀붙이처럼 발소리를 죽이고 경사가 급한 사다리 맨 윗단까지 기어서 올라갔다. 그리고 몸을 최대한 납작하게 낮추고 머리를 한껏 앞으로 내밀고 살며시 누각 안을 들여다보았다.

누각 안에는 소문으로 듣던 대로 시체들이 아무렇게나 버려져 있었으나 불빛이 미치는 범위가 생각보다 좁았으므로 시체가 몇 구인지는 알 수 없었다. 단지 어렴풋하게나마 알 수 있는 것은 그 안에 벌거벗은 시체와 옷을 입은 시체가 있다는 것뿐이었다. 그리고 당연히 여자와 남자가 섞여 있는 듯하였다. 그리고 시체들은 모두 과거에 살아 있는 인간이었다는 사실조차 의심스러울 정도로, 흙을 반죽해 만든 인형처럼 입을 벌리거나 손을 뻗은 자세로 바닥 여기저기에 나뒹굴었다. 게다가 어깨나 가슴과 같이 높이 솟은 부분은 희미한 불빛을 받아 낮은 부분의 그림자를 한층 더 어둡게 하면서 벙어리처럼 영원히 말이 없었다.

시체들이 썩는 냄새에 하인은 자기도 모르게 코를 감싸 쥐었다. 그러나 곧 그 손은 코를 감싸는 것도 잊어버렸다. 어떤 강한 감정이 이 남자의 취각을 거의 다 빼앗아버렸기 때문이었다.

하인은 그때 비로소 시체들 사이에 웅크리고 있는 한 사람을 발견했다. 진갈색 옷에 키가 작고 야위었으며 원숭이같이 생긴 백발 노파였다. 노파는 오른손에 관솔불을 들고 어느 시체의 얼굴을 세심히 들여다보고 있었다. 머리털이 긴 것을 보니 아마 여자 시체일 것이다.

하인은 열에 여섯의 공포와 넷의 호기심에 휩싸여 잠시 호흡하는 것도 잊었다. 옛사람의 말을 빌리자면, '머리털이 곤두서는' 것처럼 느꼈다. 그때 노파는 관솔불을 마루 틈 사이에 꽂고 그때까지 바라보던 시체 머리에 양손을 대더니, 마치 원숭이 어미가 새끼의 이를 잡아주듯 시체의 긴 머리털을 하나둘 뽑기 시작했다. 머리털은 손으로 쉽사리 뽑히는 것 같았다.

머리털이 하나둘 뽑힘에 따라 하인의 마음속에는 두려움이 조금씩 사라져갔다. 그와 동시에 노파를 향한 격심한 증오가 조금씩 솟아났다. 아니, 노파에 대한 것이라고 하면 어폐가 있을지도 모른다. 차라리 모든 악에 대한 반감이 순간순간 강도를 더하는 것이라고 해야 할 것이다. 이때, 누가 하인에게 아까 문 밑에서 하인이 생각하던 굶어 죽을 것인가 도둑이 될 것인가의 문제를 새삼스럽게 꺼낸다면, 아마 하인은 아무런 미련도 없이 굶어 죽는 것을 선택했을 것이다. 그 정도로 하인이 악을 증오하는 마음은 노파가 마루에 꽂아 놓은 관솔불처럼 기세 좋게 타오르기 시작했다.

하인은 물론 왜 노파가 시체의 머리털을 뽑는지 알 수 없었다. 따라서 논리적으로 그것을 선악의 어느 쪽으로 정리해야 좋을지 몰랐다. 그러나 하인의 생각으로는, 이렇게 비가 내리는 밤에 라쇼몽 위에서 시체의 머리털을 뽑는다는 것은 그 자체만으로도 이미 용서할 수 없는 악이었다. 물론 하인은 아까 자신이 도둑이 될 마음을 품었다는 사실 따위는 까맣게 잊었다.

그래서 하인은 사다리를 힘차게 딛고 불쑥 위로 뛰어 올랐다. 그리고 허리에 찬 칼에 손을 댄 채 큰 걸음으로 성큼 노파 앞으로 다가갔다. 노파가 놀란 것은 말할 나위도 없었다.

노파는 하인을 보자마자 마치 석궁으로 튕긴 듯 펄쩍 튀어 올랐다.

"어이, 어딜 가?"

하인은 노파가 시체에 걸려 비틀거리면서도 황급히 도망가려는 길 앞을 막아서며 소리쳤다. 노파는 그래도 하인을 밀쳐내고 가려 했다. 하인은 다시 그걸 막으려고 노파를 밀쳤다. 둘은 시체들 사이에서 잠시 말없이 밀치락달치락하였다. 그러나 승부는 애초부터 뻔했다. 하인은 마침내 노파의 팔을 붙잡아 힘껏 바닥에 팽개쳤다. 마치 닭발처럼 뼈와 가죽만이 남은 팔이었다.

"뭔 짓을 하던 거야? 말해. 말하지 않으면 이거야."

노파를 밀쳐낸 하인은 돌연 칼을 뽑아 그 허연 날을 노파의 눈앞에 들이댔다. 그러나 여전히 노파는 잠자코 있었다. 양손을 덜덜 떨고 어깨로 거칠게 숨을 쉬면서 눈알이 튀어나올 정도로 눈을 크게 뜨고 벙어리처럼 고집스럽게 입을 다물고 있었다. 이를 보자 하인은 비로소 명백하게 노파의 생사가 완전히 자기 의지에 지배된 것을 의식하였다. 그리고 이 의식은 지금까지 격하게 타오르던 증오의 마음을 어느새 차갑게 만들어버렸다. 이후로 남은 것은, 단지 어떤 일을 하여 원만하게 성취된 때의 느긋한 자부심과 만족감이 있을 뿐이었다. 하인은 노파를 내려다보면서 조금 부드러워진 목소리로 말했다.

"나는 포졸이 아니오. 그저 이 문 아래로 지나가던 사람이오. 그러니 할멈을 포승줄에 묶어 놓고 어찌 해보겠다는 것은 아니오. 단지 지금 이 문 위에서 무엇을 하고 있었는지, 그것만 말해주시오."

그러자 노파는 큰 눈을 한층 더 크게 뜨고 가만히 하인의 얼굴을 바라보았다. 붉어진 눈꺼풀에 매처럼 날카로운 눈이었다. 그리고 주름 때문에 코와 구별이 되지 않는 입술이 무언가 씹는 듯 움직였다. 가는 목에 튀어나온 목젖이 움직이는 것이 보였다. 그때, 그 목에서 까마귀가 우는 듯 헐떡이는 소리가 하인의 귀로 들려왔다.

"이 머리털을 뽑아, 털을 뽑아서……, 가발을 만들려고 했지."

하인은 노파의 대답이 뜻밖에 평범하다는 것에 실망하였다. 그리고 실망과 동시에 아까의 증오가 차디찬 모멸과 함께 마음속으로 파고들었다. 그 낌새가 상대방에게도 전해진 것이리라. 노파는 한 손으로 아직 시체 머리에서 뽑은 긴 머리털을 든 채로 두꺼비가 중얼거리는 듯 우물거리면서 이렇게 말했다.

"하긴 그려. 죽은 사람의 털을 뽑는다는 건 나쁜 짓이겠지. 그치만 말여, 여기 있는 시체들은 몽땅 그리 당해도 싼 인간들뿐인걸. 지금 내가 머리털을 뽑은 년도 말이여, 뱀을 토막내서 말린 것을 건어라고 동궁호위대 사람들에게 팔러 다녔지. 전염병에 걸려 죽지 않았으면 지금도 팔러 다녔을 것이여. 그래도 이년이 판 건어는 맛이 좋다고 무사들이 찬거리로 많이들 샀다고 혀. 나는 이년이 한 짓이 나쁘다고 생각지 않어. 그렇게라도 하지 않았으면 굶어 죽었을 테니 어쩔 수 없이 한 것이겠지. 그러니 지금 내가 하던 짓도 나쁘다고 생각지 않어. 이 짓이라도 하지 않으면 굶어 죽을 수밖에 없으니 어쩔 수 없이 하는 짓이야. 어쩔 수 없다는 걸 이년도 잘 알 터이니 내가 하는 짓도 눈감아줄 것이여."

노파는 대충 이런 의미의 말을 했다.

하인은 칼을 도로 칼집에 집어넣고 왼손을 칼자루에 대고 노파의 말을 냉담하게 들었다. 물론 오른손으로는 벌겋게 곪은 큰 여드름을 어루만지고 있었다. 그러나 이 말을 듣던 중 하인의 마음에는 어떤 용기가 솟아나기 시작했다. 아까 문 아래에 있을 때는 없던 용기였다. 그리고 또 아까 문 위로 올라와 노파를 붙잡았을 때의 용기와는 완전히 반대 방향으로 움직이려는 용기였다. 하인은 이제 굶어 죽을 것인가 도둑이 될 것인가에 대해 망설일 이유가 없었다. 그뿐 아니라, 그때 이 남자의 마음에는 소위 아사(餓死)라는 말은 거의 생각조차 불가능할 정도로 이미 의식 저편으로 밀려나와 있었다.

"틀림없이 그렇겠지?"

노파의 말이 끝나자, 하인은 비아냥거리는 말로 다짐을 했다. 그리고 한 발 앞으로 다가서며, 오른손을 여드름에서 떼자마자 돌연 노파의 목덜미를 잡고서 바싹 얼굴을 들이밀고 이렇게 말했다.

"그럼, 내가 다 벗겨가도 원망하지 말어. 나도 이렇게 하지 않으면 굶어 죽을 몸이니까."

 하인은 서둘러 노파의 옷을 벗겼다. 그리고 다리를 붙잡고 늘어지는 노파를 발로 차 시체들 위로 쓰러뜨렸다. 사다리까지는 불과 다섯 걸음이었다. 하인은 노파의 옷을 옆구리에 끼고, 순식간에 경사가 급한 사다리를 뛰어 내려가 깊은 어둠 속으로 사라졌다.

 잠시 후, 죽은 듯이 쓰러져 있던 노파가 시체들 사이에서 벌거벗은 몸을 일으켰다. 노파는 신음 섞인 소리를 중얼거리면서, 아직 타오르는 불빛에 의지하여 사다리 입구까지 기어갔다. 그리고 그곳에서 짧은 백발을 밑으로 늘어뜨리고 문 아래를 들여다보았다. 밖에는 오로지 깊은 동굴처럼 새카만 밤이 보일 뿐이었다.

 하인의 행방은 아무도 알지 못했다.

코

선지내공* 스님의 코라고 하면, 이케노오 지역에서 모르는 이가 없었다. 길이는 대여섯 치** 정도로 윗입술에서 턱밑까지 늘어져 있었다. 모양은 위아래가 전체적으로 굵직하였다. 말하자면 기다란 소시지 같은 것이 덜렁덜렁 얼굴 한가운데에 매달려 있었다.

쉰 살이 넘은 스님은 사미승 때부터 내도장 봉공 스님에 오른 지금까지 마음속에 언제나 코에 대한 고민이 떠난 적이 없었다. 물론 겉으로는 전혀 아무렇지도 않다는 얼굴이었다. 그것은 열심히 내세

---

* 선지는 스님의 법명. 내공은 내공봉승(內供奉僧)의 약자. 전국의 고승 열 명을 선발하여 궁정 내도장(內道場)에서 봉사하며 천황의 건강을 비는 독경을 하였다. 즉, 궁 안(內)에서 이바지(供)하는 스님을 말한다.
** 15~18cm 정도

의 정토(淨土)를 기원해야 할 승려의 몸으로, 코 따위에 신경을 쓰면 안 된다고 생각한 것 때문만이 아니었다. 그보다는 오히려 자신이 코에 신경을 쓴다는 걸 남들이 아는 게 싫었기 때문이었다. 스님은 일상담화 중에도 코라는 단어가 나오는 걸 아주 싫어했다.

   스님이 코를 주체하지 못한 것에는 두 가지 이유가 있었다……. 하나는 실제적인 이유로, 코가 긴 것이 불편하였기 때문이다. 우선 밥을 혼자 먹을 수가 없었다. 혼자 먹을 때는 코끝이 사발 안의 밥에 닿아버렸다. 그래서 스님은 제자 한 사람을 상 건너편에 앉히고, 너비 한 치에 길이 두 자* 정도의 막대기로 코를 들어 올리게 하였다. 그러나 그렇게 밥을 먹는다는 것은, 막대기를 든 제자도 그렇고, 코를 들린 스님에게도 결코 쉬운 일이 아니었다. 언젠가 한 번 제자 대신에 코를 들고 있던 열두세 살의 동자승이 재채기를 하는 바람에 손이 흔들려 코를 죽 안에 빠뜨린 이야기는 당시 성 안까지 소문이 퍼졌다……. 그렇지만 이것이 스님이 괴로워한 중요한 이유는 아니었다. 스님은 자기 코에 상처받는 자존심 때문에 괴로웠다.

   이케노오 마을 사람들은 이런 코를 가진 선지 스님을 위해, 스님이 속세의 사람이 아닌 것을 다행이라고 말했다. 그 코를 가지고는 아무도 시집오겠다는 여자가 없으리라고 생각했기 때문이다. 그중에서는 또, 그런 코니까 출가하였을 것이라고 말하는 사람도 있었

---

*　　너비 약3cm, 길이 약 60cm

다. 그러나 스님은 자기가 승려이기 때문에 얼마간 코에 대한 고민이 적어졌다는 생각은 하지 않았다. 처를 얻는 것과 같은 결과적인 사실에 좌우되기에는 스님의 자존심은 너무 섬세하고 미묘했다. 그래서 스님은 적극적으로 또는 소극적으로도 훼손된 자존심을 회복하려는 시도를 하였다.

먼저 스님이 생각한 것은, 이 기다란 코를 실제보다 짧게 보이게 하는 방법이었다. 그는 사람이 없을 때 거울을 바라보고 여러 각도로 얼굴을 비추면서 열심히 연구를 했다. 어떤 때는, 얼굴의 위치를 바꾸는 것만으로 만족하지 못하고 손을 턱에 괴거나 턱 끝에 손을 갖다 대거나 하며 끈기 있게 거울을 들여다보기도 하였다. 그러나 스스로 흡족할 만큼 코가 짧아 보인 적은 지금까지 단 한 번도 없었다. 때로는, 고심하면 할수록 오히려 길게 보이기조차 하였다. 스님은 이런 때에는 거울을 궤짝에 집어넣으면서 새삼스럽게 한숨을 쉬며 마지못해 다시 책상으로 관음경을 읽으러 돌아가곤 하였다.

그리고 또 스님은 끊임없이 남들의 코를 관심 있게 보았다. 이케노오의 절에서는 설법 등이 자주 열렸다. 절 안에는 승방이 빼곡히 늘어서 있고, 욕탕에는 매일 물을 끓였다. 따라서 이곳에는 다양한 부류의 승려와 속세인이 출입하였다. 스님은 이런 사람들의 얼굴을 꾸준히 살펴보았다. 한 사람이라도 자기와 같은 코를 가진 사람을 발견하여 안심하고 싶었다. 그러므로 스님의 눈에는 남색 귀족 옷도 흰 베옷도 들어오지 않았다. 더구나 승려의 주황색 모자나 검은

색 승복 따위는 너무 익숙한 것이라, 있어도 없는 것과 같았다. 스님은 사람을 보지 않고 코만 보았다……. 그러나 매부리코는 있어도 스님과 같은 코는 하나도 보이지 않았다. 그 보이지 않는 것이 지속되자 스님은 점점 더 불쾌해졌다. 스님이 남들과 대화를 하면서 무심결에 덜렁덜렁 매달려 있는 코끝을 만져보고 나이에 어울리지 않게 얼굴을 붉히는 것은 오로지 이 불쾌함 때문이었다.

마지막으로 스님은 내전외전(內典外典)* 속에서 자기와 비슷한 코를 가진 인물을 찾아내어 조금이나마 자신을 위로하려고 생각한 적도 있었다. 그렇지만 목련이나 사리불**의 코가 길었다는 것은 어느 경전에도 적혀 있지 않았다. 물론 용수와 마명***도 보통 코를 가진 보살이었다. 스님은 중국 촉한(蜀漢) 왕 유비의 귀가 길쭉했다는 이야기를 들었을 때는 그것이 귀가 아니라 코였다면 얼마나 좋았을까, 라는 생각을 했다.

스님이 이런 소극적인 고심을 하면서도, 한편으로는 또 적극적으로 코를 짧게 하는 방법을 시도한 것은 굳이 여기에 말할 나위도 없을 것이다. 스님은 이 방면에서도 거의 모든 가능한 방법을 시도해보았다. 까마귀 발톱을 삶아 먹어본 적도 있다. 쥐똥을 코에 발라본

---

*   내전은 불경, 외전은 그 외의 일반서
**   목련은 신통제일, 사리불은 지혜제일. 둘 다 석가의 제자
*** 둘 다 대승불교 발전에 기여한 인도의 승려

적도 있다. 그러나 무슨 일을 해도 코는 여전히 대여섯 치의 길이로 덜렁덜렁 입술 위에 매달려 있는 것이 아닌가.

그런데 어느 해 가을, 스님의 용무를 겸해 교토에 올라간 제자 승려가 아는 의사에게 긴 코를 짧게 하는 비법을 배워왔다. 그 의사라는 자는 원래 중국에서 건너온 남자로, 당시는 장락사의 공양승이었다.

스님은 평소처럼 코 따위는 관심 없는 체하며 그 비법을 곧바로 시도해보겠다는 말도 하지 않았다. 그러나 한편으로는 가벼운 어조로 식사 때마다 제자의 도움을 받는 것이 마음 아프다는 둥 그런 비슷한 말을 하였다. 마음속으로는 제자가 자기를 설복시켜 이 비법을 시도하게 하기를 바랐기 때문이다. 제자가 스님의 이러한 속셈을 눈치채지 못할 리 없었다. 그러나 그에 대한 반감보다는, 스님이 그런 책략을 취하는 마음이 더 강하게 제자의 동정을 산 것이리라. 제자는 스님의 예상대로 온갖 말을 다 해 비법을 시도해보기를 권하였다. 그러자 스님도 역시 예상대로 결국 제자의 열성적인 권고에 따르게 되었다.

그 비법이라고 하는 것은 단지, 열탕(熱湯)으로 코를 데치고 그 코를 사람이 밟게 하는 극히 간단한 것이었다.

뜨거운 물이야 절의 목욕탕에서 매일 끓이고 있었다. 그래서 제자는 목욕탕에서 손가락을 넣지도 못할 만큼 뜨거운 물을 주전자에 담아 가져왔다. 그러나 곧바로 주전자에 코를 넣으면 얼굴이 델 염려가 있었다. 그래서 나무 쟁반에 구멍을 뚫어 주전자에 덮고, 그 구멍으로 코를 주전자 안에 넣기로 하였다. 코는 뜨거운 물 안에 잠겨도 전혀 뜨겁지 않았다. 잠시 후 제자가 물었다.

"이제 충분히 데쳐졌겠죠?"

스님은 쓴웃음을 지었다. 이 말만을 들어서는 아무도 코에 관한 이야기라고 눈치채지 못하리라 생각하였기 때문이다. 열탕에 데쳐진 코는 벼룩에게 물린 듯 가려웠다.

제자는 스님이 쟁반 구멍에서 코를 빼자, 아직 김이 모락모락 피어오르는 코를 양발에 힘을 주어 밟기 시작했다. 스님은 옆으로 누워 코를 마룻바닥 위에 늘어뜨리고 제자의 발이 위아래로 움직이는 것을 눈앞에서 보고 있었다. 제자는 때때로 안쓰럽다는 얼굴로 스님의 대머리를 내려다보면서 이렇게 말했다.

"아프지 않은가요? 의사는 세게 밟으라고 했습니다. 그런데 아프지 않겠어요?"

스님은 머리를 흔들며 아프지 않다는 뜻을 나타내려고 하였다. 그런데 코를 밟히고 있으므로 생각대로 머리를 움직일 수가 없었다. 그래서 눈을 위로 치켜뜨고 제자의 튼 발을 바라보면서 화가 난 듯한 목소리로, "아프지 않다니까" 하고 대답했다. 실제로 코는 가려운 곳을 밟히고 있으므로 아프기보다는 오히려 기분이 좋아질 정도였다.

한참 밟자, 이윽고 좁쌀 같은 것이 코에 나기 시작했다. 말하자면

털을 뽑은 참새를 그대로 통째로 구운 것과 같은 모양이었다. 제자는 그것을 보자, 발을 멈추고 혼잣말처럼 이렇게 말했다.

"이것을 족집게로 뽑으라고 하던데요."

스님은 불만스러운 듯 얼굴이 부루퉁해서 잠자코 제자가 하는 대로 맡겨두었다. 물론 제자의 친절을 모르지는 않았다. 그러나 자기 코를 마치 물건처럼 다루는 것이 불쾌하였다. 스님은 돌팔이 의사의 수술을 받는 환자 같은 얼굴을 하고, 마지못해 제자가 코의 모공에서 족집게로 지방을 제거하는 것을 지켜보았다. 지방은 새 날개의 밑뿌리 같은 모양을 하고 4푼* 정도의 길이로 뽑혀나왔다.

이윽고 작업이 한바탕 끝나자, 제자는 한고비 넘겼다는 얼굴로 "이제 한 번 더 코를 데치면 됩니다" 하고 말했다.

스님은 여전히 얼굴을 찡그린 불만스러운 얼굴로 제자가 하는 대로 맡기고 있었다.

그런데 두 번째로 데친 코를 꺼내 보니, 과연 예전과 달리 코가 짧아졌다. 이 정도면 흔히 보는 매부리코와 크게 다를 바가 없었다. 스님은 짧아진 코를 쓰다듬으면서, 제자가 꺼내준 거울을 쑥스러운 듯이 조심스럽게 들여다보았다.

코는……, 턱밑까지 늘어졌던 그 코는, 거짓말처럼 거의 줄어들어 지금은 윗입술 위에서 맥없이 남은 형태였다. 군데군데 빨간 반

---

* 약 1.2cm

점은 아마 밟힌 흔적일 것이다. 이렇게 되면 이제 아무도 웃는 자는 없을 것이다. 거울 안에 있는 스님의 얼굴은 거울 밖에 있는 스님의 얼굴을 보고 만족스러운 듯 눈을 깜빡거렸다.

그러나 그날은 하루 내내 코가 다시 길어지면 어쩌나 불안했다. 그래서 스님은 독경을 할 때도, 식사를 할 때도 틈만 있으면 손으로 살짝 코끝을 만져보았다. 그러나 코는 예의 바르게 입술 위에 자리 잡고 있을 뿐 그보다 밑으로 늘어질 낌새는 없었다. 하룻밤 자고 다음 날 일찍 눈을 뜨자마자 스님은 제일 먼저 코를 만져보았다. 코는 여전히 짧았다. 스님은 그래서 수년간 법화경을 사경(寫經)한 공을 쌓은 때와 같이 평온하고 느긋한 기분이 되었다.

그런데 2, 3일이 지나는 동안 스님은 의외의 사실을 발견하였다. 때마침 용무가 있어 이케노오 절을 방문한 무사가, 예전보다 더 우습다는 표정으로 말도 제대로 하지 않고 뚫어지게 스님의 코만 바라보았다. 그 사람뿐 아니라 예전에 스님 코를 죽에 빠뜨린 적이 있는 동자승 등은, 강당 밖에서 스님과 지나칠 때, 처음에는 아래를 바라보며 웃음을 참고 있었으나 끝내 참지 못하겠다는 듯이 왁 웃음을 터뜨리고 말았다. 용무를 지시받는 아래 승려들도 얼굴을 마주할 때는 정중하게 듣고 있어도, 스님이 돌아서기만 하면 곧바로 킥킥 웃기 시작한 것이 한두 번이 아니었다.

스님은 처음에는 자기 얼굴이 바뀌어서 그럴 것이라고 해석하였다. 그러나 아무래도 이 해석만으로는 설명이 충분하지 않았다. 물론 동자승과 아래 승려들이 웃는 원인은 그런 것임이 분명했다. 그렇지만 같은 웃음이라도 코가 길었던 때와는 어딘가 달랐다. 익숙한 긴 코보다 처음 보는 짧은 코가 더 웃긴다고 하면 그걸로 그만이다. 그러나 그렇다기에는 아직 무언가가 석연치 않은 듯하였다.

"전에는 저렇게 함부로 웃지 않았는데……."

스님은 경을 읽다 말고 대머리를 갸웃거리면서 때때로 이렇게 중얼거렸다. 가련한 스님은 그런 때가 되면 반드시 멍하니 옆에 걸린 보현보살* 그림을 바라보면서, 코가 길었던 4, 5일 전을 떠올리고, '지금은 몹시 초라하게 전락한 사람이 화려했던 옛날을 그리워하는 것처럼' 침울해졌다. 스님은 유감스럽게도 이 질문의 대답을 얻을 수 있는 혜안을 갖지 못했다.

……인간의 마음에는 서로 모순된 두 가지 감정이 있다. 물론, 누구라도 타인의 불행을 동정한다. 그러나 그 사람이 불행을 어떻게라도 극복하게 되면 이번에는 그걸 바라보던 쪽에서 왠지 섭섭한 마음이 된다. 조금 과장하여 말하자면, 다시 한번 그 사람을 같은 불행에 빠뜨리고 싶다는 마음조차 생긴다. 그리고 어느 사이에, 소극적이기는 하나 어떤 적의를 그 사람에게 품게 된다……. 스님이 이유를 모르지만 왠지 불쾌하게 생각한 것은 이케노오 절의 승려와 속세인의 태도에서 이 같은 방관자의 이기주의를 은근히 느꼈기 때

---

* 흰 코끼리를 타고 석가 오른쪽에서 따르던 보살

문이 틀림없었다.

　스님은 나날이 기분이 나빠졌다. 누구와 말을 하다가도 걸핏하면 심술궂게 꾸짖는 말이 튀어나왔다. 결국에는 코 치료를 한 그 제자마저도, "스님은 벌 받으실 거야" 하고 뒤에서 험담을 할 정도가 되었다. 특히 스님을 화나게 한 자는 예의 장난꾸러기 동자승이었다. 어느 날 시끄럽게 개가 짖는 소리가 들려 스님이 무심코 밖으로 나가 보니, 동자승이 두 자 정도 되는 막대기를 흔들면서 털이 길고 마른 삽살개를 쫓아다니고 있었다. 그것도 단지 쫓는 것이 아니라, "코 좀 맞아볼래? 응? 코 좀 맞아볼래?" 하고 소리치면서 개를 쫓아다니는 것이었다. 스님은 동자승의 손에서 막대기를 빼앗고 얼굴을 세게 쳤다. 막대기는 이전에 코를 들던 막대기였다.

　스님은 공연히 코를 짧게 한 것이 도리어 원망스러웠다.

　그러던 어느 밤의 일이었다. 날이 저물고 나서 갑자기 바람이 불어대는지 탑의 풍경이 울리는 소리가 시끄럽게 머리맡으로 들려왔다. 게다가 추위도 완연히 심해져 노년의 스님은 자려고 해도 잠이 오지 않았다. 그래서 이부자리에서 말똥말똥 눈을 뜨고 있자, 문득 코가 평소와 달리 가려운 것을 느꼈다. 손을 대보니 조금 물집이 생긴 듯 부어 있었다. 아무래도 열도 나는 듯하였다.

　"무리하게 줄였으니 병이 났을지도 모르지."

　스님은 부처님 앞에 향불을 올리듯 공손한 손놀림으로 코를 만지면서 이렇게 중얼거렸다.

다음 날 아침, 스님이 평소처럼 일찍 눈을 떠 보니 절 안의 은행나무와 칠엽수가 하룻밤 사이에 잎을 떨어뜨려서 뜰은 황금을 깐 듯 환했다. 탑 지붕에 서리가 내린 탓일까, 아직 어스레한 아침 햇살에 구륜(九輪)*이 눈부시게 빛나고 있었다. 선지 스님은 덧문을 올린 마루에 서서 깊게 숨을 들이마셨다.

거의 잊혔던 어떤 감각이 다시 돌아온 것은 그때였다.

스님은 황급히 코에 손을 갖다 댔다. 손에 닿은 것은 어젯밤의 짧은 코가 아니었다. 입술 위에서 턱밑까지 대여섯 치 정도 늘어진 옛날의 긴 코였다. 스님은 코가 하룻밤 사이에 다시 원래대로 길어진 것을 알게 되었다. 그리고 그와 동시에 코가 짧아진 때와 비슷한 상쾌한 기분이 어디에선가 되돌아온 것을 느꼈다.

"이리되었으니 이제 아무도 웃지 않겠지."

스님은 마음속으로 이렇게 자신에게 속삭였다. 긴 코를 새벽의 가을바람에 흔들면서…….

---

* 불탑의 노반(露盤) 위에 있는 높은 기둥적 장식. 아홉 개의 바퀴 모양의 테로 되어 있다.

두 통의 편지

어떤 기회에 나는 아래와 같은 편지 두 통을 입수했다. 하나는 올해 2월 중순, 또 하나는 3월 초순으로 경찰서장 앞으로 발송되었다. 여기에 올리는 이유는 편지 스스로가 설명할 것이다.

첫 번째 편지

— 경찰서장님께

무엇보다 먼저 서장님은 제가 정상적인 사람이라는 것을 믿어주십시오. 모든 신성한 것에 맹세코 보증합니다. 그러니 모쪼록 제 정신에 이상이 없다는 것을 믿어주십시오. 그렇지 않으면, 제가 이 편지를 서장님께 올리는 것이 전혀 무의미해질 우려가 있습니다. 제가 정상이 아니라면 무엇이 괴로워서 이런 긴 편지를 쓰겠습니까.

서장님, 저는 이 글을 쓰기 전에 꽤 망설였습니다. 왜냐하면 이 편지를 쓰게 되면 제 가족의 비밀도 서장님에게 폭로해야 하기 때문입니다. 물론 그건 제 명예에 아주 심각한 손상을 끼칠 게 틀림없습니다. 그러나 지금 사정은, 이 편지를 쓰지 않으면 지금 이 세상에 존재하는 것조차 고통스러울 정도로 절박해졌습니다. 그래서 결국 저는 단호한 조치를 취하기로 했습니다.

이러한 절박한 필요로 이 편지를 쓴 제가 미친 사람 취급을 받는다면 어찌 가만히 있을 수 있겠습니까. 다시 한번 부탁합니다. 서장님, 부디 제가 정상이라는 것을 믿어주십시오. 그리고 공사다망하시겠지만 이 편지를 읽어주시기 바랍니다. 저와 제 아내의 명예를 걸고 쓴 것이니까요.

이런 말을 집요하게 자꾸 반복하는 것은 다망한 직무를 맡으신 서장님께 아주 큰 폐를 끼친다는 것을 생각지 않은 처사인지도 모릅니다. 그러나 제가 여기에 말하려는 사실의 성질상, 서장님은 제가 정상이라는 걸 반드시 믿으실 필요가 있습니다. 그러지 않으면 어찌 초자연적인 사실을 인정하실 수가 있겠습니까. 어찌 이 창조적 정력의 기괴한 작용이 가능하다고 보실 수 있겠습니까. 제가 서장님의 관심을 부탁하는 사실에는 그 정도로 불가사의한 성질이 포함되어 있습니다. 그러하오니 저는 이상의 부탁을 감히 드렸습니다. 또 지금부터 드는 예도 어쩌면 농담하냐는 비난을 면치 못할지도 모릅니다. 그러나 이 예를 드는 것은 한편으로는 제 정신에 이상이 없다는 것을 증명함과 동시에, 또 한편으로는 이러한 사실도 자고로 결코 전혀 없지 않았다는 것을 알리기에 다소나마 필요하지 않을까 생각합니다.

역사상 가장 유명한 실례 중 하나는, 아마 예카테리나* 여제에게 나타난 현상일 것입니다. 그리고 괴테**에게 나타난 현상도 역시 그에 못지않게 유명합니다. 그러나 이 현상들은 너무나 널리 알려진 것이므로 여기서는 굳이 말씀드리지 않겠습니다. 저는 그보다 두세 개의 권위 있는 실례를 들어, 가능한 한 짧게 이 신비한 사실의 성질을 설명하고자 합니다. 우선 닥터 베르너***가 보여준 실례부터 시작하죠. 그에 따르면, 루드비히스부르그의 라첼(Ratzel)이라는 보석상은 어느 날 밤, 거리의 모퉁이를 돌아섰을 때 자기와 똑같이 생긴 남자와 얼굴이 딱 마주쳤다고 합니다. 그 남자는 얼마 뒤 나무꾼이 나무를 베는 것을 돕다가 나무 밑에 깔려 죽었습니다. 이것과 흡사한 것은 로스토크 대학에서 수학을 강의하던 베커에게 일어난 실례일 것입니다. 베커는 어느 날 밤 대여섯 명의 친구와 신학을 토론하다가 인용서가 필요해지자 그것을 가지러 혼자 자기 서재로 갔습니

---

*   Ekaterina(1729~1796). 러시아의 여왕
**   Goethe(1749~1832). 독일의 작가. 그의 자서전 《시와 진실》에서 도플갱어 체험을 밝혔다.
*** 미상. 작가의 허구로 판단됨. 이하 주석이 없는 것은 같다.

다. 그러자 그 아닌 그 자신이 항상 자기가 앉는 의자에 앉아 책을 읽고 있는 것이 아니겠습니까. 베커는 놀라서 그 인물의 어깨너머로 읽고 있는 책을 슬쩍 보았습니다. 책은 성경으로, 그 인물의 오른손 손가락은 '너의 묘를 준비해라. 너는 죽을 것이다'라는 구절을 가리키고 있었습니다. 베커는 친구들이 있는 방으로 돌아와서 일동에게 자기의 죽음이 다가온 것을 말했습니다. 그리고 다음 날 오후 6시에 조용히 숨을 거두었습니다.

여기서 보면 도플갱어*의 출현은 죽음을 예고하는 것으로 생각됩니다. 그러나 반드시 그렇지도 않습니다. 닥터 베르너는 딜레니우스 부인이라는 사람이 여섯 살 난 아들과 시누이와 함께 셋이서, 검은 옷을 입은 제2의 딜레니우스 부인을 보았지만 아무 변사도 일어나지 않은 것을 기록으로 남겼습니다. 이는 또한 그런 현상이 제3자의 눈에도 보인다는 실례가 되겠지요. 스틸링 교수가 예로 든 트립프린이라는 바이마르의 공무원 실례나, 그가 아는 M 부인의 실례도 역시 이 부류에 속하는 것이 아닐까요.

더 나아가 제3자에게만 나타난 도플갱어의 예는 결코 드물지 않습니다. 실제로 닥터 베르너 자신도 그의 하녀가 이중인격을 보았다고 합니다. 또 울름 고등법원장인 파이저라는 자는, 공무원 친구

---

* 동시에 2개의 장소에 동일 인물이 나타나는 현상 및 그 인물. 독일어로 '이중으로 돌아다니는 사람'의 의미. 여기서는 뒤에 나오지만 '이중인격'으로 번역했다.

가 괴팅겐에 있는 아들의 모습을 자기 서재에서 보았다는 사실을 분명히 증언하고 있습니다. 그 밖에 《유령의 성질에 관한 탐구》의 저자가 든 것으로, 캠퍼랜드의 카크린튼 교구에서 일곱 살 소녀가 자기 아버지의 이중인격을 보았다는 실례나 《자연의 암흑면》의 저자가 예로 든 H라는 과학자 겸 예술가인 남자가 1792년 3월 12일 밤, 자기 숙부의 이중인격을 보았다는 실례 등을 모두 든다면 아마 엄청난 숫자의 예가 될 것입니다.

저는 괜히 이 밖에 더 많은 실례를 열거하여 귀중한 서장님의 시간을 낭비하지 않겠습니다. 단지 서장님은 이것들이 모두 의심할 수 없는 사실이라는 것을 인정해주셨으면 좋겠습니다. 그렇지 않으면 어쩌면 제가 말하고자 하는 내용을, 전혀 종잡을 수 없는 허황한 것으로 생각하시게 될지 모르겠습니다. 왜냐하면 저도 저 자신의 도플갱어로 고통받고 있기 때문입니다. 그래서 이 문제에 관해 다소나마 서장님께 부탁합니다.

저는 제 자신의 도플갱어라고 했습니다. 그러나 정확히 말하자면 저와 제 아내의 도플갱어라고 말해야 할 것입니다. 저는 서장님 관할의 ○○구 ○○동 ○○번지에 거주하는 사사키 신이치로(佐佐木信一郞)라고 합니다. 나이는 35세, 직업은 도쿄제국대학 문과대 철학과 졸업 후 지금까지 쭉 사립 ○○대학에서 윤리와 영어를 가르치고 있습니다. 아내 후사코는 4년 전에 저와 결혼했습니다. 올해 27세가 되나 자식은 아직 없습니다. 여기서 제가 특히 서장님의 주의를 부탁하는 이유는 아내에게 히스테리컬한 성격이 있기 때문입니다. 결혼 전후가 가장 심했고 한때는 저와도 전혀 말을 하지 않을 정도로 우울증에 빠진 적도 있었으나, 근년에는 발작도 극히 드물어지고 성격도 예전보다 아주 쾌활해졌습니다. 그런데 작년 가을부터 다시 정신에 뭔가 동요가 일어난 듯, 최근에는 뭔가 이상한 언동을 하여 저를 괴롭히는 일도 적지 않습니다. 단지 제가 왜 아내의 히스테리를 역설하는지, 이 기괴한 현상에 대한 제 자신의 설명과 어떤 관계가 있으므로 그 설명에 관해서는 나중에 자세히 말씀드리도록 하겠습니다.

저와 제 아내에게 나타난 도플갱어는 어떤 것이었는지 설명하자면, 대략 지금까지 세 번 있었습니다. 지금 그것을 하나하나 제 일기를 참고로 하여 가능한 한 정확하게 적어서 보여드리겠습니다.

첫 번째는 작년 11월 7일, 시각은 약 오후 9시와 9시 30분 사이였습니다. 그날 저는 아내와 둘이서 유라쿠자* 자선연예회에 갔습니다. 솔직히 그 연예회에 가게 된 이유는 누구에게 표를 강매당한 친구 부부가 어떤 사정으로 갈 수 없게 되어 친절하게도 표를 우리에게 넘겨주었기 때문입니다. 연예회 그 자체는 그다지 자세히 말할 것이 없습니다. 또 실제 음악이나 무용에 관심이 없이, 말하자면 아내를 위해 따라갔으므로, 프로그램 대부분은 저의 지루함을 더할

---

*　메이지 41년(1908년) 최신 서양 건축물로 고급 연예장이었다.

뿐이었습니다. 따라서 말씀드리려고 해도 전혀 그 재료가 없는 것과 같은 형편입니다. 단지 저의 기억에는 중간 휴식 전에 간에이고 젠시아이*라는 강담**이 있었습니다. 당시 제 생각에 이상한 무언가를 기대하는 준비의 마음이 있지는 않았을까 하는 염려는 간에이고 젠시아이 강담을 들었다는 사실 하나만으로도 일소되지 않을까 생각합니다.

저는 휴식 시간에 로비로 나가자마자 아내를 혼자 남겨두고 소변을 보러 화장실에 갔습니다. 당연히 그때 주위의 좁은 로비는 이미 사람들로 가득 찼습니다. 저는 사람들 사이를 헤치며 화장실에서 돌아왔습니다만, 그 반원 모양으로 된 로비의 현관 쪽에, 당연히 제 시선은 저쪽 로비 벽에 기대어 서 있는 아내에게로 향했습니다. 아내는 밝은 전등 빛에 눈이 부신지 얌전히 고개를 숙이고서 내 쪽으로 옆얼굴을 보이고 조용히 서 있었습니다. 그러나 별로 이상하지는 않았습니다. 내 시각과 이성의 주권이 거의 찰나에 분쇄되는 무서운 순간에 부딪힌 것은, 내 시선이 우연히 아니 우연이라고 하기보다는 인간의 지력을 초월한 어떤 은밀한 원인으로, 아내의 옆에서 등을 내 쪽으로 향하고 서 있는 한 남자에게 쏟아진 때였습니다.

서장님, 저는 그때 그 남자에게서 처음으로 저 자신을 보았습니다.

---

*   간에이 9년(1632년) 11월 혹은 11년 9월에 쇼군 이에미츠 앞에서 열린 무사들의 가공의 시합을 제재로 한 것
** 협객전 등 옛날이야기를 들려주는 일본 전통 예능

제2의 저는 제1의 저와 같은 윗도리를 입고 있었습니다. 제1의 나와 같은 바지를 입고 있었습니다. 그리고 또 제1의 나와 같은 자세를 취하고 있었습니다. 혹시 그 남자가 이쪽을 돌아보았다면 아마 그 얼굴은 또 나와 같았을 겁니다. 저는 그때의 제 마음을 뭐라 형용하면 좋을지 모르겠습니다. 제 주위에는 많은 사람이 계속 움직이고 있었습니다. 제 머리 위로는 많은 전등이 낮처럼 빛을 발하고 있었습니다. 말하자면 저의 전후좌우에는 신비와 양립하기 어려운 모든 조건이 갖춰졌다고 할까요. 그리고 저는 실로 그런 외부 세계 속에서 돌연 이 존재 이외의 존재를 눈앞에 보았습니다. 저의 공포는 그 때문에 더욱 무서운 것이 되었습니다. 제 놀람은 그 때문에 더욱 놀라운 것이 되었습니다. 혹시 아내가 그때 눈을 들어 제 쪽을 보지 않았다면, 저는 아마 큰 소리를 질러 주위의 시선을 이 기괴한 환영에 집중시켰을 것입니다.

그러나 아내의 시선은 다행히도 제 시선과 마주쳤습니다. 그리고 그와 거의 동시에 제2의 저는 마치 유리에 균열이 생기는 듯한 속도로, 순식간에 제 시야에서 사라져버렸습니다. 저는 몽유병환자와 같이 망연히 아내에게 다가갔습니다. 그러나 아내에게는 제2의 제가 눈에 보이지 않는 것 같았습니다. 제가 옆으로 가니 아내는 평소의 어조로 "오래 걸렸네요" 하고 말했습니다. 그리고 내 얼굴을 보고 이번에는 조심스럽게 "어디 아파요?" 하고 물었습니다. 제 안색은 분명히 하얗게 질렸음이 틀림없었습니다. 저는 식은땀을 닦으면서 제가 본 초자연적인 현상을 아내에게 말해줄까 말까 망설였습니다. 그러나 걱정스러워하는 아내의 얼굴을 보고 어떻게 말할 수 있었겠습니까. 저는 그때 아내에게 걱정을 끼치지 않으려고 일체 제2의 저에 관해서는 입을 다물겠다고 결심했습니다.

서장님, 혹시 아내가 저를 사랑하지 않았다면 그리고 또 제가 아내를 사랑하지 않았다면 어찌 제게 그런 결심이 생겼겠습니까. 저는 단언합니다. 저희는 오늘까지 진심으로 서로 사랑하였습니다. 그러나 세상은 그것을 인정해주지 않았습니다. 서장님, 세상은 아내가 저를 사랑한다는 것을 인정해주지 않았습니다. 무서운 일입니다. 수치스러운 일입니다. 저로서는 제가 아내를 사랑하는 것을 부정당하는 것보다 더 굴욕적인 것은 없습니다. 게다가 세상은 한 걸음 더 나아가 아내의 정조마저 의심하고 있습니다…….

제가 감정의 격앙에 휩싸여 생각지 않게 글이 옆으로 샌 것 같습니다.

저는 그날 밤 이후 어떤 불안에 휩싸이기 시작했습니다. 앞에 든 실례와 같이, 도플갱어의 출현은 때때로 당사자의 죽음을 예고하기 때문입니다. 그러나 그 불안 속에서도 한 달 정도는 아무 일도 없이 지나갔습니다. 그리고 그러던 중에 해가 바뀌었습니다. 저는 물론, 그때의 제2의 저를 잊을 수가 없었습니다. 세월이 지남에 따라 저의 공포나 불안은 점차 약해져 갔습니다. 아니, 때로는 실제로 모든 것을 환각(hallucination)이라는 이름으로 정리해버리려는 심정도 있었습니다.

그러자 마치 저의 방심에 주의를 주기라도 하듯 제2의 저는 다시 제 앞에 나타났습니다.

그것은 1월 17일, 목요일 정오 가까운 때의 일이었습니다. 그날 저는 학교에 있었는데, 갑자기 옛날 친구 하나가 찾아와서 마침 오후 수업도 없었으므로 같이 학교를 나와 스루가다이시타*에 있는 카페로 식사를 하러 갔습니다. 스루가다이시타에는 아시다시피 사거리 가까이에 큰 시계가 하나 있습니다. 저는 전차를 내릴 때, 문득 그 시곗바늘이 12시 15분을 가리킨 것을 보았습니다. 그때의 저는 큰 시계의 하얀 원반이 눈을 머금은 회색빛 하늘을 배경으로 가만히 움직이지 않는 것이 왠지 섬뜩한 기분이 들었습니다. 혹은 어쩌면 그것도 그 전조였는지도 모르겠습니다. 저는 돌연 두려움에 휩싸여 큰 시계를 향했던 시선을 무심코 전차의 선로 건너편의 나카니시야** 앞 정류장으로 옮겼습니다. 그러자, 그 빨간 기둥 앞에는 저와 제 아내가 어깨를 나란히 하고 다정하게 서 있는 것이 아니겠습니까.

아내는 검은 코트에 짙은 갈색 목도리를 했습니다. 그리고 쥐색 오버코트에 검은 모자를 쓴 나에게, 제2의 나에게 무언가 말을 하

---

*   도쿄 치요다구 간다 소재
**   당시 양서 및 양품점

는 듯이 보였습니다. 서장님, 그날은 저도, 제1의 저도 쥐색 오버코트에 검은 모자를 쓰고 있었습니다. 저는 이 두 개의 환영을 얼마나 공포에 찬 눈으로 바라보았겠습니까. 얼마나 증오에 불타는 심정으로 바라보았을까요. 특히, 아내의 눈이 제2의 제 얼굴을 사랑스럽게 바라보는 것을 보았을 때는……, 아아, 모두가 악몽이었습니다. 저는 도저히 당시의 제 모습을 재현할 용기가 없습니다. 저는 무심코 친구의 팔을 붙잡은 채, 넋이 빠진 듯 거리에 꼼짝 않고 서 있었습니다. 그때, 소토보리선* 전차가 스루가다이 쪽에서 언덕을 내려와 굉음을 내며 제 눈앞을 막은 것은, 오로지 신의 도움이라고도 말해야 할 것입니다. 우리는 마침 소토보리선의 선로 건너편으로 건너가려던 참이었습니다.

　물론 전차는 곧 우리 앞을 지나갔습니다. 그러나 그 후 저의 시선에 들어온 것은 단지 나카니시야 앞에 있는 빨간 기둥뿐이었습니다. 두 사람의 환영은, 전차가 가린 찰나 어디론가 사라져버렸습니다. 저는 의아한 표정을 짓는 친구를 이끌고 웃기지도 않은 이야기를 재미있다는 듯이 웃으면서 일부러 성큼성큼 걸어갔습니다. 나중에 그 친구가 내가 미쳤다는 소문을 낸 것도 당시의 내 이상한 행동을 생각하면 결코 무리도 아닐 것입니다. 그러나 내 발광의 원인을 아내의 불륜에 있다고 말하기에 이른 것은, 고의로 나를 모욕하려

---

*　황궁 둘레의 바깥 해자에 연해 달리는 전차

는 의도라고 생각합니다. 저는 최근에 그 친구에게 절교장을 보냈습니다.

저는 사실을 기록하기에 서두른 나머지, 그때의 아내는 아내의 이중인격에 불과한 것을 증명하지 않은 듯하군요. 당시 정오 전후, 아내는 분명히 외출하지 않았습니다. 아내 자신은 물론 제 집에서 일하는 하녀도 그렇게 말했습니다. 또, 그 전날부터 두통이 있다고 우울해하던 처가 갑자기 외출할 리도 없었습니다. 그러니 그때 내 눈에 비친 아내의 모습은 도플갱어가 아니고 무엇이겠습니까. 아내에게 외출 여부를 묻자 눈을 크게 뜨고 "아뇨" 하고 말했던 얼굴을 지금도 또렷이 기억합니다. 혹시 세상이 말하듯이 아내가 저를 속이고 있었다면, 그렇게 아이와 같이 순진한 표정은 결코 나타나지 않았을 것입니다.

제가 제2의 나를 객관적인 존재로 믿기 전에, 내 정신 상태를 의심한 것은 물론입니다. 그러나 내 두뇌는 전혀 혼란스럽지 않았습니다. 잠도 푹 잘 잤고 책도 평소처럼 읽었습니다. 과연, 두 번째로 제2의 나를 본 이후, 조그만 일에도 쉬이 놀라게 되었습니다만, 이 것은 그 기괴한 현상을 접한 결과이지 단연코 원인은 아닙니다. 나는 아무래도 이 존재 외의 존재를 믿지 않을 수 없게 됐습니다.

그러나 저는 그때도 아내에게는 끝까지 그 환영에 관한 이야기를 하지 않고 지냈습니다. 만약 운명이 허락해주었다면, 저는 오늘까지도 여전히 입을 다물고 있었을 것입니다. 그러나 집요한 제2의 나는 세 번째로 내 앞에 모습을 나타냈습니다. 지난주 화요일, 즉 2월 13일 오후 7시 전후였습니다. 나는 그때 아내에게 모든 사실을 밝혀야 하는 상황에 부닥치게 되었습니다. 그렇게 하는 것 말고 우리의 불행을 가볍게 할 수단이 없었기에 어쩔 수 없었습니다. 그러나 이에 관해서는 나중에 다시 말하기로 하죠.

그날, 마침 숙직을 하던 나는, 방과 후 심한 위경련이 나서 곧바로 양호 선생의 충고대로 택시를 타고 집으로 돌아가기로 했습니다. 그런데 점심때부터 내리는 비에 바람도 불기 시작해, 집 가까이에 갔을 때 비바람이 심해졌습니다. 나는 문 앞에서 택시비를 치르고 빗속을 뛰어 현관까지 갔습니다. 현관문은 여느 때처럼 안에서 잠겨 있었습니다. 그러나 밖에서도 열 수 있게 되어 있으므로 곧바로 문을 열고 안으로 들어갔습니다. 아마 시끄러운 빗소리에 문 여는 소리가 들리지 않았겠지요. 안에서는 아무도 나오지 않았습니다. 나는 구두를 벗고 모자와 오버코트를 옷걸이에 걸고, 현관에서 방 하나 지난 곳에 있는 서재의 문을 열었습니다. 거실로 가는 도중에 교과서 등이 든 가방을 그곳에 두고 가는 습관 때문이었습니다.

그러자 내 눈앞에는 곧바로 뜻밖의 광경이 나타났습니다. 북향의 창가에 있는 책상과, 그 앞에 있는 회전의자, 그리고 그 의자들을 둘러싼 책꽂이에는 물론 아무런 변화가 없었습니다. 그러나 내 쪽으로 옆을 보이고, 그 책상 옆에 선 여자와 회전의자에 앉은 남자는 도대체 누구였을까요. 서장님, 저는 그때 제2의 나와 제2의 아내를 지척에서 본 것이었습니다. 나는 당시의 무서운 장면을 도저히 잊을 수가 없습니다. 내가 서 있는 문지방 위에서는 책상을 향해 나란히 있는 두 사람의 옆얼굴이 보였습니다. 창에서 들어오는 차가운 빛을 받아 그 얼굴은 둘 다 선명한 명암을 드러내고 있었습니다. 그리고 그 얼굴 앞에 있는 노란 비단 갓을 씌운 전등이 내 눈에는 거의 시커멓게 비쳤습니다. 게다가 무슨 아이러니인가요. 그들은 내가 이 기괴한 현상을 기록해 둔 내 일기를 읽고 있었습니다. 나는 책상 위에 펼쳐진 책의 형태로 곧 알 수 있었습니다.

이 광경을 보자마자 나도 모르게 비명이 자연히 내 입을 통해 나온 것을 기억합니다. 또, 그 비명에 따라 둘의 환영이 동시에 내 쪽을 본 것으로 기억합니다. 만약 그들이 환영이 아니었다면, 나는 그 한 사람인 아내에게서 당시의 내 모습이 어떠했는지 들을 수 있었겠지요. 그러나 물론 불가능한 일이었습니다. 단지 확연히 기억하는 것은 그때 내가 심한 현기증을 느꼈다는 사실뿐이었습니다. 나는 그대로 그곳에 쓰러져 실신해버렸습니다. 그 소리에 놀라 아내가 거실에서 달려왔을 때는 그 저주스러운 환영도 이미 사라지고 없었겠지요. 아내는 나를 서재에 눕히고 곧바로 얼음주머니를 이마에 대주었습니다.

내가 정신을 차린 것은 그로부터 30분 정도 후입니다. 아내는 내가 깨어난 것을 보자 돌연 소리를 내며 울기 시작했습니다. 그즈음의 내 언동에 대해 도저히 아내는 이해할 수 없다고 말했습니다.

"뭔가, 당신, 의심하고 있지요? 그렇죠? 그렇다면, 왜 그렇다고 솔직히 말해주지 않아요?"

아내는 이렇게 말하며 나를 탓했습니다. 세상이 아내의 정조를 의심한다는 것은 서장님도 이미 아실 터입니다. 이미 예전에 내 귀로 들어왔습니다. 아마 아내도 누군가에게서인지 모르지만 이 무서운 소문을 들었습니다. 나도 그런 의심을 하지나 않을까 하는 걱정에 아내의 말이 떨리는 것을 느꼈습니다. 아내는 나의 모든 이상한 언동이 모두 그 의심에서 비롯되었다고 생각하는 듯했습니다. 내가 계속 침묵을 지킨다면 그것은 공연히 아내를 괴롭히는 것이 될 수밖에 없겠지요. 그래서 나는 이마에 얹힌 얼음주머니가 떨어지지 않도록 가만히 얼굴을 아내 쪽으로 향하고 낮은 목소리로 "용서해줘. 나는 당신에게 숨긴 것이 있어"라고 말했습니다. 그리고 제2의 내가 세 번이나 내 눈앞에 나타난 이야기를 되도록 상세하게 말했습니다.

"세상의 소문도, 내 생각으로는 누군가 제2의 내가 제2의 당신과 함께 있는 것을 보고 날조한 것 같아. 나는 당신을 굳게 믿고 있어. 그러니 당신도 나를 믿어줘."

나는 이렇게 힘을 주어 말했습니다. 그러나 아내는 약한 여자의 몸으로 세상 사람들 의심의 표적이 된다는 것이 얼마나 괴로웠을까요. 혹은 또, 도플갱어라는 현상이 그 의심을 풀기에는 너무 이상한 설명이라고 생각했을 것입니다. 아내는 내 머리맡에서 언제까지나

홀쩍이며 울고 있었습니다.

  그래서 나는 앞에 말한 여러 실례를 들며 어떻게 도플갱어의 존재가 가능한지를 찬찬히 아내에게 설명하였습니다. 서장님, 아내처럼 히스테리컬한 성격이 있는 여자에게는 특히 이 같은 기괴한 현상이 일어나기 쉽습니다. 그 예도 역시 많은 기록에 남아 있습니다. 예를 들면, 유명한 몽유병자인 아우구스트 뮐러 등은 수시로 이중인격을 나타냈다고 합니다. 단 그 경우에는 몽유병자의 의지에 의해 도플갱어가 나타나는 것이므로, 그런 의지가 전혀 없는 아내의 경우와는 다르다는 의견도 있겠지요. 한 걸음 더 양보해, 어쨌든 아내의 이중인격이 설명 가능하다 해도 나의 경우는 불가능하다는 의문이 생길 수 있습니다. 그러나 이것들은 결코 해석이 어려울 정도로 곤란한 문제는 아닙니다. 왜냐하면, 자신이 아닌 타인의 이중인격을 나타내는 능력을 갖춘 자가 있다는 것은 역시 의심하기 어려운 사실입니다. 프란츠 폰 바델이 베르너 박사에게 보낸 편지를 보면, 에칼츠 하우즌은 죽기 바로 전에 자기는 타인의 이중인격을 나타내는 능력이 있다고 공언하였다고 합니다. 그렇다면 제2의 의문은 제1의 의문과 같이 아내가 그것을 의지하였는지 유무의 문제가 되겠지요. 그런데 의지의 유무라는 것은 그리 불확실한 것은 아닐 것입니다. 과연 아내는 도플갱어를 나타내려고 의지하지 않았음이 분명합니다. 그러나 나를 시종 염두에 두었겠지요. 혹은 나와 어디론가 같이 가는 것을 간절히 원했을 겁니다. 그것이 아내와 같은 성질을 가진 사람에게, 도플갱어의 출현을 의지한 것과 같은 결과를 초래한다는 것은 생각할 수 없는 것일까요? 적어도 나는 그럴 수 있다고 생각합니다. 더욱이 아내와 같은 실례도 두세 개가 아닌 많은 예를 볼 수 있지 않습니까.

나는 이런 말을 하며 아내를 위로했습니다. 아내도 겨우 납득이 된 것 같습니다. 그러고는 "그저 당신이 불쌍해요"라고 말하며 가만히 내 얼굴을 응시한 채 눈물을 멈추었습니다.

서장님, 저의 이중인격이 제 앞에 나타난 오늘까지의 경과는 대체로 위와 같습니다. 저는 그것을 처와 저 사이의 비밀로 하여 지금까지 아무에게도 말하지 않았습니다. 그러나 지금은 이미 그런 시점이 아닙니다. 세상은 공공연히 나를 비웃기 시작했습니다. 그리고 또 내 아내를 증오하기 시작했습니다. 실제로 요즘은 아내의 불륜을 풍자한 노래도 부르며 집 앞을 지나는 자도 있습니다. 제가 어찌 그것을 묵시할 수 있겠습니까.

그러나 제가 서장님께 이런 호소를 하는 것은 단순히 우리 부부에게 터무니없는 모욕이 가해지기 때문만이 아닙니다. 이런 모욕을 참고 견딘 결과, 아내의 히스테리가 점점 심해지는 경향이 보이기 때문입니다. 히스테리가 심해지면 도플갱어의 출현도 어쩌면 더욱 빈번해질지도 모릅니다. 그렇게 되면, 아내의 정조에 대한 세상의 의심은 더해질 것입니다. 저는 이 딜레마를 어떻게 극복해야 할지 모르겠습니다.

서장님, 이런 형편에 처한 제가 서장님의 보호를 의뢰하는 것은 최후의 그리고 또 유일한 활로입니다. 모쪼록 제가 말한 것을 믿어주세요. 그리고 잔혹한 세상의 박해에 괴로워하는 우리 부부를 동정해주시기 바랍니다. 동료 한 사람은 일부러 큰 소리를 내며 신문에 나온 간통사건을 내게 주절주절 들려주었습니다. 선배 한 사람은 내게 편지를 보내와 처의 불륜을 암시하면서 은근히 이혼을 권했습니다. 그리고 또, 내가 가르치는 학생들은 강의를 성실하게 듣지 않게 되었을 뿐 아니라, 교실 흑판에 저와 아내의 캐리커처를 그려놓고 그 밑에 '축 경사'라고 써놓았습니다. 그러나 그들은 모두 다소라도 나를 아는 사람이나, 최근에는 저를 생판 모르는 주제에 생각지도 않은 모욕을 가하는 놈도 적지 않았습니다. 어떤 놈은 익명의 엽서를 보내 아내를 금수에 비하였습니다. 또 어떤 놈은 집 울타리 벽에 학생 이상의 솜씨를 발휘해 흉측한 그림과 글을 써놓았습니다. 그리고 나아가 대담한 어떤 놈은 내 정원 안에 몰래 들어와 아내와 내가 저녁식사를 하는 것을 엿보러 왔습니다. 서장님, 이런 것들이 과연 인간다운 행동이라 할 수 있겠습니까?

저는 서장님께 위의 사실을 말씀드리고자 이 편지를 썼습니다. 우리 부부를 능욕하고 협박하는 세상에 대하여 경찰이 어떠한 조치를 취해야 할지 그것은 물론 서장님 소관이지 제 소관은 아닙니다. 그러나 저는 현명하신 서장님이 반드시 우리 부부를 위하여 서장님의 권능을 적절히 행사하시리라고 확신합니다. 모쪼록 공정히 처리

하시어 상서롭지 못한 이름을 남기시지 않도록 서장님의 직무를 완수해주시기 바랍니다.

그리고 질문이 있으시면 저는 즉시 경찰서까지 출두하겠습니다. 그럼 이만 펜을 놓겠습니다.

두 번째 편지

― 경찰서장님께

서장님의 태만은 우리 부부에게 최후의 불행을 초래하였습니다. 내 아내는 어제 돌연 실종되어 아직 어떻게 되었는지 알 수 없습니다. 나는 위험에 처해 있습니다. 아내는 세상의 압박을 견디지 못하여 자살한 것이 아닐까요?

세상은 결국 무고한 사람을 죽였습니다. 그리고 서장님 자신도 악한 방조자의 한 사람이 되었습니다.

나는 오늘부로 이 동네를 떠날 생각입니다. 무위무능한 서장이 있는 경찰을 믿고 앞으로 어찌 맘 놓고 살 수 있겠습니까.

서장님, 나는 그제 학교도 사직하였습니다. 금후의 나는 전력을 다해 초자연적 현상의 연구에 종사할 생각입니다. 서장님은 아마 세상의 보통 사람들처럼 나의 계획을 냉소하시겠지요. 그러나 경찰서장의 몸으로 초자연적인 현상 일체를 부정하는 것은 부끄러워해야 할 것입니다.

서장님은 우선 인간이 얼마나 아는 바가 적은지를 생각하셔야 합니다. 예를 들면, 서장님이 부리는 형사 중에서도 서장님이 꿈에도 생각지 못한 전염병을 가진 사람이 많이 있습니다. 특히 그 병이 입맞춤을 통해 급속하게 전염된다는 사실은 나 말고는 거의 아는 자가 없습니다. 이 예는, 능히 서장님의 오만한 세계관을 파괴하기에 충분하겠지요…….

***

그리고 그 뒤는 거의 의미를 알 수 없는 철학 같은 내용이 장황하게 쓰여 있었다. 그 내용은 여기에 불필요하니 생략하기로 한다.

지옥변[*]

* 지옥변상도(地獄變相圖). 권선징악을 위해 무서운 지옥의 모습을 묘사한 그림

1

호리카와 대신* 같은 분은 여태까지는 물론 후세에도 아마 없으실 것입니다. 들은 소문으로는 그분이 태어나시기 전에 대위덕명왕**이 대부인 마님의 꿈속에 나타나셨다고 합니다만, 어쨌든 태어날 적부

---

* 호리카와는 교토 내의 지명. 그곳에 저택을 가졌다는 의미에서 호리카와 대신이라고 한다. 당시 천황을 좌지우지하는 권력을 가진 후지와라 가문의 후지와라 모토쓰네(藤原基經, 836~891)가 호리카와 대신이라고 불린 바 있는데 동일 인물인지는 확실치 않다.
** 불교 5대 명왕의 하나. 서쪽을 지키며 모든 악귀를 굴복시켜 중생에게 평안을 준다. 문수보살의 변화신으로 칼, 창 등의 무기를 들고 온몸이 불꽃에 싸여 있다.

터 보통 사람과는 다르신 것 같았습니다. 그러하니 그분이 하시는 일은 우리 같은 소인배의 머리로는 미처 헤아리지 못하는 것이 하나 둘이 아니었습니다. 단적인 예를 들면, 호리카와 저택의 규모를 보시더라도 장대하다고 해야 할지 호방하다고 해야 할지 모르겠으나 어쨌든 우리 범인의 생각이 도저히 미치지 못한 대담한 면이 있었습니다. 어떤 사람은 그것을 비난하며 대신의 생각과 행동을 진시황이나 양제에 비하기도 했으나, 그것은 속담에도 나오듯 장님이 코끼리를 만지는 것과 같다고 할까요. 그분은 결코 그렇게 당신 혼자 영화를 누리려고 하신 것은 아니었습니다. 그보다는 아랫사람까지 생각하시는, 다시 말해 천하의 백성과 함께 기쁨을 나누고* 싶어 하는 큰 도량을 가진 분이었습니다.

  그러하오니 니조대궁의 백귀야행**에 조우하셔도 아무런 탈이 없었겠지요. 또, 미치노쿠 시오가마***의 경관을 정원에 그대로 옮긴 것으로 유명한 히가시산조의 가와라노인****에 밤마다 나타난다는 소문의 토오루 좌대신의 원혼조차 대신의 꾸짖음에 모습을 감추었다고 합니다. 이 같은 권위이시니, 그 무렵 성 안의 남녀노소가 마치 부처님이 재림한 것같이 대신을 공경한 것도 결코 무리는 아니었습

---

*   《맹자》제1편에 '樂以天下 憂以天下'가 나온다.
**   설화 속에서 심야의 거리를 집단으로 배회하는 귀신이나 요괴. 또는 그 행진
*** 미야기현 시오가마시
**** 미나모토 토오루(源融, 822~895, 왕자 출신으로 좌대신을 지냈다)의 별장

니다. 언제던가, 궁궐에서 매화 연회를 마치고 돌아오는 길에 수레의 소가 풀려서 지나가던 노인에게 상처를 입혔을 때도, 노인은 합장을 하며 대신의 소에 받힌 것을 큰 복으로 여겼다고 합니다.

그 정도였으니 대신께서 살아생전에 훗날까지 이야깃거리가 될 만한 일이 꽤 많았습니다. 궁정 연회 때는 선물로 백마 30마리를 받으셨던 적도 있고, 나가라 다리 기둥으로 총애하는 시동을 바친* 적도 있으며, 화타(華陀)의 의술을 전한 중국 승려에게 넓적다리의 종기를 자르게** 한 적도 있으며……, 일일이 헤아리자면 한이 없습니다. 그러나 수많은 일화 중에서도, 지금 가문의 보물이 된 지옥변 병풍의 유래만치 무서운 이야기는 없을 것입니다. 늘 대범하신 대신께서도 그때는 정말 놀라신 것 같았습니다. 더욱이 옆에서 모셨던 저희가 넋이 빠질 정도였던 것은 말할 나위도 없습니다. 그중에서도 특히 저는 대신을 20년 넘게 옆에서 모셨습니다만, 그런 저도 그처럼 참혹한 광경을 본 것은 전무후무할 정도였습니다.

그러나 이 이야기를 하려면 먼저 지옥변 병풍을 그린 요시히데라는 화공에 대해 말씀드릴 필요가 있겠지요.

---

* 다리 공사가 잘 진척이 안 될 때, 신이 노하신 것으로 해석하여 기둥 초석으로 사람을 다리 기둥에 묻는 관습이 있었다. 시동(侍童)은 15세 이하의 소년으로 귀인을 옆에서 모시는 소년 무사. 지금 시각으로는 남색(男色)이라 하여 풍기 문란하다 생각하실 것이나…….
** 한방은 원래 외과적 수술을 하지 않는다. 당시로서는 생각하기 어려운 외과 수술을 과감히 받았다는 의미다.

2

 요시히데라고 하면 아마 누군가 지금도 그자를 기억하는 분도 있을 것입니다. 그 무렵 그림에 관해서는 요시히데를 능가할 자는 아무도 없다고 할 정도로 유명한 화공이었습니다. 그 일이 있었을 무렵에는 그럭저럭 쉰 살에 가까웠을 겁니다. 겉보기엔 그저 키가 작고 뼈에 가죽만 붙어 있을 정도로 마르고 고집스럽게 보이는 노인이었습니다. 그자가 대신 저택을 방문할 때에는 깔끔한 예복에 두건까지 썼으나 인품은 극히 천박한 편으로, 나이에 어울리지 않는 새빨간 입술에 왠지 음산하고 동물 같은 인상이었습니다. 어떤 사람은 그가 입으로 붓을 빠는 습관이 있어 빨개졌다고 했는데, 글쎄 그래서 그런지는 잘 모르겠습니다. 하기는 입이 더 험한 누구는 요시히데의 행동거지가 원숭이 같다며 원숭이 히데라는 별명까지 붙였습니다.

 아, 그러고 보니, 원숭이 별명에 얽힌 이런 이야기도 있었습니다. 그 무렵 대신 저택에선 열다섯 살 된 요시히데의 외동딸이 시녀로 일하고 있었는데, 이 딸은 아버지를 안 닮아 애교가 있는 딸이었습니다. 게다가 어머니가 일찍 저세상 사람이 된 까닭인지, 배려심이 깊고 나이보다 조숙하고 영리했으며, 어린 나이에 어울리지 않게 매사 눈치가 빠른 아이였으므로, 마님뿐 아니라 다른 시녀들의 사랑을 받았습니다.

그런데 언젠가 단바*에서 길들인 원숭이가 한 마리 헌상된 적이 있었는데, 그 원숭이에게 장난꾸러기 도련님이 요시히데라는 이름을 붙였습니다. 그렇지 않아도 원숭이 모습이 우습게 생겼지만 그런 이름까지 붙여놓았으니, 저택 안의 사람들 누구 하나 웃지 않는 자가 없었습니다. 그것도 웃는 것으로 끝나면 좋을 것이나, 재미 삼아 모두가, "어라, 정원 소나무에 올라갔네, 어라, 방에 난리를 쳤네" 하며, 매번 요시히데! 요시히데! 하고 불러대면서 괴롭혔습니다.

그런데 어느 날, 앞에 말씀드린 요시히데의 딸이 편지가 묶인 겨울 홍매화 가지를 들고 긴 복도를 지나가고 있었는데, 멀리 저쪽 문에서 원숭이 요시히데가 다리를 다쳤는지 기둥을 올라탈 힘도 없이 절뚝거리며 급히 도망쳐왔습니다. 그리고 그 뒤로 회초리를 치켜든 도련님이 "귤 도둑놈, 거기 서라" 하고 소리치면서 쫓아오시는 것이 아니겠습니까. 요시히데의 딸은 이 장면을 보자 잠시 주저하는 듯했는데, 마침 그때 도망쳐온 원숭이가 치맛자락에 매달리면서 애처롭게 소리를 내며 울기 시작했습니다. 그러자 갑자기 가련한 마음을 억누를 수 없게 되었겠지요. 한 손에 매화 가지를 든 채, 다른 한 손으로 자줏빛 옷소매를 활짝 펼치더니 살포시 원숭이를 안아 올리고서는, 도련님에게 살짝 허리를 굽히고, "황송하오나 말 못 하는 불쌍한 짐승이옵니다. 모쪼록 용서하여 주시옵소서" 하고 낭랑한 목

---

*   현재 교토부 중앙과 효고현 동부에 걸쳐 있던 옛 지명

소리로 말했습니다.

그러자 도련님은 작심하고 달려오신 참이었으니, 사나운 얼굴을 하고 두세 번 마루에 발을 구르면서 말씀하셨습니다.

"뭐라고? 이 원숭이는 귤 도둑놈이야."

"가련한 짐승이오니……."

딸은 한 번 더 이렇게 말하고는 다시 쓸쓸한 미소를 지으면서, "게다가 요시히데라고 부르시면 제 아비가 벌을 받는 것처럼 느껴져 아무래도 그냥 보고 있을 수가 없사옵니다" 하고 대담하게도 말하였습니다. 이 말에는 제아무리 도련님도 고집을 꺾을 수밖에 없었겠지요.

"그래? 아비의 목숨을 구해달라니 용서해주도록 하마."

마지못해 이렇게 말씀하시고 회초리를 그곳에 버리시고는 아까 나오셨던 방 쪽으로 돌아가셨습니다.

3

요시히데의 딸과 원숭이의 사이가 좋아진 것은 그때부터였습니다. 딸은 아씨님에게 받은 황금 방울을 아름다운 진홍 끈에 매달아 원숭이 목에 걸어주었고, 원숭이는 또 무슨 일이 있어도 딸 주위를 거의 떠나지 않았습니다. 딸이 감기에 걸려 자리에 누웠을 때에도, 원숭이는 머리맡에 가만히 앉아, 내가 그렇게 느낀 것인지, 불안한 얼굴을 하면서 계속 손톱을 물어뜯고 있었습니다.

이렇게 되자 또 묘한 것은 아무도 예전처럼 원숭이를 괴롭히는 사람이 없었습니다. 아니, 오히려 점점 더 귀여워하게 되어, 마침내는 도련님도 때때로 감이나 밤을 던져주실 뿐 아니라, 어떤 무사가 원숭이를 발로 찼을 때는 크게 혼을 내시기도 했습니다. 그 후 대신께서 친히 요시히데의 딸에게 원숭이를 안고 오라는 분부를 내리신 것도 도련님이 무사를 혼낸 이야기를 듣고 난 후라고 합니다. 자연스럽게 요시히데의 딸이 원숭이를 귀여워한다는 말도 들으셨겠지요.

"효녀로구나. 칭찬받아 마땅하도다."

이런 깊으신 배려로 딸은 그때 다홍색 속옷을 상으로 받았습니다. 그런데 이 속옷을 또 원숭이가 흉내를 내면서 공손하게 받았으므로 대신께서는 더욱 기뻐하셨습니다. 그러므로 대신이 요시히데의 딸을 총애하게 된 것은 어디까지나 원숭이를 귀여워한 효행은애(孝行恩愛)의 마음을 높이 산 것이지, 결코 세상에서 쑤군대듯이 색을 밝힌 것은 아니었습니다. 물론 그와 같은 소문이 난 것도 무리는 아니었습니다만, 그것은 다시 뒤에 천천히 말씀드리도록 하고, 지금은 단지 대신께서는 아무리 예쁘다 해도 화공같이 비천한 이의 딸에게 마음을 두실 분이 아니라는 것을 말씀드려놓으면 될 듯합니다.

어쨌든 요시히데의 딸은 큰 칭찬을 받고 자리를 물러났습니다만, 본래 영리한 소녀인지라, 성질 고약한 다른 시녀들의 시샘을 살만한 일은 없었습니다. 오히려 그 이후로 원숭이와 함께 여러모로 사랑을 받게 되었고, 특히 아씨님과는 떨어진 적이 없을 정도로 나들이하시는 수레에도 꼭 동행했습니다.

이제 딸에 관한 이야기는 잠시 접어두고, 지금부터 다시 아버지인 요시히데에 대해 말씀드리도록 하죠. 원숭이 요시히데는 그렇게 곧 모든 이에게 사랑받게 되었습니다만, 정작 사람 요시히데는 여전히 모두에게 미움을 받으며 변함없이 뒤에서는 원숭이라고 불렸습니다. 게다가 저택 안에서만 그런 것이 아니었습니다. 요카와의 승도*님도, 요시히데라고 하면 마귀라도 만난 것처럼 안색을 바꾸고 미워하셨습니다. (듣건대 그것은 요시히데가 승도님의 모습을 우스꽝스럽게 그렸기 때문이라고 하는데, 글쎄요, 아랫것들이 떠드는 말이니 확실히 그런지는 모르겠습니다.) 어쨌든, 그 남자의 평판은 어디서 들어봐도 그런 악평뿐이었습니다. 혹시나 나쁘게 말하지 않는 사람이 있다면, 화공 동료 두세 명쯤이라든가, 혹은 그자의 그림은 알아도 인간성은 모르는 사람뿐이었을 것입니다.

그러나 실제로 요시히데는 보기에도 천박할 뿐 아니라, 더욱이 사람들에게 미움을 받을 수밖에 없는 나쁜 성질이 있었으니 그것도 다 자업자득이라고 하겠습니다.

---

* 승려 5계급 중 승정(僧正)에 이은 두 번째

4

그 나쁜 성질이라 하는 것은, 인색하고 매정하고 뻔뻔한 데다가 게으름뱅이에 욕심쟁이로……, 그중에서도 특히 심한 것은 방자하고 거만하여 항상 일본 제일의 화공이라는 것을 코끝에 걸고 다녔습니다. 그것도 화단 내에서라면 그냥 넘어가겠지만, 그의 고집불통은 세상의 습관이나 관례 같은 것까지 모두 무시해버렸습니다. 이것은 오랜 세월 요시히데의 제자였던 사람의 말입니다만, 어느 날 어떤 고관대작의 저택에서 유명한 무당에게 신이 내려 무서운 신탁을 전할 때, 그자는 듣는 둥 마는 둥 하면서 갖고 있던 붓과 먹으로 무당의 무서운 얼굴을 세밀하게 그리고 있었다고 합니다. 아마 망령의 재앙도 그자 눈에는 아이들 눈속임 정도로 보였겠지요.

그런 사람이므로, 길상천*을 그릴 때에는 천한 창녀 얼굴을 그린다거나, 부동명왕**을 그릴 때에는 무뢰한 죄수의 모습을 본뜨는 등 여러모로 불경스러운 짓을 하였는데, 그래서 본인에게 따지면, "요시히데가 그린 신불이 요시히데에게 천벌을 내린다니 희한한 말을 다 듣는구나" 하고 콧방귀를 뀌었습니다. 이것에는 제아무리 제자라도 질려버려, 그들 중에는 미래의 천벌이 두려워 서둘러 요시히

---

*   모든 사람에게 복덕을 내린다는 미녀 불
** 5대 명왕의 하나. 중앙에 앉아 모든 악마를 제압하는 보리심이 흔들리지 않는 (不動) 왕

지옥변 65

데를 떠나갔다는 자도 적지 않은 것 같았습니다……. 한마디로 말하면, 오만의 극치라고나 할까요. 어쨌든 당시 하늘 아래 자기만큼 훌륭한 사람은 없다고 생각한 자였습니다.

따라서 요시히데가 화단에서 어느 정도 높은 위치에 있었는지는 말할 나위도 없을 것입니다. 그렇다고는 하지만, 그림에서도 그자의 그림은 붓놀림이나 색채가 다른 화공과는 전혀 달랐으므로, 사이가 나쁜 화공 동료는 그를 사이비라고 비난하는 소리도 꽤 한 것 같습니다. 그 동료가 말하기를, 가와나리*나 가나오카 등 옛날 명장의 그림은, 문짝에 그린 매화가 달밤에 향기를 풍겼다든가 병풍 속의 대신이 피리를 부는 소리가 들렸다든가 하는 우아하고 아름다운 소문이 난 것입니다만, 요시히데의 그림에 대해서는 기분 나쁜 이상한 말만 전해졌습니다. 예를 들면, 그자가 용개사(龍蓋寺) 문에 그린 오취생사**의 그림을 보더라도, 깊은 밤 문 아래를 지나가면 귀신이 탄식하는 소리와 울음소리가 들렸다고 합니다. 아니, 어떤 사람은 시체 썩는 냄새를 맡았다고 말했습니다. 그리고 대신의 분부에 따라 그린 시녀들의 초상화 등에 그려진 사람은 3년 내로 모두 혼이 빠진 듯한 병에 걸려 죽었다는 것이 아니겠습니까. 비난하는 자들

---

* 구다라노 가와나리(百濟河成, 782~853). 백제인의 자손. 역사에 이름이 남은 최초의 화가. 다음에 나오는 가나오카는 고세노 가나오카(巨勢金岡). 생몰 미상으로 헤이안 시대 초기의 궁정화가

** 선악에 따라 중생이 천상, 인간, 지옥, 축생, 아귀로 윤회한다는 것

은 그 일이 요시히데가 잘못된 그림의 길로 빠져버린 좋은 증거라고 하였습니다.

그러나 여하튼 앞에서도 말한 바와 같이, 아주 별난 사람이었던 요시히데에게는 그것이 오히려 큰 자랑이라, 언젠가는 대신께서 농담으로 "그대는 어쨌든 추한 것을 좋아하는구나" 하고 말씀하셨을 때도, 나이에 어울리지 않는 붉은 입술로 기분 나쁘게 슬쩍 웃으면서, "그러하옵니다. 얼치기 화공은 추한 것의 아름다움을 알 턱이 없사옵니다"라고 거만하게 대답했습니다. 제아무리 일본 제일의 화공이라고 해도, 대신 앞에서 그런 건방진 말을 뱉었으니, 아까 증언한 제자가 스승 몰래 '지라영수'*라는 별명을 붙여서 그 교만을 비방한 것도 무리는 아닙니다. 아시다시피, '지라영수'는 옛날 중국에서 건너온 괴물의 이름입니다.

그러나 이 요시히데에게도, 이루 말할 수 없이 오만한 요시히데에게도 단 하나 사람다운 애정이 보이는 구석이 있었습니다.

---

*　중국에서 건너왔다는 텐구(天狗)의 이름. 천구는 하늘을 날고 신통력이 있는, 얼굴이 붉고 코가 큰 상상의 괴물. 오만한 사람을 가리키기도 한다.

5

 요시히데가 외동딸인 시녀를 마치 미친 사람처럼 사랑했다는 겁니다. 아까 말씀드린 바와 같이 딸도 지극히 심성이 착하고 효성이 지극한 소녀였으나, 그자의 자식사랑도 결코 뒤지지 않았습니다. 어쨌든, 절에는 한 번도 보시를 한 적이 없는 그자가 딸이 입는 옷이나 비녀 같은 것은 전혀 돈 아까운 줄 모르고 사다주곤 했으니 거짓말 같지 않습니까.

 그러나 요시히데가 딸을 사랑하는 것은 단지 사랑 그뿐이지, 언젠가는 좋은 사위를 맞이하겠다는 생각 따위는 전혀 하지 않았습니다. 그러기는커녕, 딸에게 못된 접근을 하는 사내라도 있으면, 동네 깡패들을 모아 야밤에 두드려 패는 짓도 능히 할 만한 사람이었습니다. 그러니 딸이 대신의 부름을 받고 시녀가 되었을 때도, 늙은 아비는 불만이 가득하여 한동안 대신을 뵈어도 쓴 얼굴만 하고 있었습니다. 딸의 아름다움에 마음이 끌린 대신이 아비가 원치 않는 것도 무시하고 딸을 불러들였다는 소문은 아마 그런 모습을 본 자의 추측에서 나온 것이겠지요.

 당연히 그 소문은 거짓이었지만, 자식을 사랑하는 마음에서 요시히데가 내내 딸이 시녀를 그만두기를 기원한 것만은 분명하였습니다. 어느 날 요시히데는 대신의 분부로 어린 문주보살을 그렸습니다. 총애하는 시동의 얼굴을 그려 훌륭히 완성한 그림을 보고 대신도 지극히 만족하시어, "상으로 원하는 것을 주마. 주저 없이 말하라" 하고 고마운 말씀을 내리셨습니다. 그러자 요시히데는 황송해하며, "모쪼록 딸을 하직시켜주시옵소서" 하고 뻔뻔스럽게 말하였습니다. 아무리 자식이 사랑스럽다고 해도 다른 사람도 아닌 천하의 호리카와 대신을 가까이에서 섬기는 아랫사람을 그렇게 감히 하직시켜달라는 자가 어디 있겠습니까. 이 말에는 대범한 대신도 약간 기분이 상한 듯 잠시 말없이 요시히데의 얼굴을 바라보았으나 "그건 아니 된다" 하고 내뱉듯이 말씀하시고는 불쑥 일어나셨습니다. 그런 일이 당시 네다섯 번은 있었습니다. 지금 와서 생각해보니, 대신이 요시히데를 바라보는 눈은 갈수록 차갑게 변해갔습니다. 그러자 한편 그것 때문에 딸은 아비가 걱정되었는지, 자기 방에 물러나 있을 때에는 종종 소맷자락을 입에 물고* 훌쩍훌쩍 울었습니다. 그래서 대신께서 요시히데 딸에게 마음을 두고 있다는 소문이 더욱 퍼지게 된 것이겠지요. 어떤 사람은 지옥변 병풍도 사실은 딸이 대신의 뜻에 따르지 않았던 데서 유래했다고 했으나, 애당초 그 같은 일은 있을 리가 없었습니다.

우리네 눈으로 보면, 대신이 요시히데 딸을 하직시키지 않은 것은 오로지 딸의 신세를 가련하게 생각한 것으로 그처럼 완고한 아

---

* 옛날 일본 여인이 우는 전형적인 모습이다. 가부키 등을 보면 이런 모습이 나온다.

비 곁에 보내는 것보다는 저택에 두어 아무 불편함이 없이 살도록 해주겠다는 고마운 생각을 하셨던 듯합니다. 물론 참한 딸을 귀여워하시게 된 것은 틀림없습니다. 그러나 색을 밝힌 것이라는 말은 필시 억지 주장일 것입니다. 아니, 아니 땐 굴뚝에 연기가 났다고 하는 편이 나을 것입니다.

어찌 되었든 간에 이렇게 딸 문제로 요시히데에 대한 대신의 마음이 상당히 안 좋아진 때였습니다. 어떤 생각이었는지, 대신은 돌연 요시히데를 불러서 지옥변 병풍을 그리도록 분부하셨습니다.

6

지옥변 병풍이라는 말만 들어도, 저는 벌써 무서운 그림의 모습이 또렷하게 눈앞에 떠오르는 것 같습니다.

같은 지옥변이라고 해도, 요시히데가 그린 것을 다른 화공이 그린 것과 비교하면 우선 구성 자체가 다릅니다. 한 첩의 병풍 한구석에, 시왕*을 비롯한 부하들 모습이 조그마하게 있고, 나머지 면 가득히 맹렬한 불이 검산도수**도 태워버릴 기세로 소용돌이치고 있었습

---

* 저승에 있는 열 명의 왕. 진광왕, 초강왕, 송제왕, 오관왕, 염라왕, 변성왕, 태산왕, 평등왕, 도시왕, 오도전륜왕
** 칼처럼 날카롭고 뾰족한 산과 나무

니다. 그런 모양이니, 저승 판관들의 중국풍 옷들이 노랑과 남색으로 점점이 보이는 것 말고는 어디를 보아도 맹렬한 화염 색으로, 그 안을 마치 만(卍) 자처럼, 검댕을 뿌리는 흑연과 금가루를 날리는 불티가 미친 듯이 춤추며 날아오르고 있었습니다.

이것만으로도 꽤 사람의 눈을 놀라게 하는 필치였습니다만, 그밖에 지옥의 업화(業火)가 타오르는 몸으로 뒹굴며 괴로워하는 죄인들의 모습도 다른 지옥화에는 보기 힘들었습니다. 그러니까, 요시히데는 위로는 귀족에서 아래로는 거지까지 모든 신분의 인간을 죄인들 속에 그려 넣었습니다. 위엄 있는 관복의 당상관, 겉옷을 다섯 겹 입은 우아한 궁녀, 염주를 목에 건 승려, 굽 높은 게다를 신은 학생, 옷자락을 길게 늘어뜨린 계집아이, 신대를 든 음양사*……, 일일이 헤아리면 도저히 끝이 없을 것입니다. 어쨌든 그런 다양한 인간이 불과 연기가 소용돌이치는 가운데 소머리 말머리를 한 옥사쟁이에게 휘둘려 태풍에 날리는 낙엽처럼 사방팔방으로 도망치고 있었습니다. 갈고리에 머리카락이 걸리고 거미처럼 손발이 쪼그라든 여자는 무당처럼 보였습니다. 가슴에 창이 관통되어 박쥐처럼 거꾸로 매달린 남자는 지방 관리임이 틀림없습니다. 그 밖에 혹은 철퇴로 맞는 자, 혹은 천근만근 바위에 깔린 자, 혹은 괴조의 부리에 쪼

---

*   음양오행의 사상에 의거하여 점술, 주술, 제사 전반을 관장하던 관직. 중세 후에는 비관직의 점술가를 칭한다.

이는 자, 혹은 독룡(毒龍) 아가리에 물린 자⋯⋯, 징벌도 죄인의 수에 따라 몇 종류가 있는지 모릅니다.

그러나 그중에서도 특히 눈에 띄게 처참하게 보이는 것은, 마치 짐승의 어금니 같은 칼나무 꼭대기를 반 정도 스치면서(그 칼나무 가지에도 겹겹이 오체가 꿰인 채 많은 망자가 있었습니다만) 하늘 중간에서 떨어지는 우차(牛車) 한 량이었습니다. 지옥의 바람에 발이 위로 젖혀진 그 안에는, 상궁인지 후궁인지 잘 알 수 없으나 화려하게 치장한 궁녀가, 등의 검은 머리를 불 속에 나부끼며 하얀 목을 뒤로 젖히고 고통에 몸부림치고 있었습니다. 궁녀의 모습이나 타오르는 우차는 모두 불지옥의 징벌을 생생하게 느끼게 해주었습니다. 다시 말해 넓은 화면의 공포가 이 한 사람의 인물에게 집중되었다고나 할까요. 이걸 보는 사람은 자연스레 끔찍한 아비규환의 소리가 귀에 들려오는 듯한 착각에 빠질 정도로 입신의 경지에 든 작품이었습니다.

아아, 그것입니다. 그것을 그리려고 그 무서운 사건이 일어났습니다. 또 그렇지 않았다면 아무리 요시히데라도 어찌 그처럼 생생하게 나락의 고통을 그릴 수 있었겠습니까. 그 남자는 병풍 그림을 완성한 대가로 목숨까지 버리는 무참한 운명을 맞았습니다. 말하자면 그 그림의 지옥은, 일본 제일의 화공 요시히데 자신이 언젠가 떨어질 지옥이었습니다⋯⋯.

진귀한 지옥변 병풍에 관해 말하는 것을 서두르다 보니, 어쩌면 이야기 순서를 뒤바꿨는지도 모르겠습니다. 그러나 지금부터는 다시 이어서 대신에게 지옥화를 그리라는 분부를 받은 요시히데의 이야기로 넘어가겠습니다.

7

 요시히데는 그 후로 대여섯 달간, 저택에는 얼굴도 비치지 않고 병풍 그림에만 매달렸습니다. 그렇게 자식 사랑이 깊은 사람이 막상 그림 그리는 단계가 되면 딸 얼굴을 볼 마음도 없어진다니 참으로 희한한 일이었습니다. 아까 말씀드린 제자의 말로는, 그 남자는 일에 착수하면 마치 여우에 홀린 사람처럼 된다고 합니다. 아니 실제로 당시의 소문에는 요시히데가 화단에서 이름을 날린 것이 복덕대신(福德大神)에게 기원했기 때문이며 그자가 그림 그리는 것을 몰래 엿보면 언제나 여우 혼령이 음산하게 전후좌우로 여러 마리 무리 지어 있는 것이 보이는 것이 그 증거라고 말하는 자도 있었습니다. 그 정도였으니 화필을 들면 그림 그리는 것 말고는 모두 다 잊어버리는 것이겠지요. 요시히데는 밤낮을 가리지 않고 화방에 틀어박혀서 햇빛도 거의 보지 않았습니다. 특히 지옥변 병풍을 그릴 때는 이처럼 더욱 심하게 몰두하는 모습을 보인 것 같습니다.
 그러나 그자는 낮에도 덧문을 내린 방 안의 등불 아래서 비밀 물감을 섞거나, 혹은 제자들에게 이런저런 옷을 입혀놓고 그 모습을 한 사람씩 세밀하게 그린다거나 하지는 않았습니다. 지옥변 병풍을 그리지 않더라도 평소 그림을 그릴 때 언제라도 능히 그 정도 이상한 일은 할 수 있는 남자였습니다. 아니, 실제로 용개사의 오취생사화를 그릴 때에는 보통 사람이라면 일부러 눈을 가릴 거리의 시체 앞에 유유히 앉아서 썩어 문드러진 얼굴과 손발을 머리칼 하나까지 똑같이 그려온 적이 있었습니다. 그렇다면 그의 대단한 몰두의 모습이라 함은 도대체 무엇을 말하는지 짐작이 안 된다는 분도 있을 겁니다. 그것을 지금 상세하게 말씀드릴 시간은 없으나 중요한 이야기만 말씀드리면 대체로 다음과 같습니다.

어느 날 요시히데의 제자 하나(이자도 역시 아까 말한 사람입니다만)가 물감을 풀고 있는데, 갑자기 스승이 와서 말했습니다.

"나는 낮잠 좀 자야겠다. 그런데 아무래도 요즘 꿈자리가 사납다."

별로 드문 일도 아니었으므로 제자는 계속 손을 놀리며 "예, 그러시지요"라고 대답했습니다. 그런데 요시히데는 평소와 달리 쓸쓸한 얼굴을 하고 "그런데 내가 낮잠을 자는 동안, 머리맡에 앉아 있어주었으면 하네" 하고 조심스럽게 부탁하지 않겠습니까. 제자는 평소와 달리 스승이 꿈 따위에 약한 모습을 보이는 것이 이상하다고 생각했습니다만, 별로 어려운 일은 아니었으므로 "그러시지요"라고 대답했습니다. 스승은 그래도 걱정스럽다는 듯이 "그럼 당장 안으로 들어오게. 나중에 다른 제자가 찾아와도 내가 자는 곳에는 들여보내지 말고" 하고 조심스럽게 지시하였습니다. 안이라고 함은 그자가 그림을 그리는 방으로, 그날도 밤처럼 문을 꼭 닫은 방 안에는 희미한 등불이 켜져 있었고 아직 목탄으로 밑그림만 그린 병풍이 빙 둘러쳐져 있었습니다. 그래서 제자가 방으로 들어오자 요시히데는 팔뚝을 베개 삼아 마치 지쳐 쓰러진 사람처럼 쿨쿨 잠들었습니다만 불과 반 시간도 지나지 않았을 때, 머리맡에 있는 제자의 귀에 뭐라고 말할 수 없는 음산한 소리가 들려오기 시작했습니다.

8

처음에는 그저 평범한 목소리였습니다만, 잠시 후에는 점차 띄엄띄엄 끊어지는 말이 되더니 물에 빠진 사람이 물속에서 비명을 지르듯이 이런 말을 내질렀습니다.

"뭐? 나보고 오라고……? 어디로……, 어디로 오라고……? 나락으로 오라. 불지옥으로 오라……. 누구야? 그렇게 말하는 넌……. 넌 누구야……? 누군가 했더니……."

제자가 무심코 물감 푸는 손을 멈추고 겁먹은 눈으로 스승의 얼굴을 들여다보니, 주름진 얼굴이 창백해지고 땀방울이 맺히면서, 입술이 바싹 마르고, 이빨이 듬성한 입을 크게 벌린 채 헐떡이고 있었습니다. 그리고 입 안에서 무언가 실에 매달려 당겨지는가 생각될 정도로 정신없이 움직이는 것이 있었는데, 자세히 보니 글쎄 그것이 스승의 혀였다고 합니다. 띄엄띄엄 들리던 말은 그 혀에서 나온 것이었습니다.

"누군가 했더니…… 응, 너로구나. 나도 너라고 생각했다. 뭐? 데리러 왔다고? 그러니 오라. 나락으로 오라. 나락에선……, 나락에선 내 딸이 기다린다."

그때 제자는 괴이한 형태의 뿌연 물체가 서서히 병풍 면을 스쳐서 내려오는 듯이 느낄 정도로 음산한 기분이 들었다고 합니다. 물론 제자는 곧바로 요시히데를 세차게 흔들어 깨웠습니다만, 스승은 여전히 꿈속에서 혼잣말을 계속하며 깨어날 기색이 없었습니다. 그래서 제자는 과감히 붓 빨던 물을 스승의 얼굴에 확 끼얹었습니다.

"기다릴 테니, 이 수레를 타고 오너라……. 이 수레를 타고, 나락으로 오라……" 하는 소리가 목을 쥐어짜는 신음으로 바뀌더니 마침내 요시히데는 눈을 뜨고 바늘로 찔린 것보다 더 황급히 벌떡 일어났습니다. 하지만 아직 꿈속의 괴이한 물체가 눈앞을 떠나지 않았는지, 한동안 공포에 질린 눈으로 여전히 입을 크게 벌린 채 허공을 바라보았습니다. 이윽고 정신을 차렸는지 요시히데는 "이제 됐다. 나가거라" 하고 이번에는 아주 무뚝뚝하게 명령하였습니다. 이럴 때 곧바로 말을 듣지 않으면 두고두고 잔소리를 들을 것이 뻔하므로 제자는 서둘러 스승의 방에서 나왔습니다만, 아직 환한 밖의 햇빛을 보았을 때는 마치 자신이 악몽에서 깨어난 것처럼 마음이 놓였다고 하였습니다.

그러나 이건 아무것도 아닙니다. 그 후 한 달 정도 지나고 나서, 이번에는 또 다른 제자가 방으로 불려갔는데, 요시히데는 역시 어두컴컴한 불빛 속에서 붓을 물고 있다가 갑자기 제자 쪽으로 돌아서서, "수고스럽겠지만, 또 발가벗어주겠나" 하고 말했습니다. 이건 여태껏 스승이 종종 지시하던 것이었으므로, 제자는 곧바로 옷을 벗고 나체가 되었습니다. 그러자 그자는 묘하게 얼굴을 찡그리면서 말했습니다.

"나는 쇠사슬에 묶인 사람을 보고 싶다네, 안됐지만 잠시 내가 하는 그대로 있어주게나" 하면서 조금도 안됐다는 모습도 보이지 않은 채 냉랭하게 말했습니다. 본래 이 제자는 화필을 잡는 것보다는 칼을 잡는 편이 좋았을 것 같은 듬직한 체구의 젊은이였습니다만, 이 말에는 정말 깜짝 놀라서 훗날 그때 이야기를 하면, "스승이 미쳐서 나를 죽이려는 게 아닐까 생각했습니다"라고 회상했습니다. 그러나 요시히데로선 상대가 우물쭈물하는 것을 보며 속이 탔겠지요. 그자는 어디서 꺼냈는지 가느다란 쇠사슬을 처렁처렁 손으로 끌어당기면서 거의 달려들 기세로 제자의 등에 달라붙어 다짜고짜 양팔을 비틀어 올리고는 쇠사슬을 칭칭 감아버렸습니다. 게다가 쇠사슬 끝을 매몰차게 꽉 조여버리니 제자는 견딜 수가 없었겠지요. 그 바람에 제자는 쿵 소리를 내며 방바닥에 쓰러져버렸습니다.

9

 그때의 제자 모습은 마치 술독을 쓰러뜨린 모습 같다고 할까요. 어쨌든 손발이 잔혹하게 꺾이고 구부러졌으니 움직일 수 있는 것은 머리뿐이었습니다. 그리고 비대한 온몸의 피가 쇠사슬 때문에 순환이 되지 않아, 얼굴이나 몸뚱이 모두 붉어지는 것이 아니었겠습니까. 그러나 요시히데는 그런 사실에는 전혀 무관심한 듯, 술독 같은 몸뚱이 주위를 여기저기 돌아보면서 똑같은 그림을 몇 장이나 그렸습니다. 그동안에 묶인 제자의 몸이 얼마나 괴로웠을지 구태여 말할 것도 없겠지요.

 그러나 만약에 더는 아무 일도 일어나지 않았다면, 그 괴로움은 아마 계속 참을 수 있었을 겁니다. 다행히도(라고 하기보다는 어쩌면 불행이라 하는 것이 좋을지 모르겠습니다) 잠시 후, 방구석에 있는 항아리 뒤에서 마치 검은 기름 같은 것이 한줄기 가늘게 꿈틀거리면서 흘러나왔습니다. 처음에는 아주 끈적대는 물체처럼 천천히 움직였으나, 점점 매끄럽게 미끄러지기 시작하더니 이윽고 번쩍거리면서 눈앞까지 흘러왔습니다. 그 모습을 바라본 제자는 갑자기 숨을 멈추고, "뱀이다! 뱀!" 하고 외쳤습니다. 그때 온몸의 피가 일시에 얼어붙는 느낌이었다는데 그것도 무리는 아니었습니다. 뱀은 쇠사슬이 파고든 목덜미로 그 차가운 혀끝을 막 대려는 참이었습니다. 아무리 뻔뻔한 요시히데도 이 뜻밖의 사건에는 깜짝 놀랐겠지요. 그는 황급히 화필을 던져버리고 순식간에 허리를 굽히는가 싶더니 재빨리 뱀 꼬리를 잡고 확 들어 올렸습니다. 뱀은 거꾸로 매달려 있으면서도 대가리를 치켜들고 자기 몸을 감아올렸으나, 아무래도 그자의 손까지 닿지는 않았습니다.

"너 때문에 아까운 일필(一筆)을 놓쳤다."

요시히데는 분하다는 듯이 이렇게 중얼거리고 뱀을 그대로 방구석 항아리 안에 집어넣은 후 마지못해 제자 몸을 묶은 쇠사슬을 풀어주었습니다. 단지 풀어주기만 했지, 정작 고생한 제자에게는 수고했다는 말 한마디 하지 않았습니다. 아마 제자가 뱀에 물리는 것보다도, 일필을 놓친 것이 화가 났겠지요……. 훗날 들으니 그 뱀도 역시 그릴 목적으로 일부러 그자가 기르던 것이었다고 합니다.

지금까지의 말만 들어도 요시히데의 미치광이 같고 음산한 몰두의 모습이 대충 이해되셨겠지요. 그런데 마지막으로 하나 더, 이번에는 아직 열서너 살밖에 안 된 제자가 역시 지옥변 병풍 탓에, 생명과도 관계된 무서운 꼴을 당하였습니다. 그 제자는 천성적으로 여자같이 피부가 하얀 남자였습니다. 어느 날 밤, 스승의 부름을 받고 방으로 갔는데 요시히데는 등불 밑에서 손바닥에 무언가 비린내 나는 고기를 얹어놓고, 처음 보는 새에게 먹이고 있었습니다. 크기는 보통 고양이 정도였을까요. 그러니까 귀처럼 양쪽으로 펼쳐진 날개나 크고 둥근 호박색 눈이 어딘지 고양이와 닮아 보였습니다.

10

 본래 요시히데라는 남자는 무슨 일이건 자신이 하는 일에 간섭받는 것을 아주 싫어해서, 아까 말한 뱀 같은 것도 그렇습니다만, 자기 방 안에 무엇이 있는지는 일절 제자들에게도 알린 적이 없었습니다. 그러니 어떨 때는 책상에 해골이 놓여 있기도 하고, 어떨 때는 은사발이나 칠기(漆器)가 늘어져 있어 그때마다 그리던 그림에 따라 생각지도 않은 물건이 많이 나왔습니다. 그러나 평소에 그런 물건을 도대체 어디에 감춰두었는지는 아무도 몰랐습니다. 그자가 복덕대신의 가호를 받는다는 소문도 분명히 이런 희한한 일이 있었기에 나온 것이겠죠.
 그래서 제자는 책상 위의 이상한 새 역시 지옥변 병풍을 그리는 데 필요한 것이 분명하다고 생각하면서 스승 앞으로 다가앉아, "무슨 용무인지요?" 하고 공손하게 물었습니다. 요시히데는 마치 그 말이 들리지 않는 듯 그 붉은 입술에 혀로 침을 칠하더니, "어떠냐? 잘 길들었지?" 하고 턱으로 새를 가리켰습니다.
 "이건 뭐라고 하는 짐승인가요? 저는 여태껏 본 적이 없습니다만."
 제자는 이렇게 말하면서, 귀가 달린 고양이처럼 생긴 새를 기분 나쁘게 쳐다보았습니다. 요시히데는 변함없는 특유의 비웃는 말투로 말했습니다.
 "뭐라? 본 적이 없다고? 교토에서 자란 사람은 이래서 문제야. 이건 2, 3일 전에 구라마 산의 포수가 내게 준 수리부엉이라는 새다. 하지만, 이렇게 길들인 것은 많지 않을 것이야."

이렇게 말하면서 그자는 천천히 손을 올려 먹이를 다 먹어치운 수리부엉이의 뒷덜미 털을 스윽 밑에서 위로 쓰다듬었습니다. 그 순간, 새는 갑자기 날카로운 소리로 짧게 울고는 책상에서 날아올라, 양 발톱을 펴고 갑자기 제자의 얼굴로 달려들었습니다. 만약 그때 제자가 소매를 가려서 급히 얼굴을 감추지 않았다면, 필시 한두 군데 정도 상처를 입었을 것입니다. 앗, 소리를 지르면서 소매를 흔들어 쫓아버리려는데 수리부엉이는 기세 좋게 깍깍거리며 다시 달려들고……, 제자는 스승 앞이란 것도 잊어버리고 서서 막고 앉아서 쫓고 하며 좁은 방 안 여기저기로 도망쳤습니다. 그 괴상한 새도 제자를 쫓아서 높게 날았다 낮게 날았다 틈만 보이면 제자의 눈을 노리고 달려들었습니다. 그때 파닥파닥 무섭게 날개 치는 것이, 낙엽 냄새인지 물보라 치는 폭포수인지 혹은 원숭이술*의 시큼한 냄새인지 괴상한 느낌을 자아내, 아주 음산한 기분이었던 것은 말할 것도 없습니다.

그러니 제자도 어두컴컴한 등불 빛조차 희미한 달빛처럼 느껴져 스승의 방이 마치 머나먼 깊은 산속, 요기가 가득 찬 골짜기와도 같

---

* 원숭이가 나무 구멍 등에 열매를 저장하여 자연히 발효된 것. 인간이 술을 만들게 된 계기라고도 전해진다.

이 느껴졌다고 했습니다.

그러나 제자가 무서워한 것은 수리부엉이에게 습격을 당했다는 사실만이 아닙니다. 아니, 그것보다도 더 소름이 끼친 것은 스승 요시히데가 소란을 냉정하게 바라보면서 서서히 종이를 펴고 붓을 핥더니 여자 같은 소년이 괴이한 새에 괴로워하는 끔찍한 모습을 그렸다는 사실입니다. 제자는 그것을 보는 순간 이루 말할 수 없는 두려움에 휩싸여 정말로 그때는 스승 때문에 죽게 되지나 않을까 생각했다고 합니다.

11

실제로 스승 때문에 죽게 된다는 것도 전혀 아니라고는 할 수 없는 사실이었습니다. 그날 밤 일부러 제자를 부른 것조차, 실은 수리부엉이를 부추겨서 제자가 도망다니는 모습을 그리려는 속셈이었습니다. 그런 사정이니, 제자는 스승의 모습을 한번 보자마자 무심코 양 소매로 얼굴을 가리고, 무의식적으로 비명을 지르며 그대로 방구석 방문 아래 꼼짝없이 웅크리고 있었습니다. 그 바람에 요시히데도 당황한 듯이 소리를 지르고 일어난 것 같았으나, 곧이어 수리부엉이 날갯소리가 아까보다 더 크게 나더니 물건 쓰러지는 소리와 깨지는 소리가 요란하게 들리지 않겠습니까. 이 소리에 제자도 다시금 당황해서 무심코 감추었던 머리를 들었습니다. 그랬더니 방 안은 어느새 캄캄해졌고, 스승이 다급하게 제자들을 부르는 소리가 들릴 뿐이었습니다.

이윽고 제자 한 사람이 멀리서 대답을 한 후 등불을 들고 서둘러 왔습니다. 그을음 냄새가 나는 등불로 비추어보니, 등불 받침이 쓰러져 온통 기름투성이가 된 방바닥에선 아까의 수리부엉이가 아픈 듯이 한쪽 날개를 파닥이면서 뒹굴고 있었습니다. 요시히데는 책상 건너편에서 반 정도 몸을 일으킨 채, 어안이 벙벙하다는 얼굴을 하고 무엇인지 알아들을 수 없는 말을 중얼거렸습니다……. 그것도 무리는 아니었습니다. 새카만 뱀 한 마리가, 수리부엉이의 목에서 한쪽 날개까지 휘감고 있었습니다. 아마 제자가 몸을 웅크렸을 때 그곳에 있던 항아리가 뒤집혀서 뱀이 기어나온 것을 수리부엉이가 섣불리 움켜쥐려고 하다가 결국 그렇게 대소동이 일어났겠지요. 두 제자는 서로 얼굴을 마주 본 후 잠시 이 광경을 멍하니 바라보았습니다만, 이윽고 스승에게 묵례를 하고 살금살금 밖으로 물러갔습니다. 그 후 뱀과 수리부엉이가 어떻게 되었는지는 아무도 아는 사람이 없습니다…….

그 밖에도 이와 비슷한 사건은 많았습니다. 앞에서 빠뜨렸습니다만, 지옥변 병풍을 그리라는 분부가 내려진 것이 초가을이었으니, 그 후 겨울 막바지까지, 요시히데의 제자들은 끊임없이 스승의 괴이한 행동에 고통을 당했습니다. 그러다 겨울의 막바지에 이르러 요시히데는 병풍 그림에서 무언가 잘 안되는 부분이 있었던지 예전보다 더 음울해지고 말투도 눈에 띄게 험해졌습니다. 동시에 병풍 그림도 밑그림이 8부 정도 완성된 채, 더 나아가는 모양은 보이지 않았습니다. 아니, 어쩌면 그때까지 그린 것조차 다 지워버릴 기색이었습니다.

그런데도 병풍의 어디가 잘 안되는지는 아무도 몰랐습니다. 또, 아무도 알려고 하지도 않았을 것입니다. 앞의 여러 사건에 질린 제자들은 마치 호랑이와 한우리에 있다는 생각으로, 스승 주위로는 가급적 다가가지 않을 궁리만 했으니까요.

12

따라서 그동안의 일에 관해서는 그다지 특별히 말할 것도 없습니다. 굳이 말하자면, 고집불통 노인이 어인 일인지 이상하게 눈물이 많아져 사람이 없는 곳에서는 때때로 혼자 울고 있었다는 것 정도입니다. 특히 어느 날, 제자가 무슨 일인가로 뜰에 왔을 때에는 복도에 서서 멍하니 봄이 가까운 하늘을 바라보는 스승의 눈이 눈물로 가득하였다고 합니다. 제자는 그 모습을 보고 오히려 자기가 어색한 기분이 되어 그냥 살며시 되돌아갔다고 합니다만, 오취생사 그림을 그리려고 길가의 시체도 그렸다는 오만한 그 남자가, 병풍 그림이 생각대로 그려지지 않는다고 아이처럼 울었다는 것은 아주 이상한 일 아니겠습니까.

요시히데가 이처럼 제정신인 인간이라고 생각되지 않을 정도로 몰두해서 병풍 그림을 그리던 한편, 요시히데의 딸은 왠지 점점 우울해져, 우리 앞에서도 눈물을 참는 모습이 자주 눈에 띄었습니다. 본래 하얗고 수심 가득한 얼굴의 얌전한 여자였으므로 이렇게 되니 왠지 속눈썹이 짙어 보이고 눈 주위로 그늘이 진 듯하여, 더욱 쓸쓸한 느낌이 들었습니다. 처음에는 아비 생각 때문이라는 등 사랑의 번민 때문이라는 등 여러 가지로 억측을 한 자도 있었습니다만, 시간이 지나자 대신이 억지로 가까이하시려 한다는 소문이 일기 시작하더니, 그 후 모두가 다 잊어버린 듯 딸에 관한 소문은 딱 끊어져버렸습니다.

마침 그때의 일이었을 겁니다. 어느 늦은 밤에 제가 혼자 복도를 지나고 있는데, 갑자기 어디선가 원숭이 요시히데가 튀어나와서 내 옷자락을 자꾸 당기는 것이었습니다. 내 기억에는 분명 매화 향기가 나는 듯한 흐린 달빛이 비치는 따스한 밤이었습니다만, 달빛에 의지하여 쳐다보니 원숭이는 하얀 이빨을 드러내고 얼굴을 찡그리며 미친 듯이 시끄럽게 울어대는 게 아니겠습니까. 저는 으스스한 기분이 셋에, 새 옷을 잡아당겨서 화가 난 것이 일곱의 비율로, 처음에는 원숭이를 발로 차고 그냥 지나갈까도 생각하였으나, 다시 잘 생각을 해보니, 예전에 원숭이를 괴롭히다가 도련님에게 혼이 난 무사의 예가 떠올랐습니다. 게다가 원숭이의 행동이 아무래도 예삿일은 아닌 것 같았습니다. 그래서 저도 과감히 원숭이가 끌고 가는 곳으로 열대여섯 걸음을 따라갔습니다.

 복도가 한 번 굽어지고, 우아하게 가지를 뻗은 소나무 건너편으로 넓은 연못이 밤눈에도 희미하게 보이는 곳까지 왔을 때였습니다. 어디선가 가까운 방에서 사람이 다투는 기척이 조급하게 나더니 다시 잠잠해지는 소리가 내 귀에 들려왔습니다. 주위는 온통 아주 조용한 숲으로, 달빛인지 안개인지 모를 희미한 공기 속에서 물고기 뛰는 소리가 들릴 뿐 사람 소리는 하나도 들리지 않았습니다. 그곳에서 소리가 났으므로 저는 무심코 멈춰 서서 혹시 불한당이라도 있다면 혼내주겠다는 생각에 살며시 숨을 죽이고 미닫이문으로 다가갔습니다.

13

 그런데 원숭이는 내가 취한 행동이 답답하다고 생각했는지, 요시히데는 자못 안타깝다는 듯이 두세 번 내 다리 주위를 뛰어 돌아다니더니 마치 목을 쥐어짜는 소리로 울면서 갑자기 내 어깨 쪽으로 튀어 올랐습니다. 나는 무심코 목을 뒤로 젖히고 발톱에 긁히지 않으려고 했는데, 원숭이는 다시 옷자락을 붙들고 내 몸에서 안 떨어지려고 하는 와중에, 나는 무심코 두세 걸음 비틀거리며 뒤의 미닫이문에 몸을 세게 부딪히고 말았습니다. 이렇게 되자 더는 멈칫거릴 수가 없었습니다. 곧바로 미닫이를 열어젖히고 달빛이 닿지 않는 안쪽으로 뛰어들려고 하였습니다. 그러나 그때 내 눈을 가로막은 것은……, 아니, 그보다도 나는 거의 동시에 방 안에서 뛰쳐나오는 여자를 보고 놀랐습니다. 여자는 나가는 순간에 하마터면 나와 부딪힐 뻔하다가 그대로 밖으로 넘어졌습니다만, 어떤 사정인지 그곳에 무릎을 꿇고 숨을 헐떡이면서 무언지 무서운 것이라도 보았는지 떨면서 내 얼굴을 올려다보았습니다.

그 여자가 요시히데의 딸이라는 것은 굳이 말하지 않아도 아실 것입니다. 그날 밤 그녀는 마치 딴 사람처럼 생생하게 내 눈에 비쳤습니다. 딸의 큰 눈은 반짝였습니다. 얼굴도 빨갛게 타올랐을 것입니다. 흐트러진 옷매무새가 여느 때의 천진함과는 전혀 다른 요염함마저 풍겼습니다. 이 여자가 정말로 연약하고 수줍음 잘 타는 요시히데의 딸이었던가……. 나는 미닫이문에 몸을 기대고 달빛에 비친 아름다운 딸의 모습을 바라보면서, 황급히 멀어져 가는 또 한 사람의 발소리를 향해 손가락을 가리키고 누구냐고 조용히 눈으로 물었습니다.

그러자 딸은 입술을 깨물면서 잠자코 머리를 가로저었습니다. 그 모습은 또 자못 분하다는 듯이 보였습니다.

그래서 나는 몸을 숙이고 딸의 귀에 입을 바싹대고 이번에는 "누구지?" 하고 작은 소리로 물었습니다. 그러나 딸은 여전히 머리를 가로저을 뿐 아무 대답도 하지 않았습니다. 아니, 그와 동시에 긴 속눈썹에 눈물이 가득 차면서 아까보다 더 굳게 입을 다물었습니다.

천성이 우둔한 저는 뭐든 명백한 사실로 드러나야 겨우 이해가 되는 편이라, 그렇지 않으면 무슨 일이든 뭐 하나 제대로 이해가 되지 않습니다. 그래서 저는 뭐라고 물어볼지도 몰라, 잠시 그냥 딸의 뛰는 가슴에 귀를 기울이는 심정으로 말없이 그곳에 우두커니 서 있었습니다. 물론 그 이유 중의 하나는, 왠지 더 따져 묻는 것이 좋지 않을 것 같다는 꺼림칙한 생각도 있었습니다…….

그 상태가 어느 정도 지속되었는지 모르겠습니다. 그러나 이윽고 열린 문을 닫으면서 약간 흥분이 좀 가라앉은 듯한 딸을 돌아보고, "이제 방으로 돌아가라" 하고 되도록 부드럽게 말했습니다. 그리고 저 자신도 무언가 봐서는 아니 될 것을 본 듯한 불안에 휩싸여 누구에게인지 모르지만 왠지 수치스러운 기분으로 아까 온 쪽으로 되돌아갔습니다. 그런데 열 걸음도 채 걷지 않았는데, 누군가 내 옷깃을 뒤에서 조심스럽게 잡아당기는 것이 아니겠습니까. 나는 놀라서 뒤돌아보았습니다. 당신은 그게 누구였다고 생각하십니까?

보니 내 발밑에 원숭이 요시히데가 사람처럼 양손을 바닥에 짚고, 황금 방울을 울리면서, 몇 번이나 공손하게 고개를 숙이고 있었습니다.

14

그날 밤의 사건이 있고 나서 보름 정도 후였습니다. 어느 날 요시히데는 돌연 저택에 와서 대신을 직접 뵙고 싶다고 하였습니다. 비천한 신분이기는 하나, 평소 각별한 사랑을 받았기 때문이겠지요. 아무나 함부로 만날 수 없는 대신이 그날도 기꺼이 승낙하시어 곧 가까이 부르셨습니다. 그 남자는 예의 예복에 두건을 쓰고 예전보다 굳은 얼굴로 공손하게 앞에서 절을 하고는, 이윽고 쉰 목소리로 말했습니다.

"예전에 분부하신 지옥변 병풍에 관해서입니다만, 소인도 밤낮으로 정성을 다하여 붓을 든 보람이 있어 이제 거의 완성된 것이나 다름없사옵니다."

"그것참 축하한다. 나도 만족한다."

그러나 이렇게 말씀하시는 대신의 목소리는 왠지 맥없이 기운이 빠진 듯하였습니다.

"아니옵니다. 아직 전혀 축하할 일이 아니옵니다."

요시히데는 약간 부루퉁한 얼굴로 계속 눈을 내리깔고, "거의 완성되었사오나, 단지 하나 지금 소인이 그리지 못하는 부분이 있사옵니다."

"뭐? 그리지 못하는 데가 있다고?"

"그러하옵니다. 소인은 대체로 본 것이 아니면 그릴 수가 없습니다. 잘 그려도 마음에 들지 않습니다. 그러면 그리지 못한 것과 같지 않겠습니까?"

 이 말을 들은 대신의 얼굴에는 비웃는 듯한 미소가 떠올랐습니다.

 "그럼, 지옥변 병풍을 그리려면 지옥을 봐야 한다는 것인가?"

 "그렇사옵니다. 그러나 저는 작년에 화재가 났을 때, 불지옥의 맹렬한 불과 비슷한 불길을 제 눈으로 보았습니다. '맹염(猛炎)의 부동존*'의 화염을 그릴 수 있었던 것도, 실은 그 화재를 보았기 때문이었습니다. 대신께서도 그 그림은 잘 아시겠지요."

 "그럼 죄인은 본 적이 있나? 지옥의 옥사장이는 본 적이 없겠지?"

 대신은 마치 요시히데의 말이 귀에 들리지 않는 듯한 모습으로 이렇게 연달아 물으셨습니다.

 "소인은 쇠사슬에 묶인 자를 본 적이 있습니다. 괴조(怪鳥)에게 괴로워하는 자의 모습도 자세히 그릴 수 있었습니다. 또한, 죄인이 징벌에 괴로워하는 모습도 모르지는 않사옵니다. 또 옥사장이는……"라고 말하면서 요시히데는 기분 나쁜 쓴웃음을 지으면서, "또, 옥사장이는 꿈속에서 몇 번이나 제 눈에 보였습니다. 때로는 소머리, 때로는 말머리, 그리고 때로는 머리가 셋 달리고 팔이 여섯인 도깨비 모양으로 소리 없는 손뼉을 치고 소리 없는 말을 하며 저를

---

* 부동명왕으로 번뇌의 악마를 응징하는 왕. 맹염이 몸을 감싸고 있는 것은 악마를 박멸하는 위력을 나타냈다. 원문은 'よじり不動尊'이라 하여 'よじり'는 불이 춤추며 올라가는 모양을 말한다.

괴롭히러 온 것이 거의 매일 밤이었습니다……. 제가 아직 그리지 못한 것은 그와 같은 것은 아니옵니다."

이 말에는 대신께서도 적잖이 놀라셨겠지요. 잠시 답답하다는 듯이 요시히데의 얼굴을 바라보셨으나 이윽고 눈썹을 거칠게 움직이시면서, "그럼, 무엇을 못 그린다는 것이냐?" 하고 내뱉듯이 말씀하셨습니다.

15

"저는 병풍의 한가운데에 야자 잎으로 덮은 귀족 수레 한 량이 하늘에서 떨어지는 것을 그리려고 하옵니다."

요시히데는 이렇게 말하고, 비로소 날카로운 눈으로 대신의 얼굴을 바라보았습니다. 그 남자는 그림에 관해서는 미치광이 같다는 말을 들었으나, 그때 눈동자가 돌아가는 모습은 확실히 그와 같은 무서움이 있었습니다.

"그 수레 안에는 한 아리따운 귀부인이 맹렬한 불길 속에서 검은 머리를 흩날리면서 괴로워 몸부림치고 있사옵니다. 얼굴은 연기에 숨이 막히고, 눈썹을 찡그리고 위의 수레 천장을 바라보고 있겠지요. 손은 아래의 주렴을 쥐어 잡고 쏟아져내리는 불티의 비를 막으려 할지도 모릅니다. 그리고 주위로는 살을 뜯어 먹는 괴조가 열 마리나 스무 마리, 깍깍대며 이리저리 날아다닙니다……. 아아, 그것을, 수레의 귀부인을, 아무래도 저는 그릴 수가 없사옵니다."

"그래서…… 어쩌겠다는 것이냐?"

대신께서는 어인 일인지 묘하게 흥미로운 표정으로 이렇게 요시히데를 재촉하셨습니다. 그러나 요시히데는 열이 났을 때처럼 붉은 입술을 떨면서 꿈을 꾸는 듯한 어조로, "그것을 소인은 그릴 수가 없사옵니다" 하고 다시 한번 반복하였습니다만, 돌연 대드는 듯한 기세로, "모쪼록 수레를 한 량, 소인의 눈앞에서 불을 질러주시기를 바라옵나이다. 그리고 혹시 가능하시다면……."

대신은 얼굴이 어두워지는 듯하더니 돌연 크게 웃으셨습니다. 그리고 그 웃음소리에 숨이 막혀가며 말씀하시기를,

"그래, 만사 자네가 말한 대로 해주지. 가능, 불가능을 따지는 것은 무익한 일이로다."

저는 그 말씀을 듣자 왠지 불길한 예감에 섬뜩한 기분이 들었습니다. 실제로 또 대신의 모습은, 입에는 허연 거품이 끓고, 눈썹 주위로는 불빛이 번뜩여서, 마치 요시히데의 광기에 전염되셨나 생각될 정도로 심상치 않으셨습니다. 그리고 잠시 말을 끊었다가, 다시 무엇인가 폭발하는 듯한 기세로 거침없이 웃으면서 말씀하셨습니다.

"수레에 불을 붙이겠다. 또 그 안에는 어여쁜 계집 하나, 귀부인 옷을 입혀서 앉혀놓으마. 닥쳐오는 화염과 흑연으로 수레 안의 계

집이 고통 속에 몸부림치다 죽는……, 그것을 그리려 생각했다니 과연 천하제일의 화공이로구나. 장하다, 장해."

 대신의 말씀을 듣자, 요시히데는 갑자기 얼굴색이 바뀌며 헐떡이는 듯이 단지 입술만 움직이더니만, 이윽고 온몸의 근육이 풀린 듯 바닥에 머리를 바싹 대고, "황공하옵니다" 하고 들릴 듯 말 듯한 낮은 소리로 공손하게 예의를 표하였습니다. 이것은 아마 자기가 생각한 계획의 무서움이 대신의 말씀에 따라 생생하게 눈앞에 떠올랐기 때문이겠지요. 저는 평생 단 한 번, 그때만큼은 요시히데가 불쌍한 인간으로 보였습니다.

16

 그리고 2~3일이 지난 어느 밤이었습니다. 대신은 약속한 대로 요시히데를 부르고 수레를 태우는 광경을 눈앞에서 보여주셨습니다.
 하지만 장소는 호리카와 저택이 아니었습니다. 흔히 '설해(雪解)의 처소'라고 하는, 대신의 누이분이 오래전에 머물렀던 성 밖의 산장이었습니다.
 설해의 처소는 오랫동안 아무도 살지 않은 곳으로, 넓은 뜰도 황폐해진 채 그대로였습니다만, 아마 폐허가 된 모습을 본 사람들의 추측이겠지요. 여기서 돌아가신 누이분에 관해서도 이런저런 소문이 있었는데, 그 하나는, 달이 없는 밤마다 괴이한 진홍색 치마가 바닥 위로 떠서 복도를 돌아다닌다는 소문이었습니다. 그것도 무리는 아니었습니다. 낮에도 한적한 이곳은 해가 저물고 나면 뜰에 흐르는 물소리가 더욱 어둠 속에 울려 퍼져서 별빛에 하늘을 나는 해오라기도 괴이한 모습으로 보일 정도로 으스스했으니까요.

마침 그날 밤도 달이 없는 캄캄한 밤이었습니다만, 침전(寢殿)의 불빛으로 보이길, 마루에 가깝게 자리를 잡은 대신은 연노랑 대신복에 진보라색 바지를 입고, 흰 바탕에 비단 테두리를 한 방석에 위엄 있게 앉아 계셨습니다. 전후좌우에 측근들 대여섯 명이 공손하게 늘어앉아 있던 것은 굳이 말할 것도 없을 것입니다. 그러나 그 가운데 유달리 눈에 띈 자는, 작년 미치노쿠 전투에서 굶주림에 인육을 먹은 후에 사슴의 뿔도 한 손에 뽑게 되었다는 괴력의 무사였는데, 그는 갑옷을 입고 칼집이 위로 향하게 칼을 허리에 비껴 차고 마루 밑에서 엄중하게 쭈그리고 앉아 있었습니다……. 그런 것들이 밤바람에 흔들리는 등불로 밝아졌다가 어두워졌다 하며 거의 꿈인지 생시인지 알 수 없는 광경으로 왠지 두렵고 무섭게 보였습니다.

게다가 또 뜰에 갖다 놓은 수레는, 높은 지붕이 묵직한 어둠을 받치고 있고, 소는 매달지 않은 검은 끌채가 비스듬히 받침대에 걸쳐 있으며, 황금 장식이 별처럼 반짝거리는 것이, 봄이라고는 해도 왠지 싸늘한 느낌이었습니다. 당연히 수레 안에는 비단 테두리의 파란 발이 무겁게 쳐져 있으므로, 안에 누가 타고 있는지는 알 수 없었습니다. 그리고 그 주위에는 잡부들이 모두 손에 횃불을 들고 연기가 마루 쪽으로 가지 않을까 주의하면서 가만히 대기하고 있었습니다.

당사자 요시히데는 약간 떨어져서 마루의 정면 건너편에 꿇어앉아 있었으나, 그는 예의 예복과 두건을 하고, 별이 많은 하늘의 무게에 눌렸는가 생각될 정도로, 평소보다 더욱 작고 초라하게 보였습니다. 그 뒤에 또 한 명, 똑같은 복장을 하고 웅크리고 앉은 자는 아마 그가 데려온 제자였을 겁니다. 그런데 두 사람 다 멀리 어두컴컴한 곳에 앉아 있었으므로, 제가 있던 마루 밑에서는 옷 색깔도 잘 구별되지 않았습니다.

17

때는 그럭저럭 한밤중에 가까웠을 겁니다. 정원을 뒤덮은 어둠이 소리를 조용히 삼키고 일동의 숨소리가 들리는 듯한 가운데 단지 약한 밤바람이 불어오는 소리가 들려오고, 그때마다 횃불이 타는 냄새가 바람을 타고 왔습니다. 대신은 잠자코 이런 이상한 풍경을 가만히 바라보다가 이윽고 앉은 채로 약간 앞으로 나서더니 "요시히데!" 하고 날카롭게 부르셨습니다.

요시히데가 뭐라고 대답을 한 듯하였으나 제 귀에는 단지 웅얼웅

얼하는 소리밖에 들리지 않았습니다.

"요시히데, 오늘 밤에 네가 원하는 대로 수레를 불태워주마."

대신은 이렇게 말씀하시고, 측근의 부하 쪽을 곁눈으로 보셨습니다. 그때 무언가 대신과 측근 누구와의 사이에 의미 있는 미소가 교환된 듯이 보였습니다만 어쩌면 제 착각이었는지도 모릅니다. 그러자 요시히데는 황송해하며 머리를 들고 마루 위를 우러러보았습니다만, 역시 아무 말도 하지 않고 기다렸습니다.

"잘 보아라. 내가 평소 타던 수레다. 너도 기억하겠지. 나는 수레에 지금부터 불을 붙여, 눈앞에 불지옥을 보여줄 것이다."

대신은 다시 말을 멈추고, 측근들에게 눈짓을 하셨습니다. 그리고 갑자기 괴로운 어조로, "저 안에는 죄인 시녀를 하나 묶어서 앉혀 놓았다. 수레에 불을 붙이면, 필시 그 계집은 뼈와 살이 타서 괴로운 최후를 맞이할 것이다. 네가 병풍을 완성하기에 다시없는 좋은 본보기다. 흰 눈과 같은 피부가 타서 문드러지는 것을 잘 보거라. 검은 머리가 불티가 되어 날아 올라가는 모습도 잘 봐두어라."

대신은 무언가 말하려는 듯 몇 번 입을 열다 다무셨으나, 무엇을 생각하셨는지 그저 어깨를 흔들며 소리도 내지 않고 웃으시면서 말씀하셨습니다.

"말세까지 보기 힘든 구경거리다. 나도 여기서 구경하지. 아, 그렇지. 발을 올려서 요시히데에게 수레 안의 계집을 보여줘라."

분부를 받자 잡부 한 사람이 한 손에 횃불을 높이 들고 성큼성큼 수레에 다가가더니 불쑥 손을 뻗어 발을 확 걷었습니다. 요란한 소리를 내며 타오르는 횃불이 한 차례 빨갛게 흔들리면서, 곧 좁은 수레 안을 밝게 비추었는데, 그곳에 비참하게 사슬에 묶인 시녀는……, 아아, 그 누가 잘못 볼 수 있겠습니까. 화려하게 수를 놓은 연분홍 비단옷에 아름다운 검은 머리는 뒤로 길게 늘어뜨리고, 약간 비스듬하게 꽂힌 황금 비녀도 아름답게 빛나 보였습니다만, 옷차림이야 달랐지만, 아담한 몸매에, 천으로 재갈을 물린 흰 목덜미, 그리고 쓸쓸할 정도로 차분한 옆얼굴은 요시히데의 딸이 분명하였습니다. 저는 하마터면 소리를 지를 뻔하였습니다.

그때였습니다. 제 건너편에 있던 무사가 황급히 몸을 일으켜, 칼자루에 손을 대고 무섭게 요시히데 쪽을 노려보았습니다. 그 모습에 놀라 제가 쳐다보니, 요시히데는 이 광경에 거의 정신을 잃었겠지요. 그때까지 밑에서 웅크리고 앉아 있던 그자가 갑자기 벌떡 일어나더니 양팔을 앞으로 뻗고 수레 쪽으로 달려가려고 하였습니다. 아까도 말한 바와 같이, 저는 먼 거리에 있었기 때문에 얼굴 모양은 확실히 보이지 않았습니다. 그러나 그렇게 생각한 것은 거의 한순간으로, 창백해진 요시히데의 얼굴은, 아니, 마치 무언가 눈에 보이지 않는 힘에 허공에 매달린 듯한 요시히데의 모습은, 곧바로 어둠을 뚫고 생생하게 눈앞에 떠올랐습니다. 딸을 태운 수레가 그때, "불을 붙여라" 하는 대신의 명령에 잡부들이 던진 횃불에 활활 타오르기 시작했습니다.

18

　불은 순식간에 수레 지붕을 휘감았습니다. 차양에 달린 보라색 장식 술이 바람에 흔들리는 것 같더니, 그 아래에서 밤눈에도 허옇게 보이는 연기가 소용돌이치며 올라와, 발이, 앞뒤의 기둥이, 지붕의 쇠 장식이 일시에 부서져 날아갔다고 생각될 정도로, 빗발 같은 불티가 날아오르는……, 그 무시무시함은 이루 말할 수가 없었습니다. 아니, 그것보다도 날름날름 혀를 내밀고 문을 휘감으며 공중으로 올라가는 맹렬한 화염 빛은, 마치 해가 땅에 떨어져 생긴 천화(天火)가 다시 용솟음치는 것 같다고 할까요. 아까 하마터면 소리를 지를 뻔한 저도, 그때는 완전히 넋이 빠진 듯, 멍하니 입을 벌리고 무서운 광경을 지켜보는 수밖에 없었습니다. 그러나 아버지인 요시히데는…….

　요시히데의 그때 표정은 지금도 잊을 수 없습니다. 무의식중에 수레 쪽으로 달려가려던 그 남자는, 불이 타오름과 동시에 발을 멈추고 여전히 팔을 내민 채 집어삼킬 듯한 눈매로 수레를 휘감는 불꽃과 연기를 바라보았는데, 온몸에 불빛을 받자 주름진 추한 얼굴은 턱수염까지 잘 보였습니다. 그러나 부릅뜬 눈과 비틀린 입술 언저리, 그리고 끊임없이 경련을 일으키는 얼굴에는 요시히데의 마음속에 휘몰아치는 두려움과 슬픔과 놀라움이 역력히 드러났습니다. 목이 잘리기 전의 도적이라도, 혹은 시왕 앞에 끌려온 십역오악(十

逆五惡)의 죄인이라도 그렇게까지 괴로운 얼굴은 아니었을 겁니다. 이 모습에는 제아무리 괴력의 무사라도, 무심코 창백한 얼굴로 두려운 듯 대신의 얼굴을 살폈습니다.

그러나 대신은 굳게 입술을 깨물고 때때로 음산하게 웃으면서 눈을 떼지 않고 수레 쪽을 노려보고 계셨습니다. 그리고 그 수레 안에는……, 아아, 저는 그때, 수레에 있는 딸의 어떠한 모습을 보았는가, 차마 자세히 말할 용기는 도저히 없습니다. 연기에 숨 막혀 위를 향한 하얀 얼굴, 불길을 피해 흔들리는 긴 머리, 그리고 또 보는 사이에도 불로 변해가는 아름다운 연분홍 비단옷……, 이 무슨 비참한 광경이란 말입니까. 특히 밤바람이 잦아들어 연기가 저쪽으로 쏠렸을 때, 붉은 바탕에 금가루를 뿌린 듯한 불길 안에서 떠오른, 재갈을 입에 물고 묶인 사슬이 끊어져라 몸부림치는 딸의 모습은, 지옥의 고통을 눈앞에 옮긴 것인가 의심스러울 정도로, 저나 괴력의 무사는 저절로 소름이 쫙 끼쳤습니다.

밤바람이 다시 한차례 정원의 나뭇가지를 살짝 스쳐갔다고 모두가 느꼈을 때였을 겁니다. 그 소리가 어두운 하늘 어딘가로 사라졌다고 느껴진 순간, 무엇인가 검은 물체가 공중에서 공처럼 튀면서 처소의 지붕 쪽에서 불이 타오르는 수레 안으로 일자(一字)를 그리며 뛰어들었습니다. 그리고 타닥타닥 타서 떨어지는 붉은색 문 안에서, 뒤로 몸을 젖힌 딸의 어깨를 안고 고통스럽게 비단을 찢는 듯한 날카로운 소리를 계속 연기 밖으로 질러댔습니다. 이어서 다시 두 번 세 번……, 우리는 무심코 앗! 하고 외쳤습니다. 장막과 같은 불길 앞에서 딸의 어깨에 매달려 있는 것은, 호리카와 저택에 묶여 있던 요시히데라는 별명의 원숭이였으니까요.

19

그러나 원숭이 모습이 보인 것은 아주 짧은 순간이었습니다. 금가루 같은 불티가 한바탕 확 하늘로 올라갔을 때, 원숭이는 물론 딸의 모습도 검은 연기에 가려져 정원의 한가운데에는 단지 한 량의 불수레가 요란한 소리를 내며 타오르고 있을 뿐이었습니다. 아니, 불수레라기보다는 불기둥이라고 하는 편이 별하늘을 찌르며 부글부글 끓어오르는 무서운 화염의 모습이라고 하는 것이 적당할지 모르겠습니다.

불기둥을 앞에 두고 얼어붙은 듯이 서 있던 요시히데는……, 얼마나 이상한 일이었나요. 아까까지 지옥의 징벌에 괴로워하는 듯했던 요시히데는, 지금은 뭐라 표현하기 어려운 광채를, 마치 황홀한 법열(法悅)의 광채를 주름진 얼굴에 가득 드러내며 대신의 앞인 것도 잊었는지 가슴에 팔짱을 꼭 끼고 우두커니 서 있는 것이 아니겠습니까. 그 모습이, 아무래도 그 남자 눈에는 딸이 몸부림치며 죽어가는 모습이 보이지 않는 듯하였습니다. 단지 아름다운 화염 빛과, 그 안에서 괴로워하는 여인의 모습이 한없이 마음을 기쁘게 하는……, 그런 경관으로 보였습니다.

 게다가 이상한 것은 글쎄 그자가 외동딸의 단말마(斷末魔)를 매혹된 듯 바라보는 것만이 아니었습니다. 그때의 요시히데에게는 왠지 사람이라 생각되지 않는, 꿈속에서나 보는 사자왕(獅子王)의 분노와 같은 괴상한 엄숙함이 보였습니다. 그래서 그런지 예기치 않은 불길에 놀라 울어대며 사방을 날아다니는 무수한 밤새조차 요시히데의 두건 주위로 가까이 가지 않는 듯하였습니다. 아마 생각 없는 새의 눈에도 그자의 머리 위로 원광처럼 떠 있는 불가사의한 위엄이 보였겠지요.

 새들조차 그러했습니다. 하물며 우리는 잡부까지도 모두 숨을 죽이며 몸은 떨고 있지만, 마음은 이상한 환희에 가득 차, 마치 개안을 한 부처라도 본 듯 눈을 떼지 않고 요시히데를 바라보았습니다. 하늘 가득히 퍼지는 수레의 불과, 그것에 넋을 빼앗겨 우두커니 선 요시히데……, 얼마나 장엄하고 큰 환희였겠습니까. 그러나 단지 한 사람, 마루 위의 대신은, 마치 다른 사람인가 생각될 정도로, 창백한 얼굴에 입가에는 거품을 물고 무릎을 양손으로 꼭 잡고, 마치 목이 타는 짐승처럼 괴로워하셨습니다.

20

그날 밤 설해의 처소에서 대신이 수레를 태운 것은 금세 세상에 소문이 퍼졌습니다만, 그것에 관해서는 꽤 여러모로 비판을 하는 자도 있었던 것 같습니다. 첫째로, 왜 대신이 요시히데의 딸을 태워 죽였는가 하면, 얻지 못한 사랑의 원한에서 그런 것이라는 소문이 가장 많았습니다. 그러나 대신은 어디까지나 수레를 태우고 사람까지 죽이면서 병풍 그림을 그리고자 한 화공 근성의 왜곡된 마음을 혼내주려는 생각이었음이 분명합니다. 실제로 저는 대신이 직접 그렇게 말씀하시는 것을 들었습니다.

그리고 요시히데가 눈앞에서 딸을 태워 죽이면서도 병풍 그림을 그리려고 한 목석과 같은 마음이 과연 어떤 것인지 사람들은 왈가왈부한 것 같습니다. 어떤 사람은 그자를 매도하여, 그림 때문에 부모 자식 간의 사랑도 버린 인면수심의 나쁜 놈이라고 말했습니다. 아까 말한 요가와의 승도님 등은 이런 생각에 찬동하신 분으로, "아무리 일예일능(一藝一能)에 뛰어나도 사람의 오상*을 분별하지 못하면 지옥에 떨어져야 한다"고 누누이 말씀하였습니다.

그런데 그 후 한 달 정도 지나, 이윽고 지옥변 병풍이 완성되자, 요시히데는 곧바로 저택에 가져와서 공손하게 대신에게 보여드렸

---

* 사람이 항상 지켜야 할 인의예지신(仁義禮智信)

습니다. 마침 그때는 승도님도 같이 계셨는데, 병풍 그림을 한 번 보시더니, 한 첩의 병풍에 그려진 천지에 불어대는 불 폭풍의 무서움에는 정말로 놀라셨을 겁니다. 그림을 보기 전에는 쓴 얼굴을 하고 요시히데를 뚫어지게 노려보고 계셨는데, 무의식중에 무릎을 치며, "명작이로고!" 하고 말씀하셨습니다. 이 말을 듣고 대신께서 쓴웃음을 지은 것을 아직도 저는 잊지 못합니다.

그 후로, 그자를 나쁘게 말하는 사람은 적어도 저택 안에서는 거의 한 사람도 없었습니다. 누구나 병풍을 보면, 아무리 요시히데를 밉게 생각하였다 해도, 묘한 엄숙함에 감동되어, 불지옥의 대고난을 여실히 느꼈기 때문이겠지요.

그러나 그렇게 된 때에는, 요시히데는 이미 이 세상 사람이 아니었습니다. 그것도 병풍이 완성된 다음 날 밤에, 자기 방의 들보에 밧줄을 매달고 목매어 죽었습니다. 외동딸을 먼저 저세상으로 보낸 그자는 아마 편한 마음으로 살아갈 수 없었겠지요. 시체는 지금도 그 남자의 집터에 묻혀 있습니다. 작은 묘비는 그 후 몇십 년의 비바람에 바래서 오랜 옛날 누구의 묘인지도 알 수 없게 이끼가 끼어 있을 것입니다.

굴

흐린 겨울날 저녁이었다. 나는 요코스카발 상행 이등 객차의 한 구석에 앉아 아무 생각 없이 발차의 기적이 울리기를 기다리고 있었다. 일찌감치 전등이 켜진 객차 안에는 그날따라 나 말고는 아무도 없었다. 밖을 내다보니 약간 어둑해진 플랫폼에도 오늘은 어쩐 일인지 송영하는 사람조차 보이지 않고, 단지 우리 속의 작은 개 한 마리가 때때로 슬픈 듯이 짖어댔다. 이런 풍경은 그때의 내 마음 상태와 너무도 흡사하였다. 내 머릿속에는 뭐라 형용키 어려운 피로와 권태가, 마치 눈구름이 가득한 하늘과 같이 어두침침한 그림자를 드리우고 있었다. 외투 주머니에 양손을 집어넣은 채로 나는 주머니에 있는 석간신문을 꺼내 볼 기운조차 없었다.

이윽고 기적이 울렸다. 나는 어렴풋하게 몸이 풀리는 것을 느끼면서 창틀에 머리를 기대고 눈앞의 정거장이 천천히 뒷걸음쳐 뒤로 사라질 때를 망연히 기다렸다. 그런데 그보다 먼저 시끄럽게 딱딱거리는 게다 소리가 개찰구 쪽에서 나고 곧 차장이 뭐라고 야단치는 소리가 들리더니 내가 탄 이등실 문이 활짝 열리고 열서너 살쯤 되는 소녀가 황급히 들어왔을 때 기차는 한 번 묵직하게 흔들리더니 서서히 움직이기 시작했다. 하나둘 눈을 스쳐 지나가는 플랫폼의 기둥과 마치 잊힌 듯 뎅그러니 남은 물탱크차, 차내의 누군가에게 팁을 받고 고맙다고 인사를 하는 짐꾼……, 그런 모든 풍경이 차창에 부딪히는 매연 속으로 아쉬움을 남기고 뒤로 스러져갔다. 나는 그제야 마음이 좀 가라앉아 담배에 불을 붙이면서 비로소 나른한 눈으로 앞자리에 앉은 소녀의 얼굴을 힐끗 쳐다보았다.

 윤기 없이 푸석한 머리를 뒤로 묶어 올리고, 손등으로 코를 훔친 흔적이 보이고, 뺨은 추위로 온통 부르튼 데다 불쾌할 정도로 붉은, 영락없는 두메산골 소녀였다. 그리고 때가 낀 연두색 털실 목도리가 축 늘어진 무릎 위에는 커다란 보따리가 놓여 있었다. 또 보따리를 안은 부르튼 손으로는 삼등석 빨강 차표를 마치 소중한 물건인 양 꼭 쥐고 있었다. 나는 소녀의 천박한 얼굴 생김새가 싫었다. 불결한 옷차림도 불쾌하였다. 게다가 이등석과 삼등석을 구별하지 못하는 우둔한 머리에도 화가 났다. 담배에 불을 붙인 나는 한편으로는 소녀의 존재를 잊고자 하는 생각도 있어 이번에는 주머니의 석간신문을 꺼내 되는 대로 무릎 위에 펼쳤다. 그때 석간신문 지면을 비추던 바깥 빛이 돌연 전등 빛으로 바뀌며, 인쇄가 조잡한 기사 몇 개의 활자가 뜻밖에 선명하게 눈에 들어왔다. 기차가 지금 막 요코스카선에 많은 터널 중 첫 번째 터널에 들어갔기 때문이다.

그러나 전등불이 비추는 석간의 지면을 바라보아도 나의 우울을 위로하기에는 여전히 세상은 너무 진부한 사건만 계속되었다. 강화 문제, 신랑 신부, 독직 사건, 부고……. 나는 터널에 들어간 순간, 기차가 역방향으로 달리고 있다는 착각에 빠지면서 삭막한 기사들을 거의 기계적으로 훑어보았다. 그러나 그사이에도 물론 소녀가 마치 비속한 현실을 인간으로 드러낸 것 같은 얼굴로 내 앞에 앉은 것을 끊임없이 의식하고 있었다. 터널 속의 기차와 시골뜨기 소녀와, 진부한 기사로 가득 찬 석간……, 이것이 상징이 아니고 무엇이겠는가. 이해할 수 없고 저급하며 지루한 인생의 상징이 아닌 그 무엇이겠는가. 나는 모든 것이 하잘것없다는 생각이 들어, 읽던 석간을 팽개치고 다시 창틀에 머리를 기대고 죽은 듯이 눈을 감고 꾸벅꾸벅 졸기 시작했다.

그리고 몇 분이 지났다. 문득 뭔가 께름칙한 기분에 눈을 뜨고 주위를 살펴보니 언제부터인지 소녀가 건너편에서 내 쪽으로 자리를 옮겨와 차창을 열려고 끙끙대고 있었다. 그러나 무거운 유리창이 쉽사리 올라가지 않는 것 같았다. 부르튼 뺨은 점점 더 빨개지고 때때로 콧물을 훌쩍거리는 소리가 숨을 헐떡이는 작은 소리와 함께 계속 귀로 들려왔다. 이 장면은 물론 내게도 약간의 동정을 유발할 만했다. 그러나 기차가 지금 막 터널의 입구에 들어가려고 한다는 것은, 저녁 어스름 속에 마른 풀들이 훤하게 보이는 양쪽의 산 중턱이 차창 가까이 바싹 다가온 것으로도 쉽게 알 수 있을 터였다. 그럼에도 소녀가 일부러 닫힌 창문을 열려는……, 그 이유를 나는 알 수가 없었다. 아니, 나는 단지 소녀의 변덕스러운 성질 때문이라고 생각했다. 그래서 나는 속으로는 여전히 험악한 감정을 품은 채 소녀가 부르튼 손으로 유리창을 올리려고 악전고투하는 모습을 마치 그것이 영원히 성공하지 못하기를 바라는 듯한 냉혹한 눈으로 바라보았다. 그때 곧 굉음과 함께 기차가 터널로 들어감과 동시에 유리창이 마침내 덜컹 열렸다. 그러자 그 사각의 창문을 통하여 검댕을 풀어놓은 듯한 시커먼 공기가 갑자기 숨 막히는 연기가 되어 자욱하게 차 안으로 쳐들어왔다. 원래 목이 좋지 않은 나는 손수건을 얼굴에 댈 틈도 없이 연기를 온 얼굴에 덮어쓴 탓에 거의 숨도 쉴 수 없을 정도로 컥컥거렸다. 그러나 소녀는 나를 전혀 개의치 않고 창밖으로 얼굴을 내밀고 어둠 속에서 불어오는 바람에 머리칼을 흩날리면서 가만히 기차가 진행하는 방향을 바라보고 있었다. 그 모습을 매연과 전등 빛 사이로 보았을 때 마침 창밖이 훤히 밝아져 시원한 흙냄새와 풀과 물 냄새가 흘러들어오지 않았다면 간신히 기침을 멈춘 나는 이 생판 모르는 소녀를 야단쳐서라도 다시 원래대로 창문을 닫게 하였을 것이다.

그러나 기차는 그때 이미 터널을 빠져나와 마른 풀 가득한 산과 산 사이에 있는 어느 가난한 시골마을 어귀의 건널목으로 다가가고 있었다. 건널목 가까이에는 초라한 초가지붕과 기와지붕 집들이 빼곡하게 들어서 있고, 건널목지기가 든 희끄무레한 깃발 하나만이 나른하게 저녁 노을빛 속에 흔들리고 있었다. 막 터널을 빠져나왔을 때였으리라. 나는 그때 쓸쓸한 건널목의 철책 저편에 뺨이 붉은 사내아이 셋이 전선 위의 새들처럼 나란히 서 있는 것을 보았다. 아이들은 마치 이 흐린 하늘에 짓눌려 짜부라진 게 아닐까 싶을 정도로 모두 키가 작았다. 그리고 또 마을 변두리의 음침한 풍경과 비슷한 색깔의 옷을 입고 있었다. 아이들은 지나는 기차를 쳐다보고 일제히 손을 흔들며 가느다란 목을 뒤로 젖히고 무슨 말인지 알 수 없는 함성을 열심히 질러댔다. 그 순간이었다. 창밖으로 상반신을 내민 소녀가, 그 부르튼 손을 내밀고 힘차게 좌우로 흔드는가 싶더니, 가슴을 설레게 할 정도의 따뜻한 햇살로 물든 귤 대여섯 개가 기차를 배웅하는 아이들 쪽으로 어느새 날아가 흩어졌다. 나는 순간 숨을 멈췄다. 그리고 찰나에 모든 것을 알 수 있었다. 소녀는 지금 일자리를 찾아 도시로 떠나는 것일 터이고, 가지고 있던 몇 개의 귤을 던져, 일부러 멀리 건널목까지 배웅 나온 남동생들의 노고에 답한 것이었다.

 저녁노을에 물든 마을의 건널목과 참새처럼 소리를 질러대던 세 아이, 그리고 아이들에게 날아가 흩어진 선명한 귤빛, 그 모든 것은 차창 밖에서 눈 깜짝할 사이에 스쳐 지나갔다. 그러나 내 마음에는 애절할 정도로 확연히 이 광경이 각인되었다. 그리고 내 속 깊은 곳에서 어떤 정체를 알 수 없는 밝은 것이 용솟음쳐오는 것을 느꼈다. 나는 선뜻 고개를 들고 마치 다른 사람을 쳐다보는 것처럼 소녀를 주시하였다. 소녀는 벌써 다시 건너편 자리로 돌아가 앉아 여전히 부르튼 뺨을 연두색 목도리에 묻은 채 커다란 보따리를 안은 손에 삼등석 차표를 꼭 쥐고 있었다…….

나는 이때 비로소 알 수 없던 피로와 권태를, 그리고 이해할 수 없고 저급하며 지루한 인생을 잠시나마 잊을 수가 있었다.

늪지

비 오는 오후였다. 나는 어느 회화 전람회장의 한 방에서 작은 유화를 발견하였다. 발견이라면 좀 거창하지만 실제 그렇게 말해도 무방할 정도로 이 그림은 채광이 좋지 않은 한구석에, 그것도 매우 초라한 액자에 담겨 아무도 쳐다보는 이 없이 외롭게 걸려 있었다. 그림은 '늪지'라는 제목이었던 것 같고, 그린 이는 무명의 화가였다. 또 그림 자체도 단지 탁한 수면과 습한 땅, 그리고 그 땅에 울창한 초목만을 그린 것이어서 필시 보통의 관람객에게는 문자 그대로 일고(一顧)도 받지 못하였을 것이다.

더구나 이상한 점은 이 화가는 울창한 초목을 그리면서 녹색은 전혀 쓰지 않았다. 갈대와 포플러, 무화과에 칠한 것은 모두 탁한 노랑이었다. 마치 젖은 토담처럼 둔중한 느낌의 황색이었다. 이 화가에게는 초목의 색깔이 실제 그렇게 보인 것일까? 그렇지 않으면 자기 취향으로 이렇게 의도적으로 과장한 것일까……? 나는 그 그림 앞에 서서 그림이 전해주는 느낌을 음미함과 동시에 이런 의문이 자꾸 떠올랐다.

그러나 보면 볼수록 그림 안에 섬뜩한 힘이 잠재되어 있음이 강하게 느껴졌다. 특히 전경(前景)의 땅 같은 것은 밟을 때 발에 닿는 촉감까지도 생생하게 느껴질 정도로 적확(的確)하게 그려져 있었다. 밟으면 푸욱 하고 소리를 내며 발이 빠져들어 갈 것 같은 부드러운 진흙의 느낌이었다. 나는 이 작은 유화 속에서 예리하게 자연을 묘사하려고 노력한 애처로운 예술가의 모습을 발견하였다. 그리고 모든 뛰어난 예술품에서 받는 것과 같이 이 누런 늪지의 초목에서도 황홀하고 비장한 감동을 느꼈다. 실제로 같은 방에 걸려 있는 크고 작은 다양한 그림 중에서 이 한 점에 필적할 만한 강한 힘을 가진 그림은 찾아볼 수가 없었다.

"감상에 푹 빠지셨군요."

이런 말과 함께 누가 어깨를 치기에 나는 마치 무엇이 마음속에서 떨어져나간 기분으로 휙 뒤를 돌아보았다.

"어떤가요? 이 그림은."

상대는 무관심한 표정으로 이렇게 말하며 새파란 면도 자욱이 보이는 턱으로 늪지 그림을 가리켰다. 최신 유행의 갈색 양복을 입고 풍채가 좋은, 스스로 소식통임을 자임하는 신문사 미술 기자였다.

나는 그 기자에게서 전에도 한두 번 불쾌한 인상을 받은 기억이 있어 마지못해 건성으로 대답하였다.

"걸작입니다."

"걸작, 입니까? 그것 참 희한하군요."

기자는 껄껄 웃었다. 그 소리에 놀랐는지 주위에서 그림을 보던 관람객 두세 명이 모두 동시에 이쪽을 쳐다보았다. 나는 점점 더 불쾌해졌다.

"그것참 흥미롭군요. 원래 이 그림은 말이죠, 회원 그림이 아닙니다. 그런데 당사자가 집요하게 꼭 여기 내달라고 애원하였기에 유족이 심사위원들에게 부탁하여 간신히 이 구석에 걸게 된 것이죠."

"유족이오? 그럼 이 그림을 그린 사람은 죽었단 말입니까?"

"죽었죠. 하지만, 뭐 살아 있을 때도 죽은 것과 다름없었고."

내 안에서는 어느새 불쾌한 감정보다 호기심이 더 강해졌다.

"어떻게요?"

"이 화가는 아주 오래전에 머리가 돌아버렸어요."

"이 그림을 그린 때도 그랬단 말인가요?"

"물론이죠. 미치광이가 아니고서야 누가 이런 색의 그림을 그리겠습니까. 이걸 선생님이 걸작이라며 감동하고 계신 겁니다. 그게 참 이상하다는 거죠."

기자는 다시 거만하게 소리를 내며 웃었다. 그는 내가 나의 무식을 부끄러워하리라 예측하였을 것이다. 아니면 한발 더 나아가 그림 감상에 관해서 자신의 우월함을 내게 전달하려는 생각이었는지도 모른다. 그러나 그의 기대는 둘 다 허사가 되었다. 그의 말을 듣자마자 거의 엄숙에 가까운 감정이 내 온 정신에 이루 말할 수 없는 파동을 일으켰기 때문이었다. 나는 흥분된 마음으로 다시 늪지 그림을 응시하였다. 그리고 다시 이 작은 캔버스 안에서 엄청난 초조와 불안으로 괴로워하는 애처로운 예술가의 모습을 발견하였다.

"생각만큼 그림이 그려지지 않아서 미쳐버린 것 같네요. 그것만큼은 굳이 칭찬하자면 칭찬해줄 수 있겠지요."

기자는 밝은 표정으로 매우 흥미롭다는 의미의 미소를 지었다. 이것이 무명의 예술가가……, 즉 우리 중 한 사람이 생명을 희생하면서 세상으로부터 간신히 얻어낸 유일한 대가였다. 나는 전신에 야릇한 전율을 느끼면서 다시 이 우울한 유화를 바라보았다. 그곳에는 어두컴컴한 하늘과 수면 사이에, 젖은 황토색을 띤 갈대와 포플러, 그리고 무화과가, 자연 그 자체를 드러내는 섬뜩한 힘으로 살아 있었다…….

"걸작입니다."

나는 기자의 얼굴을 빤히 바라보면서 의기양양하게 이렇게 되풀이했다.

의혹

지금으로부터 벌써 10여 년 전의 봄, 나는 실천윤리학 강의를 의뢰받아 일주일 정도 기후현 오오가키시*에 머무르게 되었다. 평소 지방 유지의 고맙지만 귀찮은 접대에 질려버린 나는 나를 초청해준 교육가 단체에 미리 편지를 보내 환영회나 접대, 관광 안내 및 기타 강연에 부수된 모든 행사를 거절한다고 전해놓았다. 그러자 다행히도 내가 별난 사람이라는 소문이 이미 그곳에도 알려진 듯 이윽고 그곳에 내가 도착하였을 때는 단체의 회장을 겸한 시장이 직접 나서서 내가 희망한 대로 만사를 배려해주었을 뿐 아니라 숙소도 특별히 신

---

* 현재는 인구 16만의 기후현에서 두 번째로 큰 도시. 원문에는 오오가키마치(町). 마치는 우리나라의 읍·면·동에 해당한다. 편의상 시(市)로 번역하였다.

경을 써주어 일반 여관이 아니라 지역 부호 N씨의 별장으로 사용되는 한적한 숙소를 마련해주었다. 내가 지금부터 하는 이야기는 그 별장에 머물던 중에 우연히 듣게 된 어떤 비참한 사건의 전말이다.

별장은 고로쿠성*에 가까운 지역으로, 번잡한 속세에서 멀리 떨어진 곳이었다. 특히 내가 기거하게 된 8조**의 서재는 햇볕이 잘 들지 않는 아쉬움은 있었으나, 장지문 등도 적당히 고풍스러워 자못 차분한 분위기였다. 시중을 들어주는 별장지기 부부는 각별한 용무가 없는 한 부엌방에 내려가 있었으므로 어스레한 8조의 방은 대체로 인기척이 없이 한적하였다. 화강암 물받이돌 위로 가지를 늘어뜨린 목련이 때때로 하얀 꽃잎을 떨어뜨리는 소리까지 또렷이 들려오는 정적이었다. 매일 오전에만 강연에 나가던 나는, 오후와 밤 시간을 방에서 매우 평온하게 지냈다. 그러나 동시에 참고서와 옷가지를 넣은 가방 외에 뭐 하나 가진 것이 없는 나 자신이 쓸쓸하게 느껴질 때도 있었다.

그렇기는 하지만 오후에는 가끔 찾아오는 내방객에 정신을 빼앗겨 그리 쓸쓸하다는 생각은 하지 않았다. 그러나 죽통 받침의 고풍스러운 램프에 불이 켜지면, 사람의 숨결이 오가던 세계는 순식간에 희미한 빛이 비치는 내 주위로 축소되어 버렸다. 게다가 나는 내

---

*   시내에 있는 오오가키성의 별명. 1500년 축성, 1945년 소실, 1959년 재건
**   다다미 8장이 깔린 방

주위조차 결코 푸근하다고는 느끼지 못했다. 내 뒤에 있는 도코노마*에는 꽃이 꽂혀 있지 않은 청동 화병 하나가 묵직하게 자리 잡고 있었다. 그리고 그 위에는 신비스러운 분위기의 양류관음** 족자가 색 바랜 비단 표구 안에서 흐릿하게 먹빛을 드러내고 있었다. 나는 때때로 책에서 눈을 떼고 이 오래된 불화를 바라볼 때마다 피우지도 않은 향내가 어딘가에서 풍겨오는 느낌이 들었다. 그 정도로 방 안에는 절과 같은 한적한 분위기가 감돌고 있었다. 그런 탓에 나는 일찍 잠자리에 들었다. 그러나 이부자리에 들어가도 잠은 잘 오지 않았다. 창밖에는 새 소리가 멀리 그리고 가까이에서도 들려와 나를 놀라게 했다. 새 소리는 이 집 위쪽에 있는 천수각***을 생각나게 하였다. 낮에 쳐다보면 울창한 송림 사이에 3층의 흰 벽돌로 쌓아 올려진 천수각의 휘어진 지붕 위 하늘에는 많은 까마귀가 날아다녔다. 나는 어느새 꾸벅꾸벅 잠에 빠져들면서도 아직 뱃속 깊은 곳에는 물과 같은 봄추위가 떠도는 것이 느껴졌다.

 그렇게 지내던 어느 밤의 일이었다. 그때는 예정 강연 일수가 거의 끝나려는 때였다. 나는 여느 때처럼 램프 앞에 앉아 한참 책에 빠

---

*   방 한 면에 바닥을 한층 높여 만들어 놓은 곳. 도자기나 꽃병, 족자 등으로 장식해 둔다.
**   병고를 덜어주는 관음. 자비심이 많아 중생의 소원에 응하는 것이 버들가지가 바람에 나부끼는 것과 같다는 데서 온 말
***   성의 중심 건물에 축조한 가장 높은 망대

져 있었는데, 옆방과의 경계인 장지문이 갑자기 스르르 열렸다. 장지문이 열린 것을 알았을 때 나는 그저 별장지기가 왔으리라 생각하여, 마침 아까 써둔 엽서를 우체통에 넣어달라는 부탁을 하려고 무심코 그쪽을 힐끗 쳐다보았다. 그런데 저쪽의 희미한 어둠 속에는 내가 처음 보는 사십 대의 남자 한 사람이 단정히 앉아 있었다. 사실 나는 그 순간 경악, 아니 그보다도 오히려 미신적인 공포에 가까운 어떤 감정에 휩싸였다. 또 실제로 그 남자는 그 정도의 충격을 줄 정도로, 흐릿한 램프 빛을 받아 묘하게 유령 비슷한 모습을 하고 있었다. 그러나 그는 나와 얼굴을 마주치자, 옛날식으로 양손을 이마에 대고 정중하게 절을 하고 보기보다 젊은 목소리로 거의 기계적으로 이런 인사말을 하였다.

"심야 다망하신 데 방해가 되어 정말로 황송하옵니다만, 잠시 긴히 선생님에게 부탁하고픈 일이 있어 실례를 무릅쓰고 이렇게 찾아왔습니다."

그가 이런 말을 늘어놓는 동안에 이윽고 최초의 충격에서 회복된 나는 안정을 되찾고 상대를 관찰하기 시작했다. 그는 이마가 넓은 핼쑥한 얼굴에 나이에 어울리지 않게 눈이 총명해 보이는 고상한 반백의 남자였다. 문장(紋章)이 새겨지지는 않았지만 수수한 하오리하카마*에,

---

*   소매가 짧은 겉옷 상의가 하오리고 주름진 하의가 하카마다. 옛날 사무라이의 예복. 현대 일본의 신랑 결혼식 예복. 부채도 한 세트로 지참한다.

무릎 앞에는 부채까지 가로놓여* 있었다. 단지, 순간적으로 내 신경을 자극한 것은, 그의 왼손에 손가락이 하나 없는 것이었다**. 나는 그걸 보자 나도 모르게 눈을 딴 데로 돌려버렸다.

"무슨 일인가요?"

나는 읽던 책을 덮고 무뚝뚝하게 이렇게 물었다. 그의 당돌한 방문이 예기치 않은 것이기에 나는 당연히 기분이 언짢았다. 또 동시에 별장지기의 안내를 받지 않고 불쑥 내 앞에 나타난 사실로 보아 수상하다는 생각이 들었다. 그러나 남자는 나의 냉담한 말에도 굴하지 않고 다시 한번 이마를 바닥에 가까이하고 변함없이 낭독이라도 하는 어조로 말했다.

"소개가 늦었습니다만, 저는 나카무라 겐도라고 하는 사람으로, 저 또한 매일 선생님의 강연을 들으러 나오고 있습니다만, 물론 사람이 많으니 기억 못 하실 겁니다. 모쪼록 이를 인연으로 앞으로도 많은 지도를 부탁합니다."

나는 여기에 이르러 마침내 이 남자의 본의를 알 수 있을 것 같았다. 그러나 밤중에 독서의 흥미가 깨진 것은 여전히 불쾌했다.

"그럼, 무언가 내 강연에 대한 질문이라도 있다는 말씀인가요?"

이렇게 물은 나는 내심 은근히, '질문이라면 내일 강연장에서 듣

---

* 부채를 앞에 가로놓는 것은 겟카이(結界)라 하여, 당신과의 경계를 그어 그 밑에 제가 있다는 예의의 표시다.

** 사무라이는 잘못에 대한 반성이나 각오로 손가락을 자르던 관습이 있었다.

의혹

기로 하죠'라는 적절한 거절의 문구를 준비하고 있었다. 그러나 상대는 여전히 얼굴의 근육 하나 움직이지 않고, 가만히 무릎 위로 시선을 떨어뜨리면서 말했다.

"아닙니다. 질문은 아닙니다. 그게 아니오라, 실은 제 일신의 대처 방법에 관하여 꼭 선생님의 의견을 듣고자 합니다. 그러니까 지금으로부터 약 20년 전, 저는 어떤 뜻밖의 사건을 당해, 그 결과 완전히 나 자신도 뭐가 뭔지 알 수 없게 되어버렸습니다. 따라서 선생님과 같은 윤리학계 대가로부터 말씀을 들으면 자연히 분별이 되리라 생각하여 오늘 밤 일부러 찾아뵌 것입니다. 어떠신지요? 따분하시겠지만 제 이야기를 한번 들어주지 않으시겠습니까?"

나는 대답을 망설였다. 물론 전공을 따지면 내가 윤리학자임은 분명하나, 그렇다고 해도 유감스럽게도 나는 그 전문 지식을 활용하여 실제 삶의 문제를 기민하게 해결할 수 있을 정도로 융통성 있는 두뇌의 소유자라고 자부할 수는 없었다. 그러자 그는 내가 주저하는 것을 금세 눈치 챈 듯, 무릎 위로 향했던 시선을 쳐들고 조심스럽게 내 안색을 살피면서 거의 탄원하는 어조로 아까보다 좀 더 차분한 소리로 정중히 이렇게 말을 이었다.

"물론 억지로 선생님에게 시비의 판단을 들어야겠다는 것은 아닙니다. 단지 제가 지금껏 시종 괴로워하는 문제이오니, 적어도 그 동안의 고통만이라도 선생님과 같은 분에게 들려드려 다소라도 저 자신을 위로하고자 합니다."

그런 말을 들으니 나는 형식적이라도 이 남자의 이야기를 들을 수밖에 없었다. 그러나 동시에 불길한 예감과 함께 어떤 막연한 책임감이 무겁게 내 마음을 억압하는 듯한 기분도 들었다. 나는 그런 불안한 감정을 떨쳐버리고 싶다는 마음에 일부러 아무렇지도 않다는 태도를 가장하고 희미한 램프의 건너편으로 상대를 가깝게 다가오게 한 후 말했다.

"그럼 어쨌든 이야기는 들어보도록 하죠. 그렇다고 그걸 들었다고 해서 각별히 참고가 될 만한 의견이 나올지는 모르겠습니다만."

"아뇨, 단지 들어만 주셔도 저는 더 바랄 것이 없겠습니다."

나카무라 겐도라는 인물은 손가락이 하나 없는 손으로 방바닥 위의 부채를 들고, 때때로 슬며시 눈을 들어 나보다는 도코노마의 양류관음을 훔쳐보면서 여전히 억양이 없는 음울한 어조로 어눌하게 이런 이야기를 시작했다.

메이지 24년의 일입니다. 잘 아시다시피 24년이라 하면 노비 대지진*이 일어난 해로, 그 이래 오오가키도 완전히 모습이 바뀌어버렸습니다만, 그 당시 시내에는 소학교가 두 개 있었는데, 하나는 영주님이 세우신 것, 또 하나는 지역 유지가 세웠습니다. 저는 영주님

---

* 1891년 10월 28일 오전 미노(美濃), 오와리(尾張) 지역에 일어난 대지진으로 사망 7,000여 명, 전파 가옥 8만여 호. 이곳 오오가키는 9할 파괴되고 7할 소실되었다.

이 세우신 K 소학교에 봉직하였습니다만, 제가 현(縣)의 사범학교를 수석으로 졸업한 것도 있고, 교장선생님 등의 신임도 컸기 때문에 내 연배로서는 꽤 많은 15엔의 월급을 받았습니다. 지금 15엔의 월급은 생계도 부지하기 어려울 정도입니다만, 벌써 20여 년 전이므로 충분하지는 않지만 생활에 불편은 없었으므로, 동료 사이에서도 저는 선망의 대상이 될 정도였습니다.

세상에 가족은 오로지 처 하나뿐으로, 그것도 결혼 후 채 2년도 지나지 않은 때였습니다. 제 아내는 교장선생님의 먼 친척뻘로, 어릴 때 양친을 잃고 내게 시집오기 전까지 교장선생님 부부가 딸처럼 키워준 여자입니다. 이름은 사요라고 하고, 제 입으로 말하는 게 좀 그렇습니다만, 아주 온순하고 부끄러움을 잘 타는, 그 대신 또 너무 말이 없어 왠지 조용하고 쓸쓸한 천성의 여자였습니다. 그러나 우리는 닮은꼴 부부로, 굳이 이렇다 할 만한 화려한 즐거움은 없었어도 적어도 평온한 나날을 보낼 수가 있었습니다.

그런데 그 대지진으로……, 잊을 수 없는 10월 28일, 오전 7시경이었을 겁니다. 내가 우물 옆에서 양치질하고 아내는 부엌에서 솥의 밥을 푸던……, 그 위로 집이 무너져 내렸습니다. 그것은 거의 1, 2분 사이에 일어난 일로, 마치 태풍과도 같은 엄청난 땅울림이 들리는가 싶더니, 순식간에 삐걱 집이 기울어지고, 이어서 기와가 공중으로 튀는 것이 보였을 때였습니다. 저는 앗, 소리를 지를 겨를도 없이 갑자기 무너져내린 처마에 깔려 잠시 혼미한 상태에서 어디선가 밀려오는 큰 진동에 흔들리다가 깔린 처마 밑에서 간신히 흙먼지 속으로 기어서 나와 보니, 눈앞에 보이는 것은 무너진 지붕이었는데, 기와 사이로 자란 풀까지 함께 통째로 땅에 주저앉아버렸습니다.

그때의 내 마음은 놀랐다고 해야 할지 황당하다고 해야 할지 모르겠습니다. 마치 넋이 빠진 듯, 털썩 그곳에 주저앉은 채로 폭풍의 바다처럼 좌우로 무너진 집들을 쳐다보면서, 땅이 울리는 소리, 들보가 떨어지는 소리, 나무가 부러지는 소리, 벽이 무너지는 소리, 그리고 몇천 명의 사람들이 갈팡질팡 도망치며 지르는 소리인지 무슨 소리인지 종잡을 수 없는 울림이 시끄럽게 들끓는 것을 멍하니 듣고 있었습니다. 그러나 그것은 거의 찰나의 순간으로, 곧 저쪽의 처마 밑에 움직이는 물체를 발견하자마자 저는 황급히 튀어 일어나 악몽에서 깨어난 듯 의미 없는 고함을 지르면서 그곳으로 달려갔습니다. 처마 밑에는 제 아내 사요가 떨어진 들보에 하반신이 깔려 괴로움에 몸부림치고 있었습니다.

저는 아내의 손을 잡고 끌어당겼습니다. 아내의 어깨를 밀어서 일으키려고 하였습니다. 그러나 덮쳐버린 들보는 벌레가 기어나올 정도의 틈도 벌어지지 않았습니다. 나는 허둥대면서 처마의 판자를 하나씩 잡아 뜯었습니다. 뜯으면서 몇 번이나 아내에게 "정신 차려" 하고 외쳤습니다. 아내를? 아니, 혹은 나 자신을 채찍질하였는지도 모르겠습니다. 사요는 "아파요"라고 했습니다. "살려줘요"라고도 말했습니다. 그러나 내 도움을 받을 것도 없이, 사요는 미친 사람 같은 얼굴로 들보를 들어보려고 죽을힘을 다하고 있었으니, 저는 그때 손톱도 보이지 않을 정도로 피범벅이 된 아내의 양손이 떨면서 들보를 더듬던 장면을 지금도 생생히 괴로운 마음으로 기억하고 있습니다.

그것은 너무도 기나긴 시간이었습니다……. 그러는 사이에 문득 정신을 차려보니, 어디선가 자욱하게 검은 연기가 한꺼번에 쏟아져 내리듯 지붕을 건너와 내 얼굴에 들이닥쳤습니다. 그리고 그 연기 건너편에는 요란한 소리가 나며 무언가 투두둑 튀는 소리가 나고, 금가루와 같은 불티가 산산이 흩어져 하늘로 올라갔습니다. 나는 미친 사람처럼 아내에게 달라붙었습니다. 그리고 다시 한번 있는 힘을 다하여 아내의 몸을 들보 밑에서 끌어내려고 하였습니다. 그러나 여전히 아내의 하반신은 꼼짝도 하지 않았습니다. 나는 다시 닥쳐오는 연기를 맞으며 처마에 한쪽 무릎을 꿇고 아내에게 달라붙어 말했습니다. 무엇을?이라고 물으실지도 모르겠습니다. 아니, 반드시 물으시겠지요. 그러나 나도 무엇을 말했는지 전혀 기억이 나지 않습니다. 단지 나는 그때 아내가 피 묻은 손으로 내 가슴을 부여잡으면서, "여보!"라고 한마디 한 것을 기억합니다. 나는 아내의 얼굴을 바라보았습니다. 모든 표정을 잃어버리고 눈만 커다랗게 뜬 불안한 얼굴이었습니다. 그런데 이번에는 연기뿐 아니라 불티를 사방에 날리는 거대한 불덩이가 닥쳐와 눈앞이 아찔해졌습니다. 나는 이제 모든 것이 끝났다고 생각했습니다. 아내는 산 채로 불에 타 죽으리라고 생각했습니다. 산 채로? 나는 피범벅이 된 아내의 손을 잡고 다시 무언가 소리쳤습니다. 그러자 아내도 다시 "여보!"라고 외쳤습니다. 나는 그때, '여보!'라는 말에서 수많은 의미, 수많은 감정을 느꼈습니다. 살아서? 산 채로? 나는 거듭하여 무언가 외쳤습니다. "죽어!"라고 말한 것 같습니다. "나도 죽을게"라는 말도 한 것 같습니다. 그러나 무어라고 말했는지도 알 수 없는 순간, 나는 손에 닿는 대로 주위에 떨어진 기와를 들어 아내의 머리를 계속 내리쳤습니다.

그 후의 일은 선생님의 상상에 맡길 수밖에 없습니다. 저는 혼자 살아남았습니다. 거의 온 시내를 태워버린 불과 연기에 쫓기면서 언덕처럼 길을 막아버린 집들의 지붕 사이를 빠져나가 간신히 위태로운 목숨을 건졌습니다. 다행인지, 아니면 불행인지, 저는 아무것도 알 수 없었습니다. 단지 그날 밤, 역시 한 방에 무너진 학교 밖의 임시 건물에서 동료 한두 명과 같이, 어두운 하늘에 아직 타오르는 불빛을 바라보면서, 배급받은 주먹밥을 손에 든 때 하염없이 눈물이 흘러내린 것은 아직도 도저히 잊을 수가 없습니다.

나카무라 겐도는 잠시 말을 끊고 두려움이 가득한 눈을 바닥으로 떨어뜨렸다. 돌연 이런 이야기를 들은 나도 어느새 넓은 방의 오싹한 봄추위가 목 언저리까지 다가온 느낌이 들어, "그랬군요" 하고 말할 힘조차 나지 않았다.

　방 안에는 단지 램프가 기름을 빨아올리는 소리가 들렸다. 그리고 책상 위에 놓인 회중시계가 작은 소리로 똑딱거리며 가고 있었다. 그런데 갑자기 족자의 양류관음이 움직인 듯한 느낌이 들더니 한숨을 쉬는 소리가 어렴풋이 들렸다.

　나는 놀란 눈을 들어 초연하게 앉아 있는 상대의 모습을 지켜보았다. 한숨을 쉰 것은 그였을까? 그렇지 않으면 나 자신이었던가……? 그러나 그 의문이 풀리지 않은 채, 나카무라 겐도는 여전히 낮은 목소리로 천천히 이야기를 이어갔다.

　당연히 저는 아내의 죽음을 슬퍼하였습니다. 그뿐 아니라 때로는 교장선생님을 비롯한 동료의 친절한 위로의 말도 듣고 그들 앞에서 부끄러움도 모르고 눈물까지 흘렸습니다. 그러나 내가 지진 때에 아내를 죽였다는 것만은 이상하게 입 밖에 낼 수가 없었습니다.

　"산 채로 불에 타 죽는 것보다 낫다고 생각해 내 손으로 죽였습니다."

　단지 이 말을 입 밖에 낸다고 해서 누가 날 감옥에 보내지는 않겠지요. 아니, 오히려 그 때문에 세상은 나를 더욱 동정해주었을 것입니다. 그러나 어찌 된 사정인지, 말하려고 하면 말은 곧바로 목구멍에 들러붙어 한마디도 나오지 않았습니다.

당시의 나는 그 원인이 오로지 나의 공포심 때문이라고 생각했습니다. 그러나 실은 단지 공포보다는 더 깊은 곳에 잠재된 원인이 있었습니다. 그러나 그 원인은 내게 재혼의 권유가 들어와 다시 새로운 삶을 시작하기 직전까지는 나 자신도 알지 못했습니다. 그리고 그것을 알아버렸을 때, 나는 이미 다시는 보통 사람처럼 살아갈 자격이 없는 가련한 정신적 패배자가 되는 길밖에 없었습니다.

재혼을 제게 권유한 분은 사요의 보호자였던 교장선생님으로, 순수하게 나를 위한 배려라는 것은 저도 잘 알 수 있었습니다. 또 실제로 그때는 이미 대지진이 난 후 어언 1년 정도 지난 때로, 교장선생님이 이 문제를 공식적으로 밝히기 전에도 비슷한 말을 꺼내 은근히 내 의중을 떠본 적이 몇 번 있었습니다. 그런데 교장선생님의 말을 듣고 보니 뜻밖에 혼담의 상대라고 하는 여자는, 지금 선생님이 묵고 계시는 이 N가의 둘째 딸로, 당시 내가 학교가 끝나고 때때로 개인지도를 하던 4학년 학생의 누나가 아니었겠습니까. 물론 나는 당장 거절하였습니다. 우선 교사인 나와 대부호인 N가는 신분의 차이도 클뿐더러, 가정교사라는 관계상 결혼까지 이어진다면 무언가 사정이 있었을 것이라는 등 괜한 의심을 받는 것도 싫었습니다. 동시에 또 내 맘이 내키지 않았던 이유의 심연에는, 죽은 자는 세월이 가면 잊힌다고 하듯, 이전만큼 슬픈 마음은 없었긴 하지만, 내가 죽인 사요의 모습이 혜성의 꼬리처럼 희미하게 남아 있음이 틀림없습니다.

그러나 교장선생님은 충분히 내 마음을 이해해주었으나 나처럼 앞날이 창창한 사람이 독신생활을 계속한다는 것은 힘들다는 것, 게다가 이번 혼담은 상대 쪽에서 간청한 소망이라는 것, 교장선생님이 직접 중매를 서니 나쁜 소문 따위는 날 까닭이 없다는 것, 그리고 평소 내가 원하던 도쿄 유학도 결혼 후 곧바로 크게 편의를 봐준다는 것 등, 그런 여러 이유를 늘어놓으며 계속 저를 설득했습니다. 그 말을 들으니 저도 무조건 거절할 수는 없었습니다. 그리고 상대 쪽의 딸이라는 여자는 평판 높은 미인이었고, 그리고 부끄럽습니다만, N가의 돈에도 눈이 멀었기 때문에, 교장선생님의 권유가 거듭되자, "고려해보겠습니다"가 어느새 "어쨌든 해라도 바뀌면……"으로 점점 약해져갔습니다. 그리고 해가 바뀐 메이지 26년의 초여름에는 마침내 가을에 식을 올리는 것으로 일이 진행되어 버렸습니다.

그런데 그 혼담이 결정된 때부터, 묘하게 저는 기분이 우울해져 스스로 이상하게 생각할 정도로 무슨 일을 해도 옛날과 같은 기운이 나지 않았습니다. 예를 들어 학교에 나가도 교무실 책상에 기대서 멍하니 생각에 빠져 수업 개시를 알리는 종소리조차 듣지 못한 적도 때때로 있었습니다. 그럼에도, 무엇이 걱정스러운지 생각해도 확연히 알 수가 없었습니다. 단지, 머릿속의 톱니바퀴가 어딘가 잘 들어맞지 않는 듯한, 게다가 그 들어맞지 않는 톱니바퀴의 건너편에는 내 자각을 초월한 비밀이 도사린 듯한 불안하고 무서운 기분이 들었습니다.

그런 상태가 두 달 정도 지속되고 난 후의 일이었을 겁니다. 막 여름 방학에 들어간 어느 저녁, 제가 산책을 겸해 혼간지 별원 뒤에 있는 책방 앞에서 진열된 책을 들여다보고 있었는데, 그때 평판이 높았던《풍속화보》*라고 하는 잡지 대여섯 권이 야창귀담**이나 월경만화*** 등과 함께 석판인쇄 표지를 나란히 하고 있었습니다. 그래서 가게 앞에 서서 무심코 풍속화보를 한 권 들춰보았는데, 표지에는 무너진 집이나 화재의 그림이 있고, 그곳에 두 줄로 '메이지 24년(1891년) 11월 30일 발행, 10월 28일 지진 기록'이라고 크게 인쇄되어 있었습니다. 그것을 보았을 때, 나는 갑자기 가슴이 뛰기 시작했습니다. 내 귓전에는 누군가가 유쾌하다는 듯이 비웃으면서, "그거야, 그거야" 하고 속삭이는 듯하였습니다. 나는 아직 등불도 켜지 않은 가게 앞의 어스름 속에서 황급히 표지를 넘겨보았습니다. 그러자 맨 앞에 한 가족인 듯한 남녀노소가 무너진 들보에 깔려 참혹한 죽음을 당한 그림이 나왔습니다. 그리고 땅이 둘로 갈라지고 발을 헛디딘 여자들을 삼키는 그림이 나왔습니다. 그리고…… 일일이 예를 들 수가 없으나, 그때 풍속화보는 2년 전의 대지진 광경을 다시 눈앞에 전개해 준 것이었습니다. 나가라강 철교 함락, 오와

---

* 1889년 창간, 춘양당 발행 대중 잡지
** 괴담귀화를 수록, 1891년 동양당 발행, 이시카와 코사이(石川鴻齊) 지음
*** 화가 오가타 겟코(尾形月耕, 1859~1920)의 화집

리 방적회사 붕괴, 제3사단 병사 시체 발굴, 아이치 병원 부상자 구호……, 그런 처참한 그림들은 계속하여 저주스러운 당시의 기억 속으로 나를 끌고 갔습니다. 나는 눈물로 눈이 흐려졌습니다. 몸도 떨리기 시작했습니다. 고통인지 환희인지 모를 감정은 가차 없이 내 정신을 흔들어놓았습니다. 그리고 마지막으로 한 장의 그림이 내 눈앞에 펼쳐졌을 때……, 나는 지금도 그때의 경악을 생생히 기억합니다. 그것은 떨어진 들보에 허리가 깔린 한 여자가 무참하게도 고통에 몸부림치는 그림이었습니다. 가로 놓인 들보의 건너편에는 검은 연기가 자욱하게 피어오르고, 새빨간 불티도 어지러이 춤추고 있었습니다. 이 여자가 제 아내가 아니고 누구겠습니까. 아내의 최후가 아닌 그 무엇이겠습니까. 나는 하마터면 풍속화보를 손에서 떨어뜨릴 뻔했습니다. 자칫하면 소리도 지를 뻔했습니다. 게다가 그 순간에 한층 더 나를 떨게 한 것은, 돌연 주위가 새빨갛게 환해지고 화재를 연상시키는 연기 냄새가 코에 확 들이닥친 것이었습니다. 저는 간신히 마음을 진정시키면서 풍속화보를 내려놓고 두리번거리며 주위를 둘러봤습니다. 가게 앞에는 점원이 성냥으로 등불에 불을 붙인 후 아직 연기가 나는 성냥을 어둠 속의 거리로 버리던 참이었습니다.

    그 후 저는 전보다도 더욱 우울한 인간이 되어버렸습니다. 그때까지 나를 위협한 것은 단지 막연한 불안이었으나, 그 후로는 어떤 의혹이 내 머리 안에 자리 잡고, 밤낮을 가리지 않고 나를 괴롭혔습니다. 그러니까, 대지진 때 내가 아내를 죽인 것은 과연 어쩔 수 없던 것이었을까……? 더 노골적으로 말하자면, 내가 아내를 죽인 것은 애초부터 죽이고 싶은 마음이 있어 죽인 것은 아니었을까? 대지진은 단지 나를 위해 기회를 준 것은 아니었을까……? 이런 의혹이었습니다. 나는 물론 이 의혹 앞에 몇 번이나 힘주어 "아냐, 아냐" 하고 대답하였습니다. 그러나 책방 앞에서 내 귀에 "그거야, 그거야" 하고 속삭였던 그 무엇은 그때 날 비웃으며 "그럼 왜 너는 아내를 죽인 것을 입 밖에 낼 수 없었지?" 하고 따져 물었습니다. 나는 그 사실에 생각이 미치기만 하면 가슴이 덜컹했습니다. 아아, 왜 나는, 아내를 죽였다면 죽였다고 과감히 말하지 못했을까요? 왜 여태까지 그 무서운 일을 감추기만 했을까요?

게다가 그때 내 기억에 선명하게 떠오른 것은, 당시 내가 아내 사요를 내심 미워하였다는 저주스러운 사실이었습니다. 창피를 무릅쓰고 말해야 이해가 되시리라 생각합니다만, 아내는 불행하게도 육체적으로 결함이 있는 여자였습니다. ……(이하 82행 생략)*…… 그래서 나는 그때까지는, 불안하지만 어쨌든 내 도덕심이 승리한 것으로 믿었습니다. 그러나 대지진과 같은 홍변이 일어나 모든 사회적인 속박이 지상에서 모습을 감춘 때, 어찌 그것과 함께 내 도덕심도 균열을 일으키지 않았다고 말할 수 있겠습니까. 어찌 내 이기

---

* 작가가 이렇게 썼다.

심이 불길을 올리지 않았다고 할 수 있겠습니까. 나는 여기에 이르러 역시 아내를 죽인 것은, 죽이고자 죽인 것이 아니었나? 하는 의혹을 인정해야 했습니다. 제가 점점 더 우울해진 것은 오히려 자연적인 운명이었다고 생각합니다.

그러나 아직 내게는, '그 경우 아내를 죽이지 않았어도 아내는 반드시 화재 때문에 죽었을 것이다. 그렇다면, 아내를 죽인 것은 전적으로 나의 죄악은 아닐 터이다'라는 하나의 탈출구가 있었습니다. 그런데 어느 날, 벌써 계절이 한여름에서 늦여름으로 변하여 개학을 한 때였습니다만, 저희 교사들이 모두 교무실의 탁자를 둘러싸고 엽차를 마시면서 이런저런 잡담을 나누었는데, 어떤 이야기를 하다 그랬는지, 화제가 다시 2년 전의 대지진으로 넘어갔습니다. 저는 그때도 혼자 입을 다물고 있을 뿐 동료의 이야기를 관심 없이 흘려듣고 있었으나, 혼간지 별원의 지붕이 무너진 이야기, 후나마치의 제방이 무너진 이야기, 다와라마치에서 땅이 갈라진 이야기…… 등등으로 연이어 이야기가 활기를 띠었는데, 이윽고 한 교사가 말하길, 나카마치인가 어딘가의 빈고야라는 술집 여자는 들보에 깔려서 꼼짝도 하지 못했으나 마침 불이 나서 들보도 다행히 타서 부러졌기에 간신히 목숨을 구했다는 이야기였습니다. 나는 그 말을 들었을 때 갑자기 눈앞이 캄캄해져서 그대로 잠시 호흡조차 멈춘 듯한 상태가 되었습니다. 또 실제로 그때는 실신한 것과 같은 모습이었겠지요. 겨우 정신을 회복하여 보니, 동료는 갑자기 내 안색이 변하고 의자에 앉은 채로 정신을 잃은 것에 놀라, 모두 내 주위로 모여 물을 먹이기도 하고 약을 주기도 하며 큰 소동이 났습니다. 하지만 나는 동료에게 고맙다는 인사를 할 겨를도 없을 정도로 머릿속은 그 무서운 의혹의 덩어리로 가득 찼습니다. 나는 역시 아내를 죽이고자 죽인 것은 아니었을까? 설령 들보에 깔렸어도 혹시 살아날 것이 두려워 쳐 죽인 것은 아니었을까? 혹시 그대로 죽이지 않고 놔두었다면 빈고야 여자처럼 내 아내도 어떤 기회로 구사일생했을지도 모른다. 그것을 나는 무정하게 기와로 쳐서 죽여버렸다……. 그렇게 생각한 때의 고통은 오로지 선생님의 짐작에 맡기는 수밖에 없습니다. 저는 이 괴로움 때문에, 적어도 N가와의 혼담을 중지해서라도 조금이나마 몸을 깨끗이 하고자 결심했습니다.

그런데 이윽고 행동으로 옮겨야 할 단계가 되자, 모처럼의 제 결심은 미련하게도 다시 둔해지기 시작했습니다. 어쨌든 곧 결혼식을 올리기 직전에 돌연 파혼하겠다는 것이니, 대지진 때 내가 아내를 살해한 전말은 물론이고 지금까지의 내 괴로운 마음속도 전부 밝혀야 했습니다. 그러나 소심한 나는 막상 행동에 옮길 때가 되자, 아무리 자신을 채찍질하여도 단행할 용기가 나지 않았습니다. 나는 몇 번이나 한심스러운 자신을 책망하였습니다. 그러나 헛되게 책망할 뿐, 뭐 하나 확실한 조치도 취하지 못하다가, 여름은 가고 날씨는 쌀쌀해져 마침내 소위 화촉을 밝히는 날이 목전에 다가오고 말았습니다.

나는 이미 그때는 누구와 거의 대화를 하지 않을 정도로 매우 침울한 인간이 되었습니다. 결혼을 연기하면 어떻겠느냐고 충고한 동료도 하나둘이 아니었습니다. 병원에 가보는 것이 어떻겠냐는 충고도 서너 번이나 교장선생님에게서 들었습니다. 그러나 당시의 내게는 그런 친절한 말 앞에서 겉으로나마 건강에 신경 쓰겠다고 말할 기력조차 이미 없었습니다. 그리고 동시에 그 동료의 걱정을 이용하여 병을 구실로 결혼을 연기하는 것도 때늦은 한심스러운 임시방편으로 생각되었습니다. 게다가 한편으로는 N가의 어른들은 내 우울의 원인을 독신생활의 영향으로도 착각하였는지 하루라도 빨리 결혼하라고 계속 권유하여, 날이야 다르지만 2년 전 대지진 때와 같은 10월에 저는 N가의 저택에서 결혼식을 올리게 되었습니다. 오랜 마음고생에 초췌해진 제가 신랑 예복을 입고 엄숙하게 금병풍을 둘러친 식장으로 안내되었을 때, 얼마나 저는 자신을 부끄럽게 생각했겠습니까. 저는 마치 남들 몰래 대죄를 저지르려는 악한과 같은 심정이 되었습니다. 아니, '같은' 심정이 아닙니다. 실제로 저는 살인죄를 은폐하고 N가의 딸과 재산을 한꺼번에 훔치려고 기도한 파렴치한이었습니다. 저는 얼굴이 달아올랐습니다. 가슴이 답답해졌습니다. 가능하다면 이 자리에서 내가 아내를 죽인 전모를 낱낱이 자백하고 말리라……. 그런 생각이 마치 돌풍처럼 뜨겁게 내 머릿속에서 휘몰아치기 시작했습니다. 그러자 그때, 내가 앉은 자리 앞쪽에 꿈속의 장면처럼 흰 버선이 나타났습니다. 이어서 뽀얀 물결 모양의 하늘에 소나무와 학이 그려진 옷이 보였습니다. 그리고 금실 비단 띠, 지갑의 은사슬, 흰 옷깃의 뒤를 이어, 귀갑(龜甲) 비녀가 빛나는 신부의 머리가 눈에 들어왔을 때, 저는 거의 숨이 막힐 정도로 절체절명의 공포에 억눌려, 나도 모르게 양손을 바닥에 짚고, "저는 살인자입니다. 중죄를 범한 죄인입니다" 하고 필사적으로 소리를 질러댔습니다…….

나카무라 겐도는 이렇게 말을 마치고 잠시 가만히 내 얼굴을 바라보았으나 이윽고 입가에 억지로 미소를 띠면서 말했다.

"그 이후의 일은 말씀드릴 것도 없을 것입니다. 하지만, 단 하나 말씀드리고자 하는 것은, 당일로 저는 광인이라는 이름을 얻게 되어 가련한 여생을 보내게 되었습니다. 과연 내가 광인인지 아닌지, 그런 것은 모두 선생님의 판단에 맡기도록 하겠습니다. 그러나 설령 내가 광인이라 해도 저를 광인으로 만든 것은 역시 우리 인간 마음속에 잠재한 괴물 탓이 아닐까요? 그 괴물이 있는 한, 지금 저를 광인이라고 조소하는 사람들조차 내일은 또 나 같은 광인이 될 수도 있을 것입니다……. 그렇게 저는 생각하고 있습니다만, 어떻게 생각하시는지요?"

나와 이 불쾌한 손님 사이에 있는 램프는 여전히 싸늘한 불길을 흔들거렸다. 나는 양류관음을 뒤로 한 채, 상대가 손가락이 하나 없는 연유를 물어볼 기력도 없이 묵묵히 앉아 있었다.

미생의 믿음*

* 미생지신(尾生之信)이라는 고사성어가 있다. 중국 노(魯)나라의 미생이라는 자의 이야기로, 우직하게 약속을 지키는 것에 인용되기도 하나 대개 헛된 믿음의 예로 인용된다.

미생은 다리 밑에 우두커니 서서 아까부터 여자가 오기를 기다렸다.

올려다보니 높은 돌다리 난간에는 담쟁이가 기어올라 엉켰는데, 그 난간 사이로 때때로 지나는 사람들의 흰 옷자락이 밝은 햇빛 속에서 바람에 한가롭게 흔들리는 것이 보였다. 그러나 여자는 아직 오지 않았다.

미생은 나직이 휘파람을 불면서 가벼운 마음으로 다리 밑 강가의 모래밭을 바라보았다.

다리 밑의 누런 모래밭은 두어 평 정도 넓이로 곧바로 강물과 연결되었다. 강가의 갈대 사이로는 게 집 같은 구멍이 많이 있어, 그곳에 파도가 닿을 때마다 철썩 하는 소리가 희미하게 들려왔다. 그러나 여자는 아직 오지 않았다.

미생은 기다림에 조금 애가 타기 시작했는지, 강가까지 걸음을 옮겨 배 한 척 지나지 않는 조용한 강줄기를 둘러보았다.

강줄기에는 푸른 갈대가 빼곡하게 나 있었다. 그뿐만 아니라 갈대 사이로는 군데군데 강버들이 무성하였다. 그 때문인지 그 사이를 지나는 수면도 실제 강폭에 비해 넓게 보이지 않았다. 그저 허리띠 정도의 맑은 물이 투명하게 빛나는 구름 그림자를 한 겹 더 덧칠하면서 조용히 갈대 안에서 물결쳤다. 그러나 여자는 아직 오지 않았다.

미생은 강가에서 걸음을 돌려 이번에는 좁은 모래밭 위를 왔다 갔다 하면서 서서히 노을이 짙어져가는 주위의 정적에 귀를 기울였다.

다리 위에는 한동안 인적이 끊어진 듯하였다. 신발 소리나 말굽 소리, 또는 수레 소리도 이제 들려오지 않았다. 바람 소리, 갈대 소리, 물 소리……, 그리고 어디선가 요란하게 왜가리가 우는 소리가 들렸다. 그 소리에 멈춰 서자, 어느새 밀물이 들어오기 시작했는지 누런 모래밭에 닿는 물빛이 아까보다 가까운 곳에서 빛났다. 그러나 여자는 아직 오지 않았다.

미생은 눈썹을 찡그리고 다리 밑의 어두컴컴한 모래밭을 점점 더 빠른 걸음으로 걷기 시작했다. 그동안에 강물은 조금씩 서서히 모래밭 위로 올라왔다. 동시에 또 강에서 피어오르는 수초 냄새와 물

냄새가 차갑게 피부에 전해졌다. 올려다보니 이미 다리 위에는 환한 햇빛은 사라지고, 단지 까만 난간 사이 사각 틀 안에 희미하게 파란 저녁 하늘이 보일 뿐이었다. 그러나 여자는 아직 오지 않았다.

미생은 끝내 꼼짝하지 않고 서 있었다.

강물은 벌써 신발을 적시면서 강철보다도 차가운 빛을 띠고, 유유히 다리 밑으로 차오르고 있었다. 이제 아마 무릎과 배, 그리고 가슴까지도 잠깐 사이에 이 무자비한 밀물에 잠겨버릴 것이다. 아니, 이렇게 말하는 사이에도 수위는 점점 높아져 지금은 마침내 정강이까지 물 밑으로 잠겨버렸다. 그러나 여자는 아직 오지 않았다.

미생은 강물 안에 선 채 아직 한 가닥의 희망에 기대어 몇 번이나 다리 위 하늘을 쳐다보았다.

배까지 찬 강물 위로는 이미 푸른 노을 색이 널리 가득 차고, 멀리 그리고 가까이에 가득한 갈대와 강버들이 바람에 쓸쓸하게 흔들리는 소리만이 희미한 안개 속에서 들려왔다. 문득 미생의 코를 스치며 튀어오른, 농어 같은 물고기의 흰 배가 번뜩였다. 물고기가 튀어오른 하늘에도 아직 드문드문하지만 벌써 별빛이 보이고, 담쟁이가 감긴 난간의 형태조차 초저녁 어둠 속으로 자취를 감추었다. 그러나 여자는 아직 오지 않았다…….

한밤중, 달빛이 강가의 갈대와 버드나무에 가득 쏟아질 때, 강물과 미풍은 서로 조용히 속삭이면서 다리 밑 미생의 시체를 천천히 바다 쪽으로 옮겼다. 그러나 미생의 영혼은 쓸쓸한 중천의 달빛에 미련이 남은 것 같았다. 살며시 시체를 빠져나오자 희미하게 밝은 하늘 저쪽으로, 마치 물 냄새와 수초 냄새가 소리도 없이 강에서 피어오르듯, 천천히 높이 올라가버렸다…….

그리고 몇천 년이 지난 후 그 영혼은 무수한 유전(流轉)을 거듭하여 다시 삶을 인간에게 위탁하게 되었다. 그 혼이 바로 내게 깃들어 있다. 그러니 나는 현대에 태어났지만, 뭐 하나 의미 있는 일을 이루지 못했다. 밤낮으로 멍하니 꿈만 꾸는 세월을 보내면서, 그저 무엇인가 다가올 불가사의한 것만 기다리고 있다. 마치 미생이 어두컴컴한 저녁에 다리 밑에서 영원히 오지 않을 연인을 언제까지나 기다린 것처럼…….

가을

1

노부코는 여자대학에 다닐 때부터 재원이라는 명성이 자자했다. 그녀가 조만간 작가로 문단에 데뷔할 것을 의심하는 사람은 거의 없었다. 동창들 중에는 그녀가 재학 중에 이미 삼백몇 매인가의 자전적 소설을 완성하였다는 소문을 퍼뜨리고 다니는 자도 있었다. 그러나 학교를 졸업하고 보니 아직 여고도 졸업하지 않은 여동생 테루코와 두 자매를 데리고 홀몸으로 집안을 꾸려온 어머니를 생각해서라도 자기 생각을 고집할 수도 없는 복잡한 사정이 있었다. 그래서 그녀는 창작을 시작하기 전에 먼저 세상의 관습대로 혼사부터 서두르게 되었다.

그녀에게는 슌기치라는 사촌오빠가 있었다. 그는 당시 아직 대학의 문과에 적을 두고 있었으나 역시 장래에는 문단에 투신할 의지가 있는 듯하였다. 노부코는 사촌오빠와 어려서부터 친하게 지내왔다. 그러던 것이 서로 문학이라는 공통의 화제가 생기고부터는 더욱 친밀감이 깊어졌다. 단지 그는 노부코와는 달리, 당시 유행한 톨스토이즘 등에는 전혀 경의를 표하지 않았다. 그리고 시종 프랑스식 풍자와 경구만 늘어놓았다. 그런 슌기치의 냉소적인 태도는 때로 매사 진지한 노부코를 화나게 할 때도 있었다. 그러나 그녀는 화를 내면서도 슌기치의 풍자와 경구에는 왠지 경멸할 수 없는 무게를 느꼈다.

그래서 그녀는 재학 중에도 그와 함께 전람회나 음악회에 자주 다녔다. 대개 그런 때는 동생 테루코도 함께하였다. 그들 셋은 오가는 길에 즐겁게 웃고 떠들었다. 그러나 동생 테루코는 때로 대화의 바깥으로 밀려나는 적도 있었다. 그래도 테루코는 걸어가면서 호기심 많은 어린아이처럼 쇼윈도의 파라솔이나 비단 숄을 들여다보며 소외당한 것을 별로 불만스럽게 생각하지 않는 듯하였다. 그러나 노부코는 그걸 눈치채게 될 때마다 곧바로 화제를 돌려 다시 동생에게 말을 걸었다. 그렇지만 먼저 테루코의 존재를 잊어버리는 사람은 언제나 노부코 본인이었다. 슌기치는 만사에 무관심한 것인지 변함없이 재치 있는 농담을 던지며 복잡한 거리의 인파 속을 큰 걸음으로 천천히 걸어갔다…….

노부코와 사촌오빠의 관계는 누가 보다라도 장래 그들의 결혼을 예상할 만했다. 여대 동창들은 그녀의 미래를 심히 부러워하거나 질투하였다. 특히 슌기치를 알지 못하는 사람은, (우스운 이야기지만) 한층 그런 감정이 심했다. 노부코는 한편으로 그들의 추측을 부정하면서 다른 한편으로는 그 분명한 미래를 은근히 비추기도 하였다. 따라서 동창들의 머릿속에는 그들이 학교를 졸업하기 전에 이미 그녀와 슌기치의 모습은 마치 한 쌍의 신랑 신부 사진처럼 깊게 각인되었다.

그런데 대학을 졸업하자, 노부코는 그들의 예측에 반해 오사카의 어떤 상사에 근무하게 된 상대 출신의 청년과 돌연 결혼해버렸다. 그리고 결혼식이 끝나고 2, 3일 후에 신랑과 함께 근무지인 오사카로 훌쩍 떠나가버렸다. 그때 도쿄역으로 배웅을 나간 사람의 말에 따르면 노부코는 평소와 다름없이 환한 미소를 지으며 자칫하면 눈물을 쏟을 것 같은 동생 테루코를 위로했다고 하였다.

동창들은 모두 의아하게 생각했다. 그 의아하다는 마음속에는, 묘하게 기쁜 감정과 예전과는 전혀 다른 의미인 질투의 감정이 섞여 있었다. 어떤 이는 그녀를 신뢰하여 모든 것의 원인을 모친의 책임으로 돌렸다. 또 어떤 이는 그녀를 의심하여 그녀가 변심하였다는 말도 퍼뜨렸다. 그러나 그러한 해석들이 결국 상상에 지나지 않는 것임을 그들 자신도 잘 알았다. 그녀는 왜 슌기치와 결혼하지 않았을까? 그들은 그 후 한동안 기회만 있으면 심각한 표정으로 이 의

문을 화제로 올렸다. 그러나 그렇게 이럭저럭 두 달이 지나자 그들은 완전히 노부코를 잊어버렸다. 물론 그녀가 썼을 것이라고 했던 장편소설의 소문 따위도.

그러는 사이에 노부코는 오사카의 교외에서 행복한 신혼 가정을 꾸렸다. 신혼집은 그 일대에서 가장 조용한 소나무 숲속에 있었다. 송진 냄새와 햇빛……, 그런 것들이 한낮 남편이 없는 2층의 신혼 셋집 안을 생기 넘치는 침묵으로 채웠다. 노부코는 그런 한적한 오후, 종종 까닭 모르게 우울해질 때면 반짇고리 서랍을 열고는 접어 보관해둔 분홍색 편지지를 꺼내보았다. 편지지에는 이런 글이 꼼꼼하게 쓰여 있었다.

…… 이제 오늘을 마지막으로 언니와 헤어진다는 것을 생각하면 이 편지를 쓰면서도 하염없이 눈물이 흘러요. 언니, 부디 제발 나를 용서해줘요. 나는 과분한 언니의 희생 앞에서 무슨 말을 해야 할지 모르겠어요.

언니는 나 때문에 이번 혼사를 결정했어요. 그렇지 않다고 말하지만 나는 그걸 잘 알아요. 언젠가 함께 제국극장에 갔던 밤에, 언니는 내게 슌기치 오빠가 좋으냐고 물었지요. 그리고 또 좋아한다면 언니가 도와줄 테니 오빠에게 시집가라는 말도 했어요. 그때 이미 언니는 내가 오빠에게 보내려던 편지를 읽었던 거죠. 그 편지가 없어졌을 때 정말로 나는 언니를 원망스럽게 생각했답니다. (용서해요. 그 하나만으로도 나는 얼굴을 들 수가 없어요.) 그래서 그날 밤 언니의 친절한 말이 내게는 비웃음처럼도 들렸어요. 내가 화를 내며 대답도 제대로 안 한 것을 물론 언니는 잊지 않았겠지요. 그렇지만, 그후로 2, 3일이 지나 언니의 혼담이 갑자기 결정되었을 때, 나는 정말 목숨을 걸고라도 사죄하려고 생각했어요. 언니도 오빠를 사랑하고 있잖아요. (숨기지 말아요. 난 잘 알아요.) 나라는 존재만 없었다면 언니는 꼭 오빠에게 시집갔을 거예요. 그래도 언니는 내게 오빠는 전혀 생각 없다고 몇 번이나 말했어요. 그리고 결국 마음에도 없는 결혼을 하게 되었지요. 나의 소중한 노부코 언니, 내가 오늘 우리 집 닭을 안고 와서 오사카로 떠나는 언니에게 인사하라고 말한 것을 아직 기억하죠? 나는 기르는 닭도 나와 함께 언니에게 사죄시키고 싶었어요. 그러니까 글쎄 아무것도 모르시는 어머니도 울어버리신 걸 언니도 기억하죠?

언니, 벌써 내일 오사카로 떠나가시네요. 그래도 모쪼록 언제까지나 언니의 동생 테루코를 버리지 말아줘요. 나는 매일 아침 닭에게 먹이를 주면서 언니를 생각하며 아무도 모르게 울고 있답니다…….

노부코는 소녀 같은 이 편지를 읽을 때마다 눈물을 글썽였다. 특히 도쿄역에서 기차를 타기 직전, 살며시 편지를 그녀에게 건네준 테루코의 모습을 떠올리면 너무도 가련한 생각이 들었다. 그런데 그녀의 결혼은 과연 동생의 생각대로 오로지 희생이었을까? 그렇게 의심을 품는 것은 눈물을 흘린 후의 그녀 마음을 무겁게 가라앉히기 십상이었다. 노부코는 그런 마음이 되는 걸 피하려고 대개는 기분 좋은 감상에 가만히 빠져 있었다. 어느새 밖의 소나무 숲에 가득히 쏟아지던 햇빛이 점차 노란색을 띤 노을빛으로 바뀌는 것을 바라보면서.

2

결혼 후 그럭저럭 석 달 정도는 그들도 여느 신혼부부처럼 행복한 나날을 보냈다. 남편은 말수가 적고 어딘지 좀 여성적인 성격이었다. 그는 매일 회사에서 돌아오면 저녁식사 후의 얼마간은 반드시 노부코와 함께 보냈다. 노부코는 뜨개질바늘을 움직이면서 최근 인기 있는 소설이나 희곡 이야기 등도 하였다. 때로는 이야기 중에 기독교 냄새가 나는 여자대학 취향의 인생관이 투영된 것도 있었다. 남편은 저녁 반주로 붉어진 얼굴로, 읽던 석간신문을 무릎에 내려놓고 흥미롭다는 듯이 귀를 기울였다. 그러나 그 자신의 의견 같은 것은 한마디도 덧붙인 적이 없었다.

그들은 또 거의 매주 일요일, 오사카나 근교의 관광지에 바람을 쐬러 나갔다. 노부코는 기차나 전차에 탈 때마다 아무 데서나 음식을 먹어대는 오사카 사람들이 천박하게 보였다. 그에 비하면 점잖은 남편의 태도가 아주 고상해 보여 마음이 흡족하였다. 실제로 말쑥한 남편의 모습은 그런 사람들 사이에 끼어 있으면 모자나 양복에서 또는 갈색 가죽 부츠에서도 비누 냄새와 비슷하게 깨끗한 분위기를 발산하는 듯하였다. 특히 여름휴가 때 마이코*까지 갔을 때는 같은 찻집에서 우연히 만난 남편 동료들과 비교해봐도 훨씬 남편이 자랑스럽게 느껴졌다. 그러나 남편은 천박한 동료들에게 의외로 친밀감을 느끼는 듯했다.

그러던 중 노부코는 오랫동안 잊고 있던 창작의 욕망이 솟아났다. 그래서 남편이 회사에 가 있는 시간에 한두 시간 정도 책상에 앉기로 하였다. 남편은 그 말을 듣자, "조만간 여류 작가가 나오겠군" 하며 부드러운 미소를 지었다. 그러나 책상에 앉아 있어도 생각만큼 글이 잘 써지지 않았다. 그녀는 멍하니 턱을 괴고 무더운 여름의 소나무 숲에서 나는 매미 소리에 무의식중에 귀를 기울인 자신을 발견하기 일쑤였다.

그런데 계절이 가을로 바뀌려고 할 때, 남편은 어느 날 출근 준비를 하다가 와이셔츠의 때 묻은 옷깃을 새것으로** 바꾸려고 하였다. 그러나 공교롭게도 옷깃은 하나도 남기지 않고 모두 세탁소에 맡겼

---

* 효고현 고베시의 해변 휴양지
** 당시 와이셔츠는 깃만 새것으로 바꿀 수 있었다.

다. 남편은 원래 깔끔한 성격이라 불쾌한 듯 얼굴을 찌푸렸다. 그리고 바지 멜빵을 어깨에 걸면서, "소설만 쓰고 있으면 곤란하잖아" 하고 전에 없던 불평을 하였다. 노부코는 잠자코 눈을 아래로 깔고 상의의 먼지를 털었다.

그리고 2, 3일이 지난 어느 밤, 남편은 석간신문에 나온 식량 문제*를 보고 생각이 난 듯 생활비를 좀 더 절약할 수 없느냐고 말을 꺼냈다. "당신도 언제까지나 여대생도 아니고 말이야" 하는 말까지 입에 담았다. 노부코는 덤덤하게 대답하면서 남편 넥타이에 수를 놓았다. 그러자 남편은 뜻밖에도 집요하게 "그 넥타이만 해도 그렇지, 사는 게 더 싸지 않아?" 하고 계속 물고 늘어졌다. 그녀는 더욱 아무런 말도 할 수가 없었다. 남편도 결국은 멋쩍은 얼굴을 하고 재미없다는 듯 비즈니스 관계의 잡지에 눈을 돌렸다. 그러나 침실의 전등을 끄고 나서 노부코는 남편에게 등을 돌린 채, "이제 소설 같은 거 안 써요" 하고 혼잣말처럼 중얼거렸다. 남편은 아무 말이 없었다. 잠시 후 그녀는 같은 말을 아까보다도 작게 반복하였다. 그리고 곧 울음소리가 흘러나왔다. 남편은 두세 마디 그녀를 나무랐다. 그 후에도 그녀가 훌쩍이는 소리는 끊이지 않고 이따금 들려왔다. 그러나 잠시 후 노부코는 어느새 남편에게 꼭 안겨 있었다…….

---

*   1918년 7월부터 9월까지의 쌀 파동. 쌀값은 제1차 세계대전 후의 인플레, 재벌의 외국 쌀 수입 독점, 시베리아 출병 등으로 폭등하였다. 이로써 당시 내각이 사퇴했다.

다음 날 그들은 다시 원래대로 사이좋은 부부로 돌아왔다.

그런데 또 어느 날은 열두 시가 넘어도 남편이 돌아오지 않았다. 더욱이 막상 집에 돌아온 남편은 레인코트도 혼자 벗지 못할 정도로 온몸에서 술 냄새를 풍겼다. 노부코는 눈썹을 찡그리면서도 정성껏 남편의 옷을 갈아입혔다. 그럼에도 남편은 잘 돌아가지도 않는 혀로 비아냥거리는 말까지 하였다.

"오늘 밤은 내가 늦게 왔으니 소설 진도 좀 나갔겠는걸."

남편의 여자 같은 입에서 이 말이 거듭 나왔다. 그녀는 그날 밤 잠자리에 들자 자기도 모르게 눈물이 주르르 흘러내렸다. 이 모습을 테루코가 봤다면 같이 울어주었겠지. 테루코, 테루코! 내가 기댈 곳은 오로지 너 하나뿐이야……. 노부코는 마음속으로 이렇게 동생을 부르면서 남편의 술 냄새에 괴로워하며 밤새도록 눈도 붙이지 못하고 몸을 뒤척였다.

그러나 그것도 다시 날이 새자 자연스럽게 화해가 되었다.

그런 일이 몇 번인가 반복되는 사이에 점점 가을이 깊어갔다. 노부코는 어느 사이에 책상에 앉아 펜을 드는 일이 드물어졌다. 그때에는 이미 남편도 예전만큼 그녀의 문학 이야기를 흥미로워하지 않았다. 그들은 밤마다 화로를 사이에 두고 사소한 가정 경제 이야기로 시간을 보내는 것을 터득하게 되었다. 게다가 이런 화제는 적어도 저녁 반주 후의 남편에게는 가장 흥미가 있는 듯했다. 그래도 노부코는 가엾게도 때때로 남편의 안색을 살필 때가 있었다. 그러나 그는 아무것도 모른 채, 최근 기르기 시작한 콧수염을 쓰다듬으면서 평소보다 훨씬 쾌활하게 "이제 아이만 생기면……" 등등 이런저런 생각을 입에 담았다.

한편 그즈음부터 매달 잡지에 사촌오빠의 이름이 보였다. 노부코는 결혼 후 싹 잊어버린 것처럼 슌기치와의 편지 왕래를 끊었다. 단지 그의 동정은 즉 대학을 졸업했다든가, 동인 잡지를 시작했다든가 하는 소식은 동생의 편지로 알고 있을 뿐이었다. 또 그 이상 그에 관해 알고 싶다는 생각도 하지 않았다. 그러나 그의 소설이 잡지에 실린 것을 보면 그리움은 옛날과 다를 바 없었다. 그녀는 잡지의 페이지를 넘기면서 자주 혼자 웃음을 지었다. 슌기치는 역시 소설 속에서도 냉소와 해학 두 가지 무기를 미야모토 무사시*처럼 사용하였다. 그러나 그녀가 예민한 것인지, 그 경쾌한 냉소 뒤에는 무언가 예전의 사촌오빠에게 없었던 쓸쓸한 자포자기의 분위기가 내재한 것 같다는 생각이 들었다. 그리고 동시에 그런 생각이 괜히 마음에 걸렸다.

노부코는 그 이후로 남편에게 한층 더 다정한 아내가 되었다. 남편은 추운 밤 화로 건너편으로 항상 밝게 웃음을 짓는 그녀의 얼굴을 보게 되었다. 그 얼굴은 이전보다 화사하게 늘 화장을 하고 있었

---

* 1584?~1645. 에도 초기의 검술가, 수묵화가. 검 두 개를 사용한 것(二天流)으로 유명하다.

다. 그녀는 바느질감을 무릎 앞에 늘어놓고 그들이 도쿄에서 식을 올린 당시의 기억 등에 관한 이야기를 하였다. 남편은 노부코가 사소한 내용까지 기억하는 것에 놀라기도 하고 기쁘기도 하다는 표정이었다.

"당신은 어찌 그런 것까지 세세하게 기억하고 있어?"

남편에게 이렇게 놀림을 받을 때면 노부코는 말없이 눈으로 애교 있는 대답을 보냈다. 그러나 왜 그렇게 다 기억하는 것인지 그녀 자신도 이상하게 생각할 때가 있었다.

그리고 얼마 후, 어머니에게서 테루코의 납폐*가 끝났음을 알리는 편지가 왔다. 그 편지 안에는 또 슌기치가 테루코를 맞이하고자 야마노테** 교외에 신혼집을 얻었다는 이야기도 덧붙어 있었다. 그녀는 곧바로 어머니와 테루코에게 긴 축하의 편지를 썼다.

"정말로 죄송하오나 결혼식에는 참석하지 못하나······."

그런 문구를 쓰던 중에 (그녀는 왠지 알 수 없었으나) 펜을 여러 번 멈추었다. 그럴 때마다 그녀는 눈을 들어 창밖의 소나무 숲을 바라보았다. 소나무는 초겨울 하늘 아래 짙은 초록으로 우거져 있었다.

그날 밤, 노부코는 남편과 테루코의 결혼을 화제로 이야기를 나누었다. 남편은 변함없이 엷은 웃음을 띠고 그녀가 동생의 말투를

---

*   원문은 유이노(結納). 약혼의 표시로 양가가 선물을 교환하는 것
** 도쿄 무사시노 고원 동쪽 지역으로, 전철 야마테 선이 지나는 시가지를 지칭하며, 도쿄 거주 중상류층 계급의 거주지를 가리키는 말로 많이 쓰인다.

흉내 내는 것을 흥미롭게 들었다. 그러나 그녀는 왠지 그녀 자신에게 테루코에 관해 이야기하는 느낌이었다.

"자, 이제 잘까?"

두세 시간 후 남편은 부드러운 콧수염을 쓰다듬으면서 피곤한 몸을 일으켰다. 노부코는 아직 동생에게 보낼 축하 선물을 결정하지 못해 부젓가락으로 잿더미에 글자를 끄적이다가 갑자기 얼굴을 들고, "그런데 이상한 기분이네요, 내게 제부가 한 사람 생긴다고 생각하니" 하고 말했다.

"당연한 거 아니야? 여동생이 있으니까."

이런 말을 남편에게 들어도 그녀는 생각에 빠진 눈빛을 한 채 아무런 대답도 하지 않았다.

테루코와 슌기치는 12월 중순에 식을 올렸다. 그날은 정오 바로 전부터 흰 눈이 조금씩 내리기 시작했다. 노부코는 홀로 식사를 마친 후 식사 때 먹은 생선 냄새가 입에 남아 없어지지 않는 느낌이었다.

'도쿄에도 눈이 내리고 있을까?'

이런 생각을 하면서 노부코는 가만히 어두컴컴한 거실의 화로에 기대어 앉았다. 눈은 점점 더 많이 내리기 시작했다. 그러나 입 안의 비린내는 여전히 가시지 않았다.

3

 노부코는 다음 해 가을, 회사 일로 출장 가는 남편과 함께 오랜만에 도쿄 땅을 밟았다. 그러나 짧은 기간에 해야 할 용건이 많은 남편은 그녀의 친정집에는 도착하자마자 얼굴만 내밀었을 뿐, 단 하루도 그녀를 데리고 외출할 시간을 내지 못했다. 그래서 그녀는 동생 부부가 사는 교외의 신혼집을 찾아갈 때도 신개발지 같은 전차 종점에서 혼자 인력거를 타고 갔다.

 동생네 집은 거리 풍경이 파밭으로 바뀌는 지역 가까이 있었다. 근처는 모두 임대용인 듯한 신축 건물이 빼곡히 처마를 나란히 하고 있었다. 처마가 달린 문, 산사나무 울타리, 그리고 줄에 널린 빨래……. 어느 집이나 똑같았다. 평범한 집들의 모습에 노부코는 다소 실망하였다.

 그녀가 집에 들어가 사람을 부르자 소리를 듣고 밖으로 나온 사람은 뜻밖에 사촌오빠였다. 슌기치는 이 소중한 손님의 얼굴을 보자, 예전과 다름없이 "야아!" 하고 쾌활한 소리를 질렀다. 그녀는 그가 과거의 까까머리가 아니라 그동안 머리를 많이 길렀다는 것을 알게 되었다.

 "오랜만이야. 오빠."

 "자, 어서 올라와. 나 혼자지만."

 "테루코는? 어디 갔어?"

"심부름 갔어. 식모도."

노부코는 묘한 수줍음을 느끼면서 화사한 안감이 달린 코트를 살며시 벗어 현관 구석에 걸었다.

슌기치는 그녀를 서재 겸 응접실로 안내하였다. 방 안에는 어디를 봐도 책만 난잡하게 쌓여 있었다. 특히 오후 햇빛이 비친 장지문 옆의 작은 자단(紫檀) 책상 주위로는 신문잡지와 원고용지가 손을 댈 수 없을 정도로 어지러이 흩어져 있었다. 그 안에서 젊은 아내의 존재를 말해주는 것은 단지 거실 벽에 걸어놓은 새 거문고 하나뿐이었다. 노부코는 잠시 이러한 주위에서 호기심 어린 눈을 떼지 못하였다.

"온다는 건 편지로 알고 있었는데 오늘 오리라고는 생각 못 했네."

슌기치는 담배에 불을 붙이고 정말 무척 오랜만이라는 눈빛을 하였다.

"어때? 오사카 생활은?"

"오빠야말로 어때? 행복해?"

노부코는 두세 마디 말을 하는 중에 다시 옛날과 같은 감정이 되살아나는 것을 느꼈다. 편지 왕래도 거의 하지 않고 어언 2년이 넘은 어색한 기억은 뜻밖에 그녀를 방해하지 않았다.

그들은 화롯불에 손을 쬐면서 이런저런 말을 나누었다. 슌기치의 소설, 공통의 친구 소문, 도쿄와 오사카의 비교 등, 화제는 아무리

이야기해도 끊이지 않을 정도로 많았다. 그러나 둘 다 서로 약속이나 한 듯 어떻게 사는지를 묻는 말은 전혀 꺼내지 않았다. 그렇게 하는 것이 노부코에게는 한층 더 슌키치와 이야기를 나누는 느낌을 강하게 하였다.

그러나 때로 침묵이 두 사람 사이에 찾아올 때도 있었다. 그때마다 그녀는 웃음을 띤 채, 시선을 화로 속의 재로 떨어뜨렸다. 노부코에게는 기다린다고 확실히 말할 수 없지만 어렴풋이 무언가를 기다리는 마음이 있었다. 그러나 고의인지 우연인지, 그럴 때마다 슌키치는 곧 화제를 찾아내어 그 마음을 깨어버렸다. 그녀는 점차 슌키치의 얼굴을 살펴보게 되었다. 그러나 그는 태연하게 담배를 피우면서 그다지 부자연스러운 표정을 감추는 기색도 보이지 않았다.

그러던 중에 테루코가 돌아왔다. 그녀는 언니의 얼굴을 보자마자 손을 꼭 마주 잡고 기뻐하였다. 노부코도 입술은 웃으면서 눈에는 어느새 눈물이 글썽거렸다. 둘은 잠시 슌키치도 잊은 채 작년 이후의 생활을 서로 묻거나 대답하였다. 특히 테루코는 생생하게 얼굴에 혈색이 돌면서 지금도 기르는 닭의 소식까지 잊지 않고 들려주었다. 슌키치는 담배를 입에 문 채 만족스러운 눈으로 두 사람을 바라보고 변함없이 싱긋이 웃었다.

그때 하녀도 돌아왔다. 슌키치는 하녀의 손에서 엽서를 몇 장 받아 들고 곧바로 책상에 앉아 슥슥 펜을 움직이기 시작했다. 테루코는 하녀도 집에 없었던 것이 뜻밖이라는 표정을 지었다.

"그럼 언니 왔을 때 아무도 집에 없었네."

"응, 오빠만."

노부코는 이렇게 대답하는 것이 태연함을 억지로 가장하는 기분이 들었다. 그러자 슌기치가 뒤는 돌아보지 않고, "남편에게 감사해야지. 차도 내가 직접 대접했지" 하고 말했다. 테루코는 언니와 눈을 마주치고 장난스럽게 피식 웃었다. 그러나 일부러 그러는지 남편에게는 아무런 대답도 하지 않았다.

잠시 후 노부코는 동생 부부와 함께 저녁 식탁에 마주 앉았다. 테루코가 식탁에 오른 달걀은 모두 집의 닭이 낳은 거라고 설명했다. 슌기치는 노부코에게 포도주를 권하면서 "인간의 삶은 약탈로 유지되는 거야. 작게는 바로 이 달걀부터 말이야" 하며 사회주의 같은 논리를 늘어놓았다. 그렇지만 그곳에 있는 세 사람 중에 가장 달걀에 애착을 가진 자는 바로 슌기치였다. 테루코는 그게 웃긴다며 아이처럼 웃어댔다. 노부코는 이런 식탁의 공기 속에서도 머나먼 소나무 숲속에 있는 쓸쓸한 거실의 삶이 떠올랐다.

대화는 식후의 과일을 먹은 후에도 끊이지 않았다. 약간 취기를 띤 슌기치는 가을밤의 전등 아래에 책상다리를 하고 앉아 왕성하게 특유의 궤변을 늘어놓았다. 거침없이 터져나오는 담론이 다시 한번 노부코를 과거로 돌아가게 하였다. 그녀는 열띤 눈빛으로, "나도 소설을 써 볼까……" 하고 말했다. 그러자 슌기치는 대답 대신에 구르몽의 경구를 내뱉었다. 그것은 "뮤즈들은 여자니까 그녀들을 사랑의 노예로 만들 수 있는 것은 남자뿐이다"라는 말이었다. 노부코와 테루코는 한편이 되어 구르몽의 권위를 인정하지 않았다.

"그럼 여자가 아니면 음악가가 되지 못하나? 아폴로*는 남자잖아요."

테루코는 진지한 표정으로 이런 말까지 했다.

그러는 사이에 밤이 깊었다. 노부코는 결국 하룻밤 묵고 가기로 했다.

자기 전에 슌기치는 마루의 문을 열고 잠옷 차림으로 작은 정원으로 내려갔다. 그리고 굳이 누구를 지칭하지 않고, "잠깐 나와 보지. 달이 좋네" 하고 말했다. 노부코는 혼자 그의 뒤를 따라 현관에서 정원용 게다를 신었다. 버선을 벗은 그녀의 발에는 찬 이슬의 느낌이 전해졌다.

달은 정원 구석에 있는 마른 노송나무 가지 사이로 떠 있었다. 슌기치는 노송나무 아래에 서서 희미하게 밝은 밤하늘을 바라보고 있었다. "풀이 많이 났네" 하며 노부코는 풀이 무성한 정원을 으스스하다는 듯이 멈칫거리며 그가 있는 곳으로 다가갔다. 그러나 그는 여전히 하늘을 바라보면서 "십삼야(十三夜)**로구나" 하고 중얼거

---

* 뮤즈는 문예·음악·무용 등의 관장하는 9명의 여신. 태양신 아폴로는 음악·의술·지혜·청춘의 신

** 음력 9월 13일 밤. 혹은 그냥 음력 13일 밤. 이날 뜨는 달은 음력 8월 15일 밤에 뜨는 보름달 다음으로 아름답다고 알려져 있다.

렸을 뿐이었다.

잠시 침묵이 이어진 후, 슌기치는 가만히 눈을 돌려 말했다.

"닭장에 가볼까?"

노부코는 잠자코 고개를 끄덕였다. 닭장은 노송나무 반대쪽 정원 구석에 있었다. 두 사람은 어깨를 나란히 하고 천천히 그곳까지 걸어갔다. 그러나 거적을 둘러싼 닭장 안에는 단지 닭 냄새가 나는 희미한 빛과 그림자만이 있었다. 슌기치는 닭장을 들여다보고 거의 혼잣말하듯이 "자고 있네" 하고 그녀에게 속삭였다.

'달걀을 사람에게 빼앗긴 닭이……'

노부코는 풀 속에서 우두커니 선 채 이렇게 생각하였다…….

두 사람이 정원에서 돌아오니 테루코는 남편 책상 앞에서 멍하니 전등을 바라보고 있었다. 전등갓 위에는 초록색 벌레 한 마리가 기어가고 있었다.

4

다음 날 아침, 슌기치는 식사 후 서둘러 단벌 양복을 입고 현관을 나서려고 하였다. 사망한 친구의 1주기 성묘를 간다는 것이었다.

"괜찮지? 기다려. 점심때는 꼭 돌아올 테니."

그는 외투를 걸치면서 이렇게 노부코에게 다짐하였다. 그러나 그녀는 가녀린 손으로 그의 모자를 손에 든 채 말없이 웃음만 지을 뿐이었다.

테루코는 남편을 배웅하고 돌아와 언니를 화로 앞에 앉히고 정성껏 차를 끓여 내왔다. 옆집 아줌마 이야기, 방문 기자 이야기, 그리고 슌기치와 보러 간 어느 외국 가극단 이야기……, 그 밖에 유쾌한 화제가 그녀에게는 아직 많이 있는 듯하였다. 그러나 노부코의 마음은 침울하였다. 문득 정신을 차려보니 건성으로 대답만 하는 그녀 자신이 그곳에 있었다. 그 모습은 결국 테루코의 눈에도 보였다. 동생은 걱정스러운 눈으로 그녀의 얼굴을 살폈다. "언니, 어디 아파?" 하고 묻기도 하였다. 그러나 노부코도 어쩐 일인지 자신이 왜 그런지 알 수 없었다.

벽시계가 열 시를 쳤을 때, 노부코는 나른한 눈을 들어, "오빠는 꽤 늦네" 하고 말했다. 테루코도 언니의 말을 듣고 잠깐 시계를 올려다보았으나, 그녀는 뜻밖에 냉담하게 "아직……" 하고 짧게 대답했다. 노부코는 그 말 속에 남편의 넘치는 사랑에 행복한 신부의 마음이 느껴졌다. 그렇게 생각하니 그녀 마음은 더욱 우울 쪽으로 기울어졌다.

"테루코는 행복해서 좋겠네."

노부코는 옷깃에 턱을 묻고 놀리는 듯 이렇게 말했다. 그러나 자연스럽게 그곳에 스며 있는 진지한 선망(羨望)의 기색은 아무래도 숨길 수가 없었다. 테루코는 그러나 천진난만한 미소를 지으면서,

"놀리지 마. 언니" 하고 째려보는 시늉을 하였다. 그리고 곧 다시 "언니도 행복하면서"라고 어리광 부리듯 덧붙였다. 그 말이 쿵 하며 노부코의 가슴을 쳤다.

그녀는 약간 눈을 치켜뜨고, "그렇게 생각해?" 하고 되물었다. 그러나 곧 후회하였다. 테루코는 순간 묘한 표정을 하고 언니와 눈을 마주쳤다. 그 얼굴에도 역시 감추기 어려운 후회의 마음이 움직이고 있었다. 노부코는 억지로 웃음을 지었다.

"그렇게 느껴지는 것만으로도 행복해."

둘 사이에 침묵이 이어졌다. 그들은 똑딱거리는 벽시계 아래에서, 화로 위 쇠주전자의 물이 끓어오르는 소리를 듣는 둥 마는 둥 하며 귀를 기울였다.

"그래도 형부가 잘해주지 않아?"

이윽고 테루코는 작은 소리로 조심스럽게 이렇게 물었다. 그 목소리 안에는 분명히 연민의 울림이 있었다. 그러나 이때 노부코의 마음은 그 어느 때보다 연민에 강하게 반발하였다. 그녀는 신문을 무릎 위에 올려놓고 그것을 내려다본 채 일부러 아무런 대답도 하지 않았다. 신문에는 오사카에서처럼 쌀값 문제가 실려 있었다.

잠시 후 조용한 거실 안에는 울음소리가 어렴풋이 들리기 시작했다. 노부코는 신문에서 눈을 떼자, 화로 건너편에서 소매로 얼굴을 가린 동생을 발견하였다.

"울 것까지 없잖니……."

테루코는 언니에게 이렇게 위로받아도 쉬이 울음을 멈추려고 하지 않았다. 노부코는 잔혹한 기쁨을 느끼면서 잠시 동생의 떨리는 어깨에 무언의 시선을 쏟았다. 그리고 하녀가 들을까 꺼리며 테루코 쪽으로 얼굴을 돌리고, "아프게 했다면 미안. 나는 테루코만 행복하다면 그걸로 고맙다고 생각하고 있는걸. 정말이야. 오빠가 테루코를 사랑해준다면……" 하고 낮은 목소리로 말을 이어갔다. 말을 하는 중에 그녀의 목소리도 그녀 자신의 말에 감응하여 점점 감상적으로 변했다. 그러자 돌연 테루코는 소매를 내리고 눈물로 젖은 얼굴을 들었다. 그녀의 눈 안에는 뜻밖에 슬픔도 노여움도 보이지 않았다. 단지 억누를 수 없는 질투의 감정이 뜨겁게 눈을 불태웠다.

"그럼 언니는……, 언니는 왜 어젯밤에도……."

테루코는 말을 다 끝내지 못하고 다시 얼굴을 소매에 묻고 격하게 큰 소리를 내며 울기 시작했다…….

두세 시간 후, 노부코는 서둘러 전차 종점으로 가려고 포장인력거를 타고 흔들리며 가고 있었다. 그녀 눈에 들어오는 외부 세계는 인력거 앞의 사각 셀룰로이드 창으로 보이는 풍경뿐이었다. 그곳에는 변두리의 초라한 집들과 단풍이 든 나뭇가지 등이 천천히, 그리고 끊임없이 뒤로 흘러갔다. 혹시 그 안에 단 하나 움직이지 않는 것이 있다면 엷은 구름이 떠 있는 차가운 가을 하늘뿐이었다.

그녀의 마음은 차분하였다. 그러나 그 차분함을 지배하는 것은 쓸쓸한 체념이었다. 테루코가 울음을 그친 후, 화해는 다시 새로운 눈물과 함께 금세 두 사람을 원래의 사이 좋은 자매로 돌려놓았다. 그러나 사실은 엄연한 사실로써 지금도 노부코의 마음을 떠나지 않았다. 슌기치의 귀가를 기다리지 않고 인력거에 몸을 실을 때, 이제는 동생과 영원히 타인이 된 듯한 느낌이 사정없이 그녀 가슴을 얼어붙게 하였다…….

노부코는 문득 눈을 들었다. 그때 셀룰로이드 창 안에는 혼잡한 거리를 걷는, 지팡이를 든 슌기치의 모습이 보였다. 그녀의 마음은 흔들렸다. 인력거를 세울까? 아니면 이대로 지나쳐버릴까? 그녀는 가슴이 뛰는 것을 억누르면서 잠시 인력거 차양 안에서 헛된 망설임을 거듭하였다. 슌기치와 그녀의 거리는 금세 가까워졌다. 그는 흐린 햇볕을 받으며 군데군데 빗물이 고인 거리를 천천히 걸었다.

"오빠!" 하는 소리가 순간 노부코의 입술에서 흘러나오려고 하였다. 그때 슌기치는 벌써 그녀의 인력거 바로 옆에 익숙한 모습을 드러냈다. 그러나 그녀는 다시 망설였다. 그러는 사이에 아무것도 모르는 그는 마침내 인력거를 지나쳐갔다. 엷게 흐린 하늘, 드문드문 보이는 집들, 키 큰 나무들의 노랗게 물든 잎……, 그리고 여전히 지나는 사람 적은 교외의 거리 풍경이 있을 뿐이었다.

'가을…….'

노부코는 싸늘한 인력거 안에서 온몸으로 쓸쓸함을 느끼면서 애절하게 이렇게 생각하였다.

묘한 이야기

어느 겨울밤, 나는 오랜 친구 무라카미와 함께 긴자* 거리를 걷고 있었다.

"얼마 전에 치에코한테서 편지가 왔어. 자네에게도 안부 전해달라고 하더군."

무라카미는 문득 생각이 난 듯, 지금 사세보**에 사는 여동생의 소식을 화제로 올렸다.

"치에코도 잘 지내지?"

"응, 요즘 좋아진 것 같아. 걔도 도쿄에 있을 때는 신경쇠약이 꽤

---

* 도쿄의 번화가
** 나가사키현 북부의 군항 도시

심했는데……, 그때 일은 자네도 알지?"

"알지. 그런데 신경쇠약이었던가……."

"잘 몰랐군. 그때 치에코는 말이야, 좀 미쳤는가 했어. 우는가 싶더니 웃고, 웃는가 싶더니……, 묘한 이야기를 하더라고."

"묘한 이야기?"

무라카미는 대답을 하기 전에 어떤 카페의 유리문을 밀고 들어갔다. 그리고 거리가 보이는 테이블에 나와 마주 앉았다.

"묘한 이야기야. 아직 자네한테 말 안 했던가? 이 이야기는 치에코가 사세보에 가기 전에 내게 들려준 것인데……."

자네도 알다시피 치에코 남편은 유럽 출전* 중에 지중해 방면으로 파견된 A 전함의 탑승 장교였지. 치에코는 남편이 없는 동안 우리 집에 와 있었고. 그런데 전쟁도 다 끝나갈 무렵부터 갑자기 신경쇠약이 심해졌어. 주요 원인은 그때까지 일주일에 한 번씩 꼭 오던 남편 편지가 딱 끊어진 탓인 것 같아. 어쨌든 치에코는 결혼하고 반 년도 지나지 않았을 때 남편과 떨어져버렸으니까, 이제나저제나 편지를 기다리는 모습을 보고 평소 농담 잘하는 나도 놀리는 것은 잔혹하다는 생각이 들 정도였지.

---

* 제1차 세계대전에 참전한 일본은 독일령 남양군도를 점령, 지중해에도 함대를 파견하였다.

바로 그때의 사건이었어. 어느 날…… 그래 맞아, 그날은 기원절*이었던가? 아침부터 비가 내린 아주 추운 날 오후에 치에코가 오랜만에 가마쿠라**에 놀러 갔다 온다고 했어. 가마쿠라에는 어떤 사업가와 결혼한 치에코의 동창생이 살고 있었지. 그곳에 놀러 간다고 하였는데, 비가 많이 내리니 머나먼 가마쿠라까지 가는 것은 무리라고 생각해서 나와 내 처는 내일 가는 게 좋겠다고 몇 번이나 말렸지. 그러나 치에코는 꼭 그날 가야겠다고 고집을 부리더니 결국에는 짜증까지 내면서 후다닥 짐을 챙겨 나가버리더군.

어쩌면 오늘 거기서 묵고 내일 아침에 돌아올지 모른다는 말을 남기고 녀석은 나가버렸는데, 잠시 후에 어찌 된 일인지 온몸이 비에 젖은 채 창백한 얼굴로 되돌아왔어. 들어보니 도쿄역에서 수로***가의 전차 정거장까지 우산도 쓰지 않고 걸어왔다는 거야. 왜 그랬냐고 물으니……, 그게 참 묘한 이야기였지.

치에코는 도쿄역에 들어서자……, 아니, 그 전에 이런 일이 있었어. 그 녀석이 전차에 탔는데 마침 자리가 꽉 차 있었지. 그래서 손잡이에 매달려 가는데, 바로 앞 유리창에 희미하게 바다 풍경이 비쳤대. 그때 전차는 진보초 거리를 지나고 있었으니까 당연히 바다

---

* 2월 11일. 현재의 건국기념일.《일본서기》에 나오는 진무(神武) 천황 즉위일
** 가나카와 현 남동부 소재. 도쿄에서 가까워 해변 휴양지로 유명하다.
*** 황궁 둘레로 파놓은 수로

묘한 이야기

풍경이 보일 리는 없었지. 그런데 차창 밖으로 보이는 바깥에는 파도가 넘실대는 바다가 떠올랐대. 특히 차창에 비가 몰아치자, 수평선도 멀리 희미하게 보였고……. 그래서 추측하건대 치에코는 이미 그때 신경이 어떻게 되었던 것 같아.

그리고 도쿄역에 들어가자, 입구에 있던 빨간모자* 한 사람이 돌연 치에코에게 인사를 해. 그리고 "남편분께서는 별고 없으신지요?" 하고 말해. 그것도 이상하지. 그러나 더 이상한 것은 치에코가 빨간모자의 질문을 별로 이상하다고 생각하지 않았다는 거야.

"고마워요. 그런데 요즘은 어찌 되었는지 통 편지가 오지 않네요……."

그렇게 치에코는 빨간모자에게 대답을 했어. 그러자 빨간모자는 다시 "그럼, 제가 남편분을 찾아뵙고 오죠" 하고 말한 거야. 뵙고 오겠다고 해도 남편은 먼 지중해에 있는데……, 그것에 생각이 미치자 비로소 치에코는 처음 보는 빨간모자의 말이 이상하다는 걸 느끼게 되었다는 거야. 그러나 다시 물어보려고 생각하는 사이에 빨간모자는 꾸벅 인사를 하고 총총히 인파 속으로 사라져버려 치에코가 아무리 찾아봐도 빨간모자는 보이지 않았어……. 아니, 보이지 않았다고 하는 것보다는 그때까지 마주한 빨간모자의 얼굴이 이

---

* 당시 기차역에서 짐을 날라주던 인부. 빨간 모자를 썼으므로 아카보(赤帽)라고 불렀다.

상하게 떠오르지 않았다고 하더라고. 그러니 그 빨간모자의 모습이 보이지 않게 되자 동시에 다른 빨간모자도 모두 그 사람처럼 보이는 거야. 그래서 치에코는 어안이 벙벙해졌지만, 그 괴상한 빨간모자가 계속 자기를 감시하는 듯한 기분이 들었어. 그런 상황이었으니 가마쿠라는커녕 그곳에 있는 것조차 왠지 무서운 기분이 들었던 게지. 치에코는 결국 우산도 쓰지 않고 비를 흠뻑 맞으며 비몽사몽간에 정거장에서 도망쳤지⋯⋯. 물론 이런 치에코의 이야기는 그 녀석의 신경 탓이겠지만, 그때 그래서 몸살감기에 걸렸던 것 같아. 다음 날부터 이럭저럭 사나흘은 몸살을 앓더니, "여보, 용서해주세요"라든가, "왜 돌아오시지 않나요"라든가, 뭔가 남편과 대화를 하는 듯한 헛소리만 했지. 그러나 가마쿠라행의 저주는 그것뿐이 아니야. 감기가 완전히 나은 후에도, 빨간모자라는 말만 들어도 치에코는 종일 침울해져서 거의 말도 제대로 하지 않았어. 그리고 보니 한번은 말이야, 외출했다가 무슨 해운회사 간판에 빨간모자 그림이 있는 걸 보고 그냥 돌아왔다는 어이없는 일도 있었다네.

  그러나 이럭저럭 한 달가량이 지나자, 치에코가 빨간모자를 무서워하는 마음도 꽤 사라진 것 같았어.

  "새언니, 교카*의 무슨 소설에선가 고양이 같이 생긴 빨간모자가

---

* 소설가 이즈미 교카(泉鏡花, 1873~1939). 기괴 취미와 로맨티시즘이 특징. 환상문학의 선구자. 여기서 말한 작품은 《홍설록(紅雪錄)》(1904)

나왔잖아요. 내게 이상한 일이 생긴 건 그걸 읽어서 그랬는지도 몰라요."

치에코는 그때 내 처에게 이렇게 웃으며 말했다고 하네. 그런데 3월 며칠에는 또 한 번 빨간모자를 보고 놀라게 되었지. 그 이후로 남편이 돌아올 때까지 치에코는 무슨 일이 있어도 절대 정거장에 나간 적이 없어. 자네가 조선으로 떠날 때 치에코가 배웅하러 나가지 않은 것도 빨간모자가 무서워서 그랬다고 하네.

그러니까 3월 며칠에는 남편 동료가 미국에서 2년 만에 돌아왔어……. 치에코는 역에 마중 나가려고 아침부터 집을 나섰는데, 자네도 알다시피 우리 동네는 위치가 외져서 낮에도 사람들이 거의 다니지 않지. 그 한적한 길 옆에 바람개비 장수의 지게가 하나 덩그러니 놓여 있었어. 그날은 바람 부는 흐린 날이었으니 지게에 꽂힌 색종이 바람개비가 어지럽게 돌아갔지……. 치에코는 그런 풍경만으로도 왠지 불안해졌다고 하는데 지나면서 문득 쳐다보니, 빨간색 모자를 쓴 남자가 등을 보이고 쭈그리고 앉아 있던 거야. 물론 그것은 바람개비 장수가 담배 같은 걸 피우던 모습이었겠지. 그러나 모자의 빨간색을 보자 치에코는 정거장에 가면 또 이상한 일이 일어날 듯한 예감이 들어 그냥 되돌아갈까 하는 생각도 했다더군.

그러나 정거장에 가서 일을 마칠 때까지 다행히 아무 일도 일어나지 않았어. 단지 남편의 동료를 따라서 일동이 줄줄이 어두컴컴한 개찰구를 나오려고 하는데, 누군가 치에코 뒤에서, "남편분은 오른팔에 상처를 입으셨다네요. 그래서 편지가 안 오는 겁니다요" 하고 말을 거는 소리가 들렸어. 치에코는 곧바로 뒤돌아보았으나 빨간모자는 보이지 않았어. 보이는 것은 안면이 있는 해군장교 부부뿐이었어. 물론 그 부부가 느닷없이 그런 말을 할 리도 없으니 소리가 들린 것은 확실히 이상하긴 했지. 그러나 어쨌든 빨간모자는 보이지 않았으니 치에코는 다행이라고 생각했겠지. 치에코는 그냥 계속 앞으로 나가 개찰구를 나선 후 다른 일행과 함께 남편 동료가 역 출구에서 자동차에 오르는 것을 배웅하러 갔어. 그런데 그때 또 한 번 뒤에서 "마님, 남편분은 다음 달 중에 돌아오신다네요" 하고 분명히 누군가가 말을 걸었어. 그때도 치에코는 곧 뒤돌아보았으나 마중 나온 남녀 말고 빨간모자는 전혀 보이지 않았어. 그런데 뒤에는 하나도 보이지 않았지만 앞에는 빨간모자가 두 명 자동차에 짐을 나르고 있었지……. 그중 한 사람이 무슨 생각을 했는지 갑자기 치에코를 돌아보면서 빙긋이 묘한 웃음을 지었어. 그것을 보자 치에코는 주위 사람 눈에도 띌 정도로 얼굴이 창백해졌대. 그러나 치에코가 마음을 가라앉히고 다시 살펴보자, 두 명이라고 생각한 빨간모자는 한 명만 짐을 나르고 있었어. 게다가 그 한 명은 좀 전에 웃은 자와는 전혀 다른 사람이었던 거야. 그럼 좀 전에 웃은 빨간모자의 얼굴이 이번에는 기억나느냐 하면 역시 기억이 흐릿했어. 아무리 열심히 떠올리려고 해도 치에코의 머리에는 빨간모자를 쓴 눈과 코가 없는 얼굴 외에는 떠오르지 않았어……. 이것이 치에코에게 들은 두 번째 이상한 이야기야.

그 후 한 달 정도 지나자……, 분명 자네가 조선에 간 때 전후라고 생각하는데, 실제로 남편이 돌아왔어. 오른팔을 부상당했기 때문에 한동안 편지를 쓸 수 없었다는 것도 희한하게도 사실이었어.

"치에코 아가씨는 남편을 그리는 아내이니 자연히 그런 것도 알게 된 것이겠지요……."

내 아내나 주위 사람들은 그때 이렇게 말하며 치에코를 놀렸어. 그리고 다시 한 달 후, 치에코 부부는 남편의 임지인 사세보로 가버렸으나 그곳에 도착하자마자 치에코가 보낸 편지를 보면 놀랍게도 세 번째 묘한 이야기가 쓰여 있었어. 그도 그럴 것이 치에코 부부가 도쿄역을 떠날 때에 부부의 짐을 나른 빨간모자가 인사를 하려는 셈인지 막 움직이기 시작한 기차 창으로 얼굴을 들이댔어. 남편이 그 얼굴을 힐끗 보자 갑자기 이상한 얼굴을 하였으나 이윽고 좀 쑥스럽다는 듯이 이런 이야기를 꺼냈대……. 남편이 마르세유에 상륙 중 동료 몇 명과 함께 어떤 카페에 들어갔는데 돌연 일본인 빨간모자가 한 사람 테이블 쪽으로 걸어와서 공손하게 근황을 묻기 시작했어. 물론 마르세유 거리에 일본인 빨간모자가 돌아다닐 리가 없었지. 그러나 남편은 왠지 특별히 그게 이상하다고도 생각지 않고 오른팔을 다쳤다는 사실과 귀국이 가깝다는 것 등을 말해주었어. 그사이에 취한 동료 한 사람이 코냑 잔을 엎어버렸어. 놀라 주위를 살펴보니 어느새 일본인 빨간모자는 카페에서 사라졌어. 도대체 그는 누구였지……? 생각해보니 눈은 분명히 뜨고 있었지만 꿈인지 생시인지 구별이 되지 않았어. 그뿐만 아니라 동료도 빨간모자가 나타났다는 사실은 전혀 모른다는 얼굴이었지. 그래서 결국 그 일에 관해서는 아무에게도 말하지 못하고 지나가고 말았지. 그런데 일본에 돌아오니 치에코가 두 번이나 괴상한 빨간모자를 만났다는 말을 했어. 그럼 마르세유에서 본 것은 그 빨간모자인가라는 생각도 했으나 너무 괴담 같기도 하고, 또 하나는 명예스런 원정 중에 마누라 생각만 했느냐고 놀림을 받겠다는 생각도 들어 그때까지 계속 입을 다물고 있었대. 그러나 그날 차창에 얼굴을 비친 빨간모자를 보니 마르세유의 카페에 들어온 남자와 눈썹 하나까지 똑같았어……. 남편은 그렇게 말을 마치고 잠시 입을 다물고 있었으나 이윽고 불안스러운 듯이 목소리를 낮추고, "그런데 이상하잖아? 똑같이 생겼다고 하지만, 아무래도 빨간모자의 얼굴이 분명히 떠오르지 않아. 단지 창 너머로 얼굴을 본 순간, 그 사람이라고 느꼈지만……."

무라카미가 여기까지 이야기를 했을 때, 새로 카페에 들어온 그의 친구 서너 명이 우리 탁자로 다가오며 돌아가면서 그에게 인사했다.

"그럼 난 실례하네. 조만간에 조선에 돌아가기 전에 한 번 더 만나자구."

나는 카페 밖으로 나가자 나도 모르게 긴 한숨을 쉬었다. 그건 지금으로부터 3년 전, 치에코가 도쿄역에서 나와 만나는 밀회의 약속을 두 번이나 깨버린 후 영원히 정숙한 아내로서 살아가겠다는 내용의 간단한 편지를 보내온 이유를 오늘 밤 비로소 알았기 때문이었다…….

버려진 아이

아사쿠사의 나가스미초에 신행사*라는 절이 있습니다만……, 아뇨, 큰 절은 아닙니다. 단지 니치로쇼닌**의 목상이 있다는 꽤 유서가 깊은 절이라 합니다. 그 절 문 앞에 메이지 22년*** 가을, 사내아이 하나가 버려져 있었습니다. 아이는 생년월일은 물론 이름을 써놓은 종이도 없이 그저 포대기에 쌓인 채 끈이 떨어진 여자 짚신을 베개로 하고 버려져 있었답니다.

당시 신행사의 주지 스님은 다무라 닛소라는 노인이었는데 어느

---

*   일본어 발음은 신교데라. 도쿄 아사쿠사 지역에는 절이 많으나 신행사라는 절은 실제로 없다.
** 가마쿠라 시대의 승려
*** 1889년

날 아침 독경을 올리고 있을 때 역시 나이 지긋한 문지기가 와서 버려진 아이가 있다고 알렸습니다. 그러자 부처님을 향해 있던 스님은 문지기 쪽을 돌아보지도 않고 "그래? 그럼 이리로 안고 오너라" 하고 마치 아무 일도 아니라는 듯이 대답하였습니다. 그뿐만 아니라 문지기가 조심스럽게 아이를 안고 오자 당신이 손수 받으시면서 "아아, 예쁜 아가로군. 울지 마라. 울지 마. 오늘부터 내가 길러주마" 하고 기꺼이 아기를 달래기 시작했습니다……. 그때의 일은 훗날 문지기가 향목과 선향을 팔면서 틈날 때마다 존경스러운 스님의 일화로 자주 신도들에게 들려주곤 했습니다. 아실지 모르겠으나 닛소 스님이라는 분은 원래 후카가와에서 칠장이를 하였는데 19년* 가을에 발판에서 떨어져 한때 정신을 잃은 후 갑자기 깨달음을 얻으셨다고 하는, 호탕한 성격의 기인이었습니다.

 그 후로 스님은 아이에게 유노스케라는 이름을 붙이고 자기 자식처럼 키웠습니다. 그러나 메이지 유신 이후로 여자는 찾아볼 수 없는 절이므로 기른다고는 하였지만 쉬운 일은 아니었습니다. 다칠까 지켜보는 것부터 우유 먹이는 일까지 스님은 불경을 읽는 사이에 짬을 내서 하는 형편이었습니다. 듣건대 한번은 유노스케가 감기인지 뭔지에 걸린 날 마침 강기슭의 니시타츠라는 보살 집에 불사가 있었다고 하는데 닛소 스님은 열이 나는 아이를 법의(法衣) 안에 품

---

* 1886년

고서 수정 염주를 한 손에 들고 평소처럼 태연히 독경을 했다고도 합니다.

그러나 그렇게 기르는 중에도 가능하다면 생모를 만나게 해주어야겠다는 것이 무섭게 보여도 정이 깊으신 닛소 스님의 마음이었을 것입니다. 스님은 설교 자리에 오르게 되면, 지금도 가서 보시면 신행사 앞의 기둥에는 '설교 매월 16일'이라고 낡은 표찰이 붙어 있습니다. 때때로 중국과 일본의 고사를 인용하시면서 부모 자식 간의 은혜와 사랑을 잊지 않는 것이 바로 부처님 은혜에도 보답하는 길이라고 누누이 말씀하셨다고 합니다. 그러나 설교 날은 계속 돌아와도, 누구 하나 아이의 어미라고 나서는 자는 없었습니다……. 아니, 유노스케가 세 살 때 딱 한 번 자신이 어미라고 하며 얼굴에 화장독이 오른 여자가 찾아온 적이 있었습니다. 그러나 이 여자는 아이를 가지고 무슨 나쁜 일을 꾸미려고 했겠죠. 자세하게 물어보니 의심스러운 말뿐이었으므로 불같은 성질의 스님은 거의 폭력을 휘두를 듯한 기세로 호되게 독설을 퍼붓고 그 자리에서 쫓아냈습니다.

그 후 메이지 27년*의 겨울, 세상은 청일전쟁의 소문에 들끓고 있었는데 역시 16일의 설교 날에 스님이 본당에서 돌아오는데, 고상한 34~35세의 부인이 얌전하게 뒤를 따라왔습니다. 방에는 솥을

---

*   1894년

없은 이로리* 옆에 유노스케가 귤을 까서 먹고 있었습니다……. 그 모습을 보자마자 부인은 털썩 스님 앞에 무릎을 꿇고 떨리는 목소리를 억누르면서 "제가 이 아이의 어미입니다" 하고 느닷없이 말을 꺼냈다 합니다. 그 말을 들으니 담대한 스님도 잠시 멍해져서 아무 말도 나오지 않을 정도였습니다. 그러나 부인은 스님을 개의치 않고 가만히 방바닥을 내려보면서 마치 암송이라고 하듯이, 그렇다고 해도 심장의 격동은 온몸으로 드러나고 있었습니다만, 그날까지의 양육에 대한 감사의 말을 차근차근 정중하게 늘어놓았습니다.

그런 시간이 흐른 후, 스님은 부채를 들고 부인의 말을 막으면서 우선 아이를 버린 사연을 들려달라고 하였습니다. 그러자 부인은 여전히 방바닥에서 눈을 떼지 않은 채 이런 이야기를 했답니다…….

그러니까 지금으로부터 5년 전에, 부인의 남편은 아사쿠사 다와라마치에서 쌀집을 했는데, 주식에 손을 대자마자 금세 가산을 탕진하여 야반도주하듯이 요코하마로 이사를 가게 되었습니다. 그러나 이렇게 되니 발목을 잡는 것은 막 태어난 사내아이였습니다. 설상가상으로 부인은 젖이 전혀 나오지 않았으므로 결국 도쿄를 떠나는 밤에 부부는 신행사 문 앞에 눈물을 머금고 갓난아이를 버리고 갔습니다.

---

* 방 한가운데 사각으로 파서 취사나 난방용으로 불을 피우는 장치

그리고 미약한 연줄에라도 기대어보고자 기차도 타지 않고 요코하마로 간 남편은 어느 운송회사에 취직하고 부인은 실 가게의 하녀가 되어 2년 정도 둘 다 열심히 일했답니다. 그러는 동안에 운이 찾아왔는지 3년째 여름에는 운송회사 주인이 남편이 정직하게 일하는 모습을 잘 보았는지, 그 무렵 개발되기 시작한 혼모쿠 부근 대로에 작은 지점을 내게 해주었습니다. 동시에 부인도 일을 그만두고 남편과 함께 살게 된 것은 말할 것도 없습니다.

지점은 상당히 번창하였습니다. 또한 해가 바뀌자 이번에도 건강한 사내아이가 부부 사이에 태어났습니다. 물론 불쌍하게 버려진 아이의 기억은 이때도 부부 마음 깊숙한 곳에 자리 잡고 있었음이 틀림없습니다. 특히 부인은 잘 나오지 않는 젖을 갓난아이에게 물릴 때마다 도쿄를 떠나던 밤의 기억이 또렷이 떠올랐다고 합니다. 그러나 가게는 바빴습니다. 아이도 나날이 커갔습니다. 은행에도 다소 예금이 쌓였습니다……. 이러한 형편이었으니 어쨌든 부부는 오랜만에 행복한 가정생활을 할 수가 있었습니다.

그러나 그런 행운도 그리 오래가지는 못했습니다. 이제 겨우 웃을 일도 생겼다고 생각하기 시작한 27년*의 초봄, 남편은 갑자기 장티푸스에 걸려 일주일도 되지 않아 덜커덕 죽어버렸습니다. 그뿐이라면 그래도 부인은 체념하고 살아갈 수 있었겠으나, 도저히 견딜

---

* 1894년

수 없게도, 모처럼 얻은 아이까지 남편이 죽은 지 100일도 지나지 않았을 때, 돌연 급성설사병으로 죽었습니다. 부인은 그 당시 밤낮으로 미친 사람처럼 계속 울기만 했습니다. 아니, 당시뿐이 아니었습니다. 그 이후 이럭저럭 반년 정도는 거의 얼빠진 상태로 지냈습니다.

그 슬픔이 좀 가라앉았을 때, 먼저 부인 머리에 떠오른 것은 버린 장남을 찾는 일이었습니다.

"혹시 그 아이가 아직 살아 있다면 무슨 고생을 하더라도 내가 거두어 키워야지."

그런 생각을 하자 한시가 급한 마음이 들었겠지요. 부인은 곧 기차를 타고 오랜만에 도쿄에 도착하자마자, 꿈에도 그리던 신행사문 앞에 찾아왔습니다. 마침 16일의 설교 날 오전이었습니다.

부인은 곧바로 안으로 들어가서 누군가에게 아이의 소식을 물어보려고 하였습니다. 그러나 설교가 끝나기 전에는 스님도 물론 만날 수 없었을 것입니다. 그래서 부인은 초조해하면서도 본당에 가득한 많은 선남선녀에 섞여서 닛소 스님의 설교를 듣는 둥 마는 둥 귀를 기울였습니다. 아니 귀를 기울이던 것이 아니라 실제로는 설교가 끝나는 것을 기다리는 데 불과하였습니다.

그런데 스님은 그날도 또 연화부인(蓮華夫人)이 500명의 아이를 낳은 이야기를 인용하면서 부모 자식 간의 은혜와 사랑이 고귀한 것을 차분히 말씀해주셨습니다. …… 연화부인이 500개의 알을 낳았다. 강물에 떠내려간 그 알을 이웃 나라의 왕이 키워 알에서 난 500명의 장사는 어머니인지도 모르고 연화부인의 성을 공격해 왔다. 그러자 연화부인은 성루에 올라가 "내가 너희 500명의 어미이니라. 그 증거가 여기 있다"라고 말했다. 그리고 젖을 내보이고 아름다운 손으로 젖을 짰다. 높은 성루의 부인 가슴에서 샘처럼 솟아난 젖 500 줄기는 한 사람도 빠짐없이 500 장사의 입으로 들어갔다……. 그런 천축의 우화는, 아무 생각 없이 설교를 듣고 있던 이 불행한 부인의 가슴에도 깊은 감동을 주었습니다. 그래서 부인은 설교가 끝나자, 눈물을 글썽이면서 본당을 나와 복도에 연해 있는 방으로 서둘러 왔습니다.

자초지종을 다 들은 닛소 스님은 이로리 옆에 있던 유노스케를 오게 하여, 얼굴도 모르는 어머니에게 5년 만의 대면을 시켰습니다. 부인의 말이 거짓이 아니라는 것을 자연스럽게 스님도 느낀 것이겠지요. 부인이 유노스케를 안고 울음을 참고 있던 때에는 활달한 스님 눈에도 어느새 웃음을 띤 눈물이 눈썹 밑에서 빛났습니다.

그 후의 일은 말하지 않아도 대충 짐작이 되시겠지요. 유노스케는 어머니를 따라가 요코하마의 집으로 돌아갔습니다. 부인은 남편과 자식이 죽은 후, 자상한 운송회사 주인 부부가 주선해준 대로, 사람들에게 바느질을 가르치면서 소박하나마 고생 없이 생계를 이어갔다고 합니다.

손님은 긴 이야기를 마치자 무릎 앞의 찻잔을 들었다. 그러나 입을 대지 않고 내 얼굴을 쳐다보고 조용히 이렇게 덧붙였다.

"그 버려진 아이가 바로 접니다."

나는 잠자코 고개를 끄덕이면서 그릇의 뜨거운 물을 찻주전자에 부었다. 가련한 기아 이야기가 손님 마쓰바라 유노스케 군의 어릴 적 이야기라는 것은 초면의 나도 이미 짐작하였다.

잠시 침묵이 이어진 후, 나는 손님에게 말을 걸었다.

"모친은 아직 살아계십니까?"

그러자 뜻밖의 대답이 나왔다.

"아뇨, 작년에 돌아가셨습니다……. 그러나 지금 말한 부인은 제 어머니가 아니었습니다."

손님은 내가 놀라는 것을 보자 살짝 눈에 웃음을 띠었다.

남편이 아사쿠사 다하라초에서 쌀집을 한 것이랑, 요코하마에 가서 고생하였다는 말은 물론 거짓이 아닙니다. 그러나 아이를 버렸다는 것이 거짓이라는 사실은 나중에 알게 되었습니다. 그때가 그러니까 어머니가 돌아가시기 전 해, 가게의 일을 하던 나는……, 아시다시피 저는 면사(綿絲) 가게를 하고 있었으므로 업무로 니가타 지역을 돌아다녔는데, 그때 다하라초의 어머니 집 옆에 살던 가방 가게 주인과 우연히 같은 기차에서 만나게 되었습니다. 묻지도 않았는데 들은 이야기로는 어머니는 당시 계집아이를 낳았고 그 아이가 가게를 그만두기 전에 죽었다는 것이었습니다. 그래서 저는 요코하마로 돌아간 후, 곧바로 어머니 몰래 호적등본을 떼어보니, 과연 가방가게 주인 말대로 다하라초에 있던 때에 태어난 아이는 계집아이였습니다. 그리고 태어난 지 3개월 만에 죽었습니다. 어머니는 어떤 생각에서인지 자식도 아닌 저를 키우려고, 자신이 버린 아이라고 거짓말을 했습니다. 그리고 그 후 20년가량 거의 침식도 잊을 정도로 정성을 다해 저를 키워주셨습니다.

어떤 생각에서인지……, 저도 지금까지 아무리 생각해 보아도 모르겠습니다. 그러나 사실은 알 수 없을지 몰라도, 가장 그럴듯하게 생각되는 이유는 닛소 스님의 설교가 남편과 아이를 잃은 어머니 마음에 큰 감동을 주었을 것입니다. 어머니는 설교를 듣던 중에 내가 모르는 친어머니의 역할을 대신할 마음이 된 것이 아니었을까요. 내가 절에 버려진 것은 당시 설교를 들으러 온 신도들에게서도 들었을 것입니다. 혹은 절 문지기가 말해주었는지도 모릅니다.

손님은 잠시 입을 다물고 깊은 생각에 잠긴 눈을 하면서 생각났다는 듯이 차를 마셨다.

"그럼 당신이 친자식이 아니라는 걸……, 친자식이 아니라는 사실을 알았다는 것을 모친에게 말했나요?"

나는 그것이 궁금했다.

"아뇨, 그 말은 하지 않았습니다. 내가 말하는 건 어머니에게 너무 잔혹한 일이라고 생각해서요. 어머니도 죽을 때까지 그 사실에 관해 한마디도 하지 않으셨습니다. 역시 말하는 건 내게도 잔혹하다고 생각하셨겠지요. 그런데 실제로 제가 친자식이 아닌 걸 알게 된 후, 어머니에 대한 마음에 변화가 생긴 건 사실입니다."

"그건 무슨 뜻이죠?"

나는 가만히 손님의 눈을 보았다.

"전보다도 더 애틋한 마음이 되었습니다. 그 비밀을 알게 된 후, 어머니는 버려진 아이인 저에게는 친어머니 이상인 분이 되었으니까요."

손님은 숙연하게 대답하였다. 마치 그 자신 또한 친자식 이상인 사람이었음을 모르는 듯이.

남경의 그리스도

1

가을의 깊은 밤이었다. 남경 기망가*의 어느 집 방에서는 창백한 얼굴의 중국 소녀가 낡은 탁자 위에 손으로 턱을 괴고 접시에 담긴 수박씨**를 심심풀이 삼아 깨물어 먹고 있었다.

탁자 위에 놓인 램프가 희미하게 빛났다. 그 빛은 방 안을 밝게 하기보다는 오히려 한층 더 음울한 분위기를 만드는 데 효과가 있었

---

*   남경(南京)은 중국 강소성(江蘇省)에 있는 대도시. 중화민국 시대의 수도. 기망가(奇望街)는 남경 시대 대로명
** 씨만 먹는 수박이 있어, 중국에서는 차를 마시거나 할 때 먹는다. 소금 간을 하여 말린 씨

다. 벽지가 군데군데 벗겨진 방구석에는 모포가 비어져 나온 등나무 침대에 먼지가 잔뜩 낀 장막이 드리워졌다. 그리고 탁자 건너편에는, 역시 낡은 의자 하나가 마치 잊힌 듯 덩그러니 놓여 있었다. 그러나 그 밖에는 어디를 둘러보아도 장식 같은 가구류는 아무것도 보이지 않았다.

  소녀는 그런 것이 아무렇지도 않다는 듯 수박씨를 깨물다가 때로 서늘한 눈을 들어 탁자 끝에 닿은 벽을 가만히 바라보았다. 눈 앞의 벽에는 굽은 못에 작은 진주 십자가가 단정하게 걸려 있었다. 그리고 십자가 위에는 조잡하게 만들어진 수난의 그리스도가 높이 양 팔을 벌리고, 닳아버린 부조의 윤곽을 그림자처럼 어렴풋이 드러냈다. 소녀의 눈은 십자가의 예수를 볼 때마다 긴 속눈썹 안의 쓸쓸한 빛이 금세 어디론가 사라지고, 그 대신에 순진한 희망의 빛이 생생하게 되살아나는 듯하였다. 그러나 곧 다시 시선을 옮기면 그녀는 한숨을 쉬며 칙칙한 검은 비단 윗도리에 싸인 어깨를 힘없이 늘어뜨리면서 다시 접시의 수박씨를 톡톡 깨물기 시작했다.

  소녀의 이름은 송금화(宋金花)라 하고, 가난한 가계를 돕고자 매일 밤 그 방에서 손님을 맞는 올해 15세의 창녀다. 진회(秦淮)*에 있는 창녀 중에 금화 정도의 용모를 가진 여자는 많이 있을 것이다. 금화만큼 착한 소녀도 또 있을지 모르나 적어도 그것은 의심스러웠

---

*   양쯔강 지류에 있는 명승지의 하나. 강 연안의 유곽지

다. 그녀는 동료 매춘부와는 달리, 거짓말도 하지 않으며 건방지지도 않고 매일 밤 웃는 얼굴로 이 음울한 방을 찾는 다양한 손님과 사이좋게 시간을 보냈다. 그리고 그들이 주고 간 돈이 간혹 약속한 돈보다 많을 때는 홀아버지에게 한 잔이라도 더 좋은 술을 사주는 것을 낙으로 삼았다.

이런 금화의 행실은 물론 그녀의 천성임에 틀림없었다. 그러나 또 그 밖에 무언가 다른 이유를 찾는다면, 벽의 십자가가 말해주듯이 이미 돌아가신 어머니가 어린 금화를 인도해준 로마 가톨릭교 신앙을 계속 지켜왔기 때문이었다.

……그러니까 올해 봄, 상하이의 경마를 구경할 겸 남부 중국의 경치를 보러 온 젊은 일본 여행가가 호기심에 금화의 방을 찾아 하룻밤을 지낸 적이 있었다. 그때 그는 담배를 물고 무릎 위로 작은 금화의 몸을 안고 있었는데 문득 벽의 십자가를 보자 의아한 얼굴을 하고 서툰 중국어로 말을 걸었다.

"너 예수교 신자냐?"

"예, 다섯 살 때 세례를 받았어요."

"그러고도 이런 일을 하는 거야?"

그 목소리에는 순간 비아냥거리는 어조가 섞인 듯하였다. 그러나 금화는 그의 팔에 까만 머리를 기댄 채 변함없는 밝은 표정으로 송곳니가 다 보이도록 웃었다.

"이 장사를 하지 않으면 아버지랑 저는 굶어 죽으니까요."

"네 아버지는 노인네냐?"

"예, 이제는 누워서 일어나지도 못해요."

"그런데 말이야, 이런 돈벌이를 하면 천국에는 가지 못한다고 생각지 않니?"

"아뇨."

금화는 잠시 십자가를 바라보면서 깊은 생각에 잠긴 듯한 눈을 하였다.

"천국에 계시는 예수님은 꼭 내 마음을 이해해주시리라고 생각하니까요······. 그러지 않으면 예수님은 요가(姚家)*거리의 경찰서 사람들이랑 다를 바 없는 걸요."

젊은 일본 여행가는 웃음을 지었다. 그리고 상의 안주머니를 뒤지더니 비취 귀걸이를 한 쌍 꺼내 손수 그녀 귀에 달아주었다.

"아까 일본에 갖고 갈 선물로 산 귀걸이인데, 오늘 밤 기념으로 네게 주마."

······금화는 처음 손님을 받은 날부터 진심으로 이러한 확신에 차 있었다.

그런데 이럭저럭 한 달 정도 전부터, 이 경건한 창녀는 불행하게도 악성 매독에 걸린 몸이 되었다. 이 사실을 알게 된 동료 진산차는 통증을 없애는 데 좋다며 아편주(阿片酒)를 마시라고 권해주었다.

---

* 남경 시내의 지명

그리고 또 다른 동료 모영춘은 자신이 복용한 홍람환(汞藍丸)*과 가로미(迦路米)** 남은 것을 고맙게도 손수 건네주었다. 그러나 금화의 병은 어찌 되었는지 손님을 받지 않고 틀어박혀 있어도 전혀 나아지지 않았다.

그러던 어느 날 진산차가 금화의 방에 놀러왔을 때에, 다음과 같은 미신 같은 요법을 확실한 것인 양 말해주었다.

"네 병은 손님한테서 옮은 것이니까 빨리 아무에게나 옮겨. 그러면 꼭 2, 3일 안에 나을 거야."

금화는 손을 턱에 괸 채 우울한 안색을 바꾸지 않았다. 그러나 산차의 말에는 다소 호기심이 생긴 듯 "정말?" 하고 가벼워진 마음으로 되물었다.

"응, 정말이야. 내 언니도 너처럼 도대체 병이 낫지 않았어. 그래서 손님한테 옮기니 금방 나아버렸다니까."

"그 손님은 어떻게 되었는데?"

"손님은 참 불쌍하게 됐지. 그 때문에 눈까지 멀어버렸대."

산차가 방을 떠난 후 금화는 혼자서 벽에 걸린 십자가 앞에 무릎을 꿇고 수난의 그리스도를 우러러보면서 열심히 이런 기도를 올렸다.

---

*   수은으로 만든 매독약
** 피부에 바르는 백색 분말

"하늘에 계시는 예수님, 저는 아버지를 모시려고 천한 일을 하고 있습니다. 그러나 제 일은 저 혼자 더럽히기만 하지 아무에게도 피해를 주지 않습니다. 그러하오니 저는 이대로 죽어도 반드시 천국에 갈 수 있으리라 생각합니다. 그렇지만 지금 나는 손님에게 이 병을 옮기지 않으면 예전처럼 장사를 할 수 없습니다. 그렇다면 설령 굶어 죽더라도……, 그렇게 하면 이 병도 나을 것 같습니다만……, 손님과 한 침대에서 자지 않도록 주의해야 한다고 생각합니다. 그러지 않으면 저는 우리의 행복 때문에 원한 없는 남들을 불행하게 만들게 되니까요. 그러나 아무래도 저는 여자입니다. 언제 어떤 유혹에 빠질지 모릅니다. 하늘에 계시는 예수님, 모쪼록 저를 지켜주세요. 저는 당신 한 분 말고 기댈 사람이 없는 여자니까요."

이렇게 결심한 송금화는 그 후 산차와 영춘에게 아무리 권유받아도 완강하게 손님을 받지 않았다. 또 때때로 그녀 방에 단골손님이 놀러 와도 같이 담배나 함께 피울 뿐, 결코 손님의 뜻을 따르지 않았다.

"저는 무서운 병에 걸렸어요. 가까이하시면 손님도 옮아요."

그래도 손님이 취해서 무리하게 그녀를 요구하면 금화는 언제나 이렇게 말하고, 실제 그녀가 앓는 병의 증거를 보여주는 것도 꺼리지 않았다. 그러니 손님은 점차 그녀 방에 찾아오지 않게 되었다. 그리고 동시에 또 그녀의 생계도 나날이 어려워졌다…….

오늘 밤도 그녀는 탁자에 기대어 오랫동안 멍하게 앉아 있었다.

여전히 그녀의 방에는 손님이 오는 기척은 들리지 않았다. 그러는 동안에 밤은 여지없이 깊어졌지만 그녀 귀에 들리는 소리는 단지 어딘가에서 우는 귀뚜라미 울음뿐이었다. 그뿐만 아니라 불기가 없는 방 안의 추위가 점차 그녀의 쥐색 비단 신발로 다시 그 신발 안의 가냘픈 발로 차디찬 물처럼 스며들었다.

 금화는 희미한 램프 불을 아까부터 멍하니 바라보았으나 이윽고 몸을 한 번 떨더니 비취 귀걸이가 달린 귀를 긁으며 작게 하품을 씹었다. 그러자 거의 그 순간, 페인트칠 된 문이 확 열리고 처음 보는 외국인 한 사람이 비틀거리면서 방으로 들어왔다. 그 기세가 거셌던 탓인지 탁자 위의 램프 불은 한순간 확 타올라 묘하게 붉게 그을린 빛을 좁은 방 안에 가득 채웠다. 손님은 그 빛을 정면으로 받으면서 한 번은 탁자 쪽으로 비틀거렸으나 곧 다시 똑바로 서자, 이번에는 뒤로 비틀거려 지금 막 닫힌 문에 쿵 하고 등을 기대고 말았다.

 금화는 무심코 벌떡 일어나 처음 보는 외국인의 모습에 놀란 시선을 보냈다. 손님의 나이는 35~36세였을까. 줄무늬 갈색 양복에 같은 색 사냥모를 쓴, 눈이 크고 턱수염이 났으며 얼굴이 햇볕에 검게 탄 남자였다. 그러나 유일하게 알 수 없던 것은 외국인은 틀림없지만 서양인인지 동양인인지 좀처럼 구별이 되지 않았다. 손님은 검은 머리칼을 모자 밑으로 드러낸 채 불이 꺼진 파이프를 물고 문 입구에 서 있는 모양이 아무리 보아도 지나가던 취객이 길을 헤매다 잘못 들어온 것으로 생각되었다.

"무슨 용무시죠?"

금화는 약간 두려운 느낌에 휩싸여 여전히 탁자 앞에 꼼짝없이 선 채, 매섭게 이렇게 물어보았다. 그러자 손님은 머리를 흔들며 중국어는 모른다는 표시를 하였다. 그리고 입에 비스듬히 물었던 파이프를 빼고, 무슨 말인지 알 수 없는 외국어를 한마디 내뱉었다. 그러나 그 말에 대하여 금화는 탁자 위의 램프 불에 비춰 귀걸이를 반짝이면서 머리를 흔들어 보이는 수밖에 없었다.

손님은 그녀가 아름다운 눈썹을 당혹스럽게 찡그린 것을 보자, 돌연 큰 소리로 웃으면서 사냥모를 획 벗어던지고 비틀거리며 다가왔다. 그리고 탁자 건너편 의자에 털썩 앉았다. 금화는 이때 외국인의 얼굴이 언제 어디서라는 기억은 없지만 확실히 본 기억이 있는 듯한 어떤 친밀감이 느껴졌다. 손님은 거리낌 없이 접시 위의 수박씨를 입에 집어넣고, 그렇다고 그것을 씹지도 않으면서 뚫어지게 금화를 바라보았으나, 이윽고 다시 묘한 손짓을 섞어가며 알 수 없는 외국어를 지껄이기 시작했다. 그 의미도 그녀는 알 수 없었으나 단지 이 외국인이 그녀가 하는 일이 뭔지 안다는 것은 추측할 수 있었다.

중국어를 모르는 외국인과 하룻밤을 지내는 것이 금화에게는 드문 일이 아니었다. 그래서 그녀는 의자에 앉자 거의 습관적인 상냥한 미소를 지으면서 상대에게는 전혀 통하지 않는 농담 비슷한 것을 말하기 시작했다. 그러자 손님은 그 농담을 알아듣는 것이 아닐까 의심스러울 정도로, 한두 마디 말하고 기분 좋게 웃으면서 아까보다도 더 정신없게 이런저런 손짓을 했다.

손님이 내뱉는 숨에는 술 냄새가 났다. 그러나 삭막한 방의 공기가 환해졌다고 느껴질 정도로 취기로 붉어진 얼굴은 남자다운 활력에 넘쳤다. 적어도 그것은 금화에게는 최근 자주 보는 남경의 중국인은 말할 것도 없고 지금까지 그녀가 본 적이 있는 어떤 동서양의 외국인보다도 멋진 모습이었다. 그러나 그럼에도, 전에도 한 번 얼굴을 본 기억이 있다는 아까의 느낌은 아무래도 사라지지 않았다. 금화는 손님의 이마에 늘어진 검은 곱슬머리를 바라보면서, 가벼워진 마음으로 애교를 부리는 중에도 이 얼굴을 처음 봤던 때의 기억을 애써 떠올리려고 하였다.

'저번에 뚱뚱한 부인과 함께 유람선에 탔던 사람이었던가? 아니야, 그 사람은 수염 색이 더 빨갰지. 그럼 진회(秦淮)의 공자님 묘소에서 사진을 찍던 사람?'

하지만, 그 사람은 이 손님보다 나이를 더 먹었다는 생각이 들었다.

'그래, 언젠가 이섭교(利涉橋) 쪽의 식당 앞에 사람들이 모여 있었는데, 손님과 닮은 사람이 굵은 지팡이를 휘둘러 인력거꾼 등을 때리고 있었던가. 어쩌면……, 그러나 아무래도 그 사람의 눈은 눈동자가 더 파랬던 것 같아…….'

금화가 이런 생각을 하는데 여전히 즐겁다는 표정의 외국인은 어느새 파이프에 담배를 채우고 냄새가 좋은 연기를 뿜어댔다. 그 남자는 갑자기 무슨 말인가 내뱉고, 이번에는 점잖게 빙긋이 웃더니, 한 손의 손가락을 두 개 펴서 금화 눈앞에 내밀고 '?'라는 의미의 몸짓을 하였다. 손가락 두 개가 2달러라는 금액을 나타내는 것은 물론 누구의 눈에도 명확하였다. 그러나 손님을 받을 수 없는 금화는 능숙하게 수박씨를 깨물며, 아니라는 표시로 웃는 얼굴을 두 번 가로저었다. 그러자 손님은 탁자 위에 거만하게 양 팔꿈치를 댄 채, 희미한 램프 빛 속에서 취한 얼굴을 쑥 내밀고 가만히 그녀를 지켜보았으나, 이윽고 다시 손가락을 세 개 내밀어 답을 기다린다는 눈짓을 하였다.

금화는 약간 의자를 옮기면서 수박씨를 입에 문 채 당혹스러운 얼굴을 하였다. 손님은 확실히 2달러의 돈으로 그녀가 몸을 허락하지 않는다고 생각한 듯하였다. 그렇다고 말이 통하지 않는 그에게 상세한 내용을 이해시키는 것은 도저히 불가능하다는 생각이 들었다. 그래서 금화는 새삼스럽게 그녀의 경솔을 후회하면서 서늘한 시선을 돌리고, 어쩔 수 없이 다시 확실하게 머리를 가로저었다.

그런데 상대 외국인은 잠시 엷은 웃음을 띠고 주저하는 기색을 보인 후, 네 개의 손가락을 내밀고 뭔가 다시 외국어를 지껄였다. 어찌할 바를 모르는 금화는 얼굴에 손을 대고, 웃음을 지을 기력도 없어졌으나 순간 이미 이렇게 된 이상 계속 머리를 흔들어서 상대가 체념할 때를 기다리는 수밖에 없다고 결심하였다. 그러나 그렇게 생각하는 중에도 손님의 손은 무언가 보이지 않는 것이라도 잡는 듯, 이윽고 다섯 손가락 모두를 펴 보였다.

그 후 두 사람은 오랫동안 손짓발짓을 교환하는 문답을 계속했다. 그사이에 손님은 끈기 있게 하나씩 손가락 수를 늘린 끝에 결국에는 10달러의 돈을 내어도 아깝지 않다는 의욕을 보이게 되었다. 그러나 창녀에게는 큰돈인 10달러도 금화의 결심을 움직이지 못했다. 그녀는 아까부터 의자에서 일어나 탁자 앞에 비스듬히 서 있었다. 상대가 양손을 다 펴 보이자, 조바심 나는 듯이 발을 구르고 몇 번이나 계속하여 머리를 가로저었다. 그 순간에 어떤 충격에서인지 못에 걸려 있던 십자가가 바닥에 떨어져 작은 금속음을 냈다.

그녀는 얼른 손을 뻗어 소중한 십자가를 주웠다. 그때 아무 생각 없이 십자가에 조각된 수난의 예수 얼굴을 보자 이상하게도 그 얼굴이 탁자 건너편의 외국인과 꼭 빼닮았다.

"어쩌면 어딘가에서 본 듯하다고 생각한 것은 바로 이 예수님의 얼굴이었어."

금화는 검은 비단 윗도리 가슴에 진주 십자가를 갖다 댄 채, 탁자 건너편의 손님 얼굴로 놀란 시선을 보냈다. 손님은 여전히 램프 불에 취기를 띤 얼굴을 붉히면서 때때로 파이프 연기를 내뿜고는 의미 있는 듯한 미소를 지어 보였다. 게다가 그 눈은 그녀의 모습으로……, 흰 목덜미에서 비취 귀걸이가 달린 귀 언저리로 계속 훑는 듯하였다. 그러나 그런 손님의 모습도 금화에게는 일종의 부드러운 위엄으로 가득 찬 것으로 느껴졌다.

이윽고 손님은 파이프를 멈추자 의식적으로 약간 고개를 갸웃거리고 무언가 우스운 말을 하였다. 그것이 금화의 말에는 거의 교묘한 최면술사가 사람의 귀에 속삭이는 듯한 암시와 같은 작용을 일으켰다. 그녀는 그 기특한 결심도 싹 다 잊어버렸는지, 살짝 미소 지은 눈을 내리깔고, 진주 십자가를 손으로 만지작거리면서 이 이상한 외국인 옆으로 부끄러운 듯이 다가갔다.

손님은 바지의 주머니에 손을 넣어 짤랑짤랑 은화 소리를 내면서 의연하게 엷은 웃음을 띤 눈으로 잠시 금화의 서 있는 자태가 마음에 든다는 듯이 바라보았다. 그러나 손님은 그 눈 안의 엷은 웃음이 강렬한 빛으로 바뀌자마자 불쑥 의자에서 일어나, 술 냄새가 나는 양복의 팔로 힘껏 금화를 껴안았다. 금화는 마치 정신을 잃은 듯이, 비취 귀걸이가 달린 머리를 힘없이 뒤로 젖힌 채 그러나 창백한 얼굴에는 선명한 혈색을 드러내며, 살며시 감은 눈으로 눈앞에 다가온 그의 얼굴을 황홀하게 쳐다보았다. 이상한 외국인에게 그녀의 몸을 맡길 것인가, 아니면 병을 옮기지 않으려고 그의 키스를 거부할 것인가, 그런 생각을 할 여유는 물론 어디에도 찾아볼 수 없었다. 금화는 털투성이의 손님 입에 그녀의 입을 맡기면서 단지 타오르는 듯한 연애의 환희가, 비로소 알게 된 연애의 환희가 강렬하게 그녀의 가슴속에 차오르는 것을 느낄 뿐이었다……

2

몇 시간 후 램프가 꺼진 방 안에는 단지 희미한 귀뚜라미 소리가 침대에서 흘러나오는 두 사람의 숨소리에 쓸쓸한 가을의 정취를 더하고 있었다. 그러나 그동안에 금화의 꿈은 퀴퀴한 침대의 장막을 벗어나 지붕 위의 별이 빛나는 밤하늘로 연기처럼 높이 피어올랐다.

***

…… 금화는 자단목 의자에 앉아 탁자 위에 가득한 각양각색의 요리에 젓가락질을 하고 있었다. 제비 집, 상어 지느러미, 삶은 계란, 훈제 잉어, 통돼지 구이, 해삼탕……, 요리는 아무리 세어도 도저히 끊임이 없었다. 게다가 그 식기가 모두 온통 파란 연화와 금색 봉황을 그려 넣은 고급 접시와 주발뿐이었다.

그녀의 의자 뒤로는 붉은색 커튼을 친 창이 있고 또 그 창밖에는 강이 있는지 조용한 물소리와 노 젓는 소리가 계속 들려왔다. 아무래도 그녀에게는 어릴 적부터 익숙한 진회(秦淮)라는 생각이 들었다. 그러나 그녀가 지금 있는 곳은 확실히 천국에 있는 예수님의 집이 틀림없었다.

금화는 때때로 젓가락질을 멈추고 탁자 주위를 돌아보았다. 그러나 넓은 방 안에는 요리에서 피어오르는 김 사이로 용 조각의 기둥이나 커다란 국화 화분이 어렴풋이 보일 뿐 사람 모습은 전혀 보이지 않았다.

그럼에도 탁자 위에는 식기가 하나 비자 곧바로 어디에선가 새로운 요리가 따뜻한 향기를 가득 퍼뜨리면서 그녀 눈 앞에 나타났다. 그러자 다시 젓가락을 대지 않은 사이에 꿩 구이 같은 것이 날개를 치면서 소흥주(紹興酒)* 병을 쓰러뜨리면서 방 천장으로 푸드덕 날아가버렸다.

그사이에 금화는 누군가 한 사람, 소리도 없이 그녀의 의자 뒤로 다가온 것을 느꼈다. 그래서 젓가락을 든 채 살짝 뒤를 돌아보았다. 그러자 그곳에는 어떤 까닭인지 있으리라 생각한 창이 보이지 않고, 비단 방석을 깐 자단목 의자에 처음 보는 외국인이 진주 담뱃대를 물고서 느긋하게 앉아 있었다.

금화는 그 남자를 한 번 보자, 그자가 오늘 밤 그녀 방에 자러 온 남자라는 것을 알아차렸다. 그러나 단지 하나 그와 다른 것은 마침 초승달과 같은 빛의 고리가 이 외국인 머리 위 한 뼘 정도의 높이에 떠 있었다. 그때 다시 금화의 눈앞에는 무엇인지 김이 오르는 큰 접시가 하나 마치 탁자에서 솟아난 것처럼 맛있게 보이는 요리를 담고 나타났다. 그녀는 곧바로 젓가락을 들고 접시 안의 진미를 집으

---

* 　중국 절강성 소흥현산의 명주

려고 하였으나 문득 그녀 뒤에 있는 외국인이 생각나서 어깨 너머로 그를 뒤돌아 보면서 "당신도 이리로 오세요" 하고 조심스럽게 말을 걸었다.

"괜찮다. 너 혼자 먹어라. 그걸 먹으면 네 병이 오늘 밤 안으로 나아질 것이니."

머리 위로 둥근 빛이 떠도는 외국인은 여전히 담뱃대를 문 채 무한한 사랑이 깃든 미소를 보냈다.

"그럼 당신은 드시지 않으시나요?"

"나 말이냐? 나는 중국요리는 싫어한다. 너는 아직 나를 모르니? 예수 그리스도는 아직 한 번도 중국요리를 먹은 적이 없단다."

남경의 그리스도는 이렇게 말하자마자 천천히 자단목 의자에서 일어나 멍하게 앉아 있는 금화의 볼에 어깨 너머로 부드러운 입맞춤을 하였다.

***

천국의 꿈에서 깨어난 것은 가을 새벽빛이 좁은 방 안에 서늘하게 퍼지기 시작한 때였다. 그러나 퀴퀴한 장막을 늘어뜨린 작은 배 모양의 침대 안에는 아직 따스하게 희미한 어둠이 남아 있었다. 그 희미한 어둠 속에 떠 있는 금화의 얼굴은 색 바랜 낡은 모포에 둥근 턱 밑 살을 감춘 채 아직 눈을 감고 있었다. 그러나 혈색이 안 좋은 볼에는 어젯밤의 땀에 달라붙었는지 머리칼이 흐트러져 있고, 약간 벌어진 입술 사이로는 찹쌀과도 같이 작은 이빨이 하얗게 보였다.

　금화는 잠이 깬 지금도, 국화와 물소리와 꿩 구이와 예수 그리스도와 그 밖의 여러 꿈속의 기억을 헤매었다. 그러나 그동안에 침대 안이 점점 밝아오자 그녀의 유쾌한 꿈을 꾸는 듯한 기분에도 수치스러운 현실이, 어젯밤 이상한 외국인과 함께 이 등나무 침대에 오른 것이 또렷한 모습으로 의식에 들이닥쳤다.

　"혹시 그 사람에게 병이라도 옮겼다면······."

　금화는 이런 생각이 들자 돌연 마음이 우울해져서 오늘 아침 다시 그의 얼굴을 보는 것은 견딜 수 없다는 생각이 들었다. 그러나 한번 눈을 뜬 이상, 그의 햇볕에 탄 그리운 얼굴을 끝내 보지 않는 것은 더욱더 참을 수 없었다. 그래서 잠시 주저하다가 그녀는 조심스럽게 눈을 뜨고 지금은 이미 밝아진 침대 안을 둘러보았다. 그러나 그곳에는 뜻밖에 모포에 덮인 그녀 외에 십자가 예수를 닮은 그는 물론 사람 그림자도 보이지 않았다.

　"그럼, 그것도 꿈이었나?"

　때 묻은 모포를 제쳐버리고 금화는 침대에서 벌떡 일어났다. 그리고 양손으로 눈을 비비고 무겁게 늘어진 장막을 걷고 아직 잠이 덜 깬 눈으로 방 안을 둘러보았다.

　방은 차가운 아침 공기로 잔혹할 정도로 또렷이 모든 물건의 윤곽을 드러냈다. 낡은 탁자, 불이 꺼진 램프, 그리고 하나는 바닥에 쓰러지고, 또 하나는 벽을 향한 의자……, 모든 것이 어젯밤 그대로 였다. 그뿐인가, 실제로 탁자 위에는 수박씨가 흩어져 있고 작은 진주 십자가조차 무거운 빛을 드러내고 있었다. 금화는 눈부신 눈을 깜빡거리고 망연히 주위를 둘러보면서 잠시 흐트러진 침대 위에서 추운지 옆으로 모은 다리를 풀지 않았다.

"역시 꿈은 아니었네."

금화는 이렇게 중얼거리면서 이것저것 외국인의 이해할 수 없는 행방에 대해 상상하였다. 물론 생각할 것도 없이 그는 그녀가 자는 사이에 살짝 방을 빠져나가 돌아간 것인지 모른다는 생각도 했다. 그러나 그렇게 그녀를 애무한 그가, 한마디 이별의 말도 없이 가버렸다는 것은 차마 믿어지지 않았다. 게다가 그녀는 그 이상한 외국인이 약속한 10달러의 돈까지 받는 것을 잊고 있었다.

"그럼 정말로 가버린 것일까?"

그녀는 무거워진 가슴을 안으면서 모포 위에 벗어놓은 비단 윗도리를 걸치려고 하였다. 그러나 돌연 그 손을 멈추자 그녀의 얼굴에는 금세 생생한 혈색이 퍼지기 시작했다. 문 저쪽에 그 이상한 외국인의 발소리라도 들렸기 때문이었을까? 혹은 또 베개와 모포에 스민 그가 남긴 냄새 같은 것이 우연히 부끄러운 어젯밤의 기억을 불러일으켰기 때문이었을까? 아니, 금화는 그 순간, 그녀의 몸에 일어난 기적으로 하룻밤 동안에 흔적도 없이 악성 매독이 치유된 것을 느꼈다.

"그럼, 그 사람이 예수님이었던 거야."

그녀는 갑자기 속옷 채로 침대를 뛰어서 내려오자, 차가운 바닥 위에 무릎을 꿇고 부활의 주님과 말을 나누었던 아름다운 막달라 마리아처럼 열심히 기도를 올렸다…….

3

다음 해 봄의 어느 밤, 송금화를 방문한 젊은 일본 여행가는 다시 희미한 램프 아래에 그녀와 탁자를 마주하였다.

"아직 십자가가 걸려 있네."

그날 밤 그가 무슨 말을 하다가 놀리는 듯이 이렇게 말하자, 금화는 갑자기 정색을 하고, 어느 밤 남경에 왕림하신 예수님이 병을 고쳐주었다는 이상한 이야기를 했다. 그 이야기를 들으면서 젊은 일본 여행가는 다음과 같은 생각을 혼자 했다…….

'나는 그 외국인을 알지. 그자는 일본인과 미국인 사이에서 난 혼혈아다. 이름은 조지 머리라고 하던가. 그자는 내가 아는 로이터 통신사 사람에게, 기독교 신자인 남경의 창녀와 하룻밤을 지내고 그녀가 잠든 사이에 몰래 도망쳤다는 이야기를 자랑스럽게 떠벌렸다고 했지. 내가 지난번에 왔을 때에는 마침 그자도 나와 같이 상하이의 호텔에 묵었으므로 얼굴은 지금도 기억하고 있어. 확실히는 모르나 그도 영자신문의 통신원이라고 했으나 풍채에 어울리지 않게 사람이 좀 인간성이 좋지 않았지. 그자가 그 후 악성 매독 때문에 결국 발광해버린 것은 어쩌면 이 여자의 병이 전염되어서인지 모른다. 그러나 이 여자는 지금까지도, 그런 무뢰한 혼혈아를 예수 그리스도라고 생각한다. 나는 과연 이 여자를 위하여 사실을 알려줘야 할 것인가? 그러지 않으면 영원히, 옛날 서양 전설 같은 꿈을 꾸게 놔둬야 할 것인가……?'

금화의 이야기가 끝났을 때, 그는 생각난 듯이 성냥을 켜고 냄새가 독한 담배를 피우기 시작했다. 그리고 일부러 궁금하다는 듯이 이런 궁한 질문을 하였다.

"그런가? 그것참 이상하군. 그런데……, 그럼 너는 그 후로는 아프지 않았니?"

"예, 전혀."

금화는 수박씨를 깨물면서 환하게 얼굴을 빛내면서 조금도 주저 없이 대답하였다.

본편을 초(草)하는 데 다니자키 준이치로(谷崎潤一郎) 씨의 〈진회의 하룻밤(秦淮の一夜)〉에서 얻은 바 적지 않다. 부기로 감사의 뜻을 표한다.

덤불속

검비위사*의 심문에 대한 나무꾼의 진술

그렇습니다. 시체를 발견한 것은 바로 접니다. 저는 오늘 아침 여느 때처럼 뒷산에 나무를 하러 갔습니다. 그런데 산그늘 덤불 속에 시체가 있었습니다. 발견한 곳이요? 그곳은 야마시나** 정도 떨어졌을 겁니다. 대숲 속에 마른 삼목(杉木)들이 섞인 인적이 없는 곳입니다.

시체는 파란색 나들이옷에 교토풍의 주름진 두건을 쓴 채 드러누

---

*   헤이안 시대에 경찰과 재판을 겸한 관직. 비위(非違)를 단속하는 관리
** 교토 동부에 있는 지명. 역로(驛路)에서 4~5정(町). 약 400~500m

덤불 속

워 있었습니다. 어쨌든 단칼이라고는 하지만 심장을 찔린 상처이므로 시체 주위의 대나무 낙엽들이 검붉은색으로 물들어 있었습니다. 아뇨, 피는 멈춘 듯 더 흘러나오지는 않았습니다. 상처도 마른 것 같았습니다. 게다가 그곳에는 말파리 한 마리가 제 발소리조차 들리지 않는지 시체에 달라붙어 날아가지도 않았던 것 같고요.

칼 같은 것은 보이지 않았느냐고요? 아뇨, 아무것도 없었습니다. 단지 그 옆의 삼나무 밑동에 밧줄이 하나 떨어져 있었습니다. 그리고⋯⋯ 아, 그렇지. 밧줄 외에 빗이 하나 있었습니다. 시체 주위에 있던 것은 이 두 개뿐이었습니다. 한데 주변의 풀이랑 낙엽이 밟혀서 난장판이 되어 있었으니, 필시 남자가 살해당하기 전에 심한 고통에 몸부림친 게 틀림없을 겁니다. 네? 말은 없었느냐고요? 그곳에는 말 같은 것은 들어갈 수 없는 곳입니다. 어쨌든 말이 다니는 길에서 숲 하나만큼은 떨어져 있었으니까요.

검비위사의 심문에 대한 탁발승의 진술

죽은 남자는 분명히 어제 마주친 적이 있습니다. 어제, 그러니까⋯⋯ 아마 점심때였을 겁니다. 세키야마*에서 야마시나로 가는

---

*   검문소(關所, 세키쇼)가 있는 산. 여기서는 교토의 경계 산

도중이었습니다. 그 남자는 말에 탄 여자와 함께 세키야마 쪽으로 걸어갔습니다. 여자는 망사를 드리운 삿갓을 쓰고 있었으므로 얼굴은 잘 보이지 않았습니다. 보인 것은 단지 보라색 겉옷뿐이었습니다. 말은 적갈색이고…… 갈기는 중 머리처럼 바싹 깎았던 걸로 기억합니다. 말 키요? 키는 넉 자 반 정도였던가……? 어쨌든 제가 중인지라 그런 건 확실히 잘 모르겠습니다. 남자는…… 아뇨, 칼도 차고 활도 멨습니다. 특히 검은 화살집에 화살이 스무 개가량 꽂혀 있던 것은 지금도 분명히 기억합니다.

그 남자가 그렇게 되리라고는 꿈에도 생각지 못했지만, 정말로 인간의 목숨이라는 것은 이슬처럼 허망하고 번개처럼 순식간에 사라지는 것이네요. 거참, 매우 딱한 일을 당하였습니다그려.

검비위사의 심문에 대한 호멘(放免)*의 진술

제가 붙잡은 놈 말입니까? 그놈은 다조마루라는 악명 높은 도적입니다. 제가 사로잡았을 때는 말에서 떨어진 듯, 아와다구치의 돌다리 위에서 끙끙 신음하고 있었습니다. 시각이요? 시각은 어젯밤 8시경이었습니다. 언젠가 제가 잡으려다 놓친 때에도 역시 이 퍼런

---

*   석방된 죄수로 주로 범죄자 수색과 호송업무를 전담했다.

옷에 칼을 차고 있었습니다. 그때는 그거 말고도 보시다시피 활과 화살도 메고 있었습니다. 그렇습니까? 그 죽은 남자가 가지고 있던 것도……, 그럼 죽인 놈은 다조마루가 확실합니다. 가죽을 감은 활, 검은 화살집, 매 깃털 화살이 17개……, 이것들은 모두 죽은 남자 것이었겠지요. 예, 말씀하신 대로 말도 갈기를 깎은 적갈색 말이었습니다. 놈이 그 말에서 떨어진 것도 어떤 운명의 힘이었을 겁니다. 그 말은 돌다리 좀 앞에서 긴 고삐를 늘어뜨린 채 길가의 억새를 뜯고 있었습니다.

  다조마루라는 놈은 성 안을 돌아다니는 도적 중에서도 특히 여자를 밝히는 놈입니다. 작년 가을 도리베데라의 빈두로(賓頭盧)* 좌상 뒷산에서, 참배하러 온 아낙네와 계집애가 함께 살해당한 것도 이놈이 한 짓이라고 합니다. 이놈이 그 남자를 죽였다면 적갈색 말에 타고 있던 여자한테도 어디서 어떤 짓을 했는지 모릅니다. 주제넘습니다만 이 점도 잘 문초해보셨으면 합니다.

---

* 16 나한의 하나. 석가의 제자로 신통한 능력을 가져 열반에 들지 아니하고 천축 마리지산(摩利支山)에 살면서 중생을 제도한 아라한

검비위사의 심문에 대한 노파의 진술

예, 죽은 남자는 제 딸과 결혼한 사위이옵니다. 교토 사람은 아니옵니다. 와카사* 관청의 무사이옵니다. 이름은 가나자와 다케히로, 나이는 스물여섯이었습니다. 아뇨, 온화한 성격이었으니 원한을 살 만한 일은 없었습죠.

제 딸 말인가요? 딸 이름은 마사고, 나이는 열아홉 살입니다. 이 아이는 신랑에게도 지지 않을 정도로 자존심이 센 아이입니다만, 아직 한 번도 다케히로 말고 다른 남자와 사귄 적이 없습니다. 얼굴은 까무스레하고 왼쪽 눈가에 검은 점이 있는, 작고 갸름한 얼굴입니다.

사위는 어제 제 딸과 함께 와카사로 떠났는데 이런 일을 당하다니, 이 무슨 업보인가요. 그나저나 사위는 어쩔 수 없게 되었지만 제 딸은 어찌 되었는지 걱정입니다. 모쪼록 이 노파 일생의 소원이오니, 산속을 다 뒤져서라도 딸의 행방을 찾아주십시오. 어찌 되었든 죽일 놈은 다조마루인지 뭔지 하는 도적놈입니다. 사위뿐 아니라 제 딸까지도……. (이후 말없이 슬피 울 뿐)

---

* 후쿠이현 남부

* * *

다조마루의 자백

그 남자를 죽인 것은 납니다. 그러나 여자는 죽이지 않았습니다. 그런데 어디로 갔을까? 그건 나도 모릅니다. 아, 잠깐만요. 아무리 고문을 당해도 모르는 걸 안다고 할 수는 없잖습니까. 그리고 나도 이렇게 잡혔으니 비겁하게 숨기지는 않을 생각이라니까요.

나는 어제 점심때가 좀 지나서 그 부부와 만났습니다. 그때 바람이 불어와 여자가 쓴 삿갓의 망사가 위로 날려서 언뜻 여자 얼굴이 보였습니다. 살짝 보였다고 생각한 순간 다시 보이지 않게 되었습니다만, 그것도 하나의 원인이겠죠. 내게는 여자 얼굴이 보살처럼 아름답게 보였습니다. 나는 그 순간에 남자를 죽이고서라도 여자를 빼앗자고 결심했습니다.

뭐, 남자 죽이는 것 정도는 나리께서 생각하시는 것처럼 대단한 일은 아닙니다. 어차피 여자를 빼앗게 되면 반드시 남자는 죽여야 합니다. 단지 저는 죽일 때 허리에 찬 칼을 사용합니다만, 나리는 칼을 사용하지 않고 권력 하나로 죽이고, 돈으로 죽이고, 까닥하면 세상을 위한다는 말 하나로 죽이시지요. 그렇죠. 피도 흘리지 않고 남자는 엄연히 살아 있지만……, 그러나 그래도 죽였습니다. 죄의 무

게를 생각해보면, 나리가 나쁜지 내가 나쁜지 어느 쪽이 나쁜지 알 수 없죠. (비웃는 미소)

 그러나 남자를 죽이지 않고도 여자를 뺏을 수 있다면 그걸로 충분했겠지요. 아니, 그때는 가급적 남자를 죽이지 않고 여자를 뺏을 마음이었습니다. 그러나 야마시나 역로에서는 아무래도 그렇게 하기 어려웠습니다. 그래서 나는 산속으로 부부를 유인할 궁리를 했습니다.

 이것도 거짓이 아닙니다. 나는 부부와 길을 같이 가면서 건너편 산에 고분이 있는데 그 고분을 파보니 거울이랑 보검이 많이 나왔다, 나는 아무도 모르게 산그늘 덤불 속에 그것들을 묻어두었다, 혹시 원한다면 아무것이나 싸게 팔고 싶다고 말했습니다. 남자는 내 말에 점점 마음이 움직이기 시작했습니다. 그리고…… 어찌 생각합니까? 욕심이라는 것은 무서운 것 아닙니까? 그리고 얼마 후 그 부부와 저는 함께 산길로 말을 몰아간 것입니다.

 덤불 앞에 다다르자 저는 보물은 이 안에 묻혀 있으니 보러 가자고 말했습니다. 남자는 욕심에 눈이 멀었으니 이견이 있을 리 없었습니다. 그러나 여자는 말에서 내리지 않고 기다리겠다고 했습니다. 덤불이 우거진 것을 보니 그렇게 말하는 것도 무리는 아니었을 것입니다. 실은 이것도 제가 내심 의도한 대로였으므로, 여자 혼자 남겨둔 채 남자와 덤불 속으로 들어갔습니다.

 덤불 속은 한동안 대나무만 나타났습니다. 그러나 얼마쯤 간 곳에 약간 평지가 있는 삼나무 숲이 보였는데, 거사를 치르기에 아주 좋은 장소였습니다. 나는 덤불을 헤쳐가면서 보물은 삼나무 밑에 묻어두었다고 그럴듯한 거짓말을 했습니다. 남자는 내 말을 듣자마자 마른 삼나무가 보이는 곳으로 서둘러 나아갔습니다. 곧 대나무가 드문드문해지고 몇 그루의 삼나무가 늘어서 있는……, 그곳에 가자마자 나는 순식간에 상대를 덮쳐서 쓰러뜨렸습니다. 남자도 칼을 찬 무사라 힘은 상당히 센 듯했으나 불의의 기습을 받으니 어쩔 수 없었을 것입니다. 곧바로 어느 삼나무 밑동에 묶어버렸습니다. 밧줄이요? 밧줄은 내가 도적인지라 언제 담을 넘을지 모르니 항상 허리에 차고 다니죠. 물론 소리를 지르지 못하게 낙엽을 입에 처넣으니 그걸로 큰일은 끝났습니다.

남자를 처치한 나는 다시 여자가 있는 곳으로 가서 남자가 갑자기 아프다고 하니 어서 가자고 말했습니다. 이것 또한 제 의도대로 된 것은 말할 나위도 없습니다. 여자는 삿갓을 벗은 채 제 손에 끌려서 덤불 속으로 들어갔습니다. 그런데 그곳에 와보니 남자는 삼나무 밑동에 묶여 있어……, 여자는 그걸 보자마자 어느새 품에서 꺼냈는지 번쩍이는 단검을 뺐습니다. 저는 지금까지 그렇게 억센 여자는 한 번도 본 적이 없습니다. 만약 그때 방심하고 있었다면 한칼에 옆구리를 찔렸을 것입니다. 아니, 몸을 돌려 피했다고 해도 마구 찔러대는 와중에 어디 한 군데라도 부상당하기 쉬웠을 겁니다. 그러나 내가 명색이 다조마루이니 어쨌든 허리의 칼은 빼지 않고 마침내 단검을 쳐서 떨어뜨렸습니다. 아무리 기가 센 여자라도 무기가 없으면 도리가 없겠지요. 나는 결국 생각대로 남자의 목숨을 끊지 않고도 여자를 손에 넣을 수가 있었습니다.

남자의 목숨을 끊지 않고도……, 그렇습니다. 나는 남자를 죽일 생각은 없었습니다. 그런데 쓰러져서 우는 여자를 남겨두고 덤불 밖으로 도망가려고 하자, 여자는 돌연 미친 사람처럼 내 팔을 붙잡고 늘어졌습니다. 게다가 헐떡이며 외치는 소리를 들으니, 당신이 죽든가 남편이 죽든가 어느 쪽이든 한 사람은 죽어야 한다, 두 남자에게 치욕을 보인 것은 죽는 것보다 괴롭다고 했습니다. 아니, 어느 쪽이든 살아남은 남자를 따라가겠다고……, 그렇게 헐떡이며 말했습니다. 나는 그때 강렬하게 남자를 죽여야겠다는 마음이 솟아났습니다. (음울한 흥분)

이렇게 말하니, 필시 내가 나리보다 잔혹한 인간으로 보이겠지요. 그러나 그것은 나리가 그녀의 얼굴을 보지 않았기 때문입니다. 특히 그 한순간에 불타오르는 눈동자를 보지 않았기 때문입니다. 나는 여자와 눈이 마주쳤을 때, 설사 번개를 맞아 죽더라도 이 여자를 아내로 삼고 싶다고 생각했습니다. 아내로 삼고 싶다……. 제 머릿속에는 단지 이 생각뿐이었습니다. 이것은 나리가 생각하듯 비겁한 색욕은 아니었습니다. 만약 그때 색욕 말고 아무런 바람이 없었다면, 저는 여자를 발로 차버리고 도망갔을 것입니다. 그렇게 했다면 내 칼에 남자의 피를 묻히지 않아도 되었겠지요. 그러나 어두컴컴한 덤불 속에서 가만히 여자의 얼굴을 본 순간, 저는 남자를 죽이지 않는 한 여기를 떠날 수 없다고 생각했습니다.

그러나 남자를 죽인다 해도 비겁한 방법을 취하고 싶지는 않았습니다. 나는 남자의 밧줄을 풀어주고 칼로 승부하자고 말했습니다. (삼나무 밑동에 떨어진 밧줄은 그때 깜빡하고 놔두고 간 것입니다.) 남자는 창백한 얼굴로 허리의 칼을 뺐습니다. 그리고 말없이 사나운 기세로 덤벼들었습니다······. 칼싸움의 결과는 말할 것도 없을 것입니다. 내 칼은 23합(合)째에 상대의 가슴을 찔렀습니다. 23합째, 모쪼록 이 사실을 잘 기억해주십시오. 나는 지금도 그걸 놀랍게 생각하고 있습니다. 나와 23합까지 칼을 겨룬 것은 천하에 그 남자 한 사람뿐이었으니까요. (쾌활한 미소)

나는 남자가 쓰러짐과 동시에, 피 묻은 칼을 내려뜨리고 여자 쪽을 뒤돌아보았습니다. 그러나 어찌 된 일인지 여자는 아무 데도 보이지 않는 것이 아니겠습니까. 나는 여자가 어디로 도망갔는지 삼나무 숲속을 찾아보았습니다. 그러나 대나무 낙엽 위에는 아무런 흔적이 남아 있지 않았습니다. 또 귀를 기울여보아도 들리는 것은 단지 남자 목에서 나는 단말마의 소리뿐이었습니다.

어쩌면 여자는 내가 칼싸움을 시작하자마자 남의 도움을 청하려고 덤불을 빠져나가 도망간 것인지도 몰라······. 저는 그런 생각이 들자 이번에는 내 목숨이 위험하니 칼과 활, 화살을 빼앗아 곧바로 아까의 산길로 나왔습니다. 그곳에는 여자가 타던 말이 아직도 가만히 서서 풀을 뜯고 있었습니다. 그 후의 일은 더 말해도 쓸데없겠죠. 단지 도성에 들어가기 전에 칼은 버렸습니다……. 제 자백은 이게 다입니다. 어차피 언젠가는 잘려서 나뭇가지에 걸릴 머리라고 생각하고 있으니 모쪼록 극형에 처해주시오. (의기양양한 태도)

청수사(清水寺)에 와 있던 여자의 참회

…… 퍼런 옷을 입은 그 남자는 저를 강제로 욕보이고 나자 묶여 있는 남편을 바라보면서 비웃었습니다. 남편은 얼마나 원통했겠어요. 하지만 아무리 몸부림쳐도 온몸에 묶인 밧줄은 더욱 꼭꼭 조일 뿐이었습니다. 저는 무작정 남편에게로 비틀거리며 달려갔어요. 아니, 달려가려고 하였습니다. 그러나 남자는 순식간에 저를 그곳으로 차서 쓰러뜨렸습니다. 마침 그 순간이었습니다. 저는 남편의 눈에 무어라 표현할 수 없는 빛이 번뜩인 것을 보았습니다. 무어라 표현할 수 없는……, 저는 지금도 그 눈이 떠오를 때면 몸이 떨려온답니다. 입으로는 한마디도 할 수 없던 남편은 찰나의 눈 속에 모든 마음을 전하였습니다. 그러나 그곳에 번뜩인 것은 분노도 아니고 슬픔도 아닌……, 단지 저를 경멸하는 차가운 눈빛이었습니다. 저는 남자 발에 차인 것보다 그 눈빛에 일격을 맞은 듯 나도 모르게 비명을 지르고 그만 정신을 잃어버렸습니다.

그러다 간신히 정신이 들어 눈을 떠보니, 그 퍼런 옷의 남자는 이미 어디론가 사라지고 없었어요. 남은 것은 단지 삼나무 밑동에 묶여 있는 남편뿐이었습니다. 저는 대나무 낙엽에서 간신히 몸을 일으키고 남편의 얼굴을 바라보았습니다. 그러나 남편의 눈빛은 아까와 전혀 다르지 않았어요. 여전히 싸늘한 경멸 속에 증오의 빛이 보였습니다. 치욕, 슬픔, 노여움…… 그때 내 마음을 뭐라 표현해야 좋을지 모르겠네요. 저는 간신히 일어나 비틀거리며 남편 곁으로 다가갔습니다.

"여보, 이제 이렇게 된 이상 당신과 같이 살 수 없어요. 저는 지금 당장 죽을 겁니다. 그러나……, 그러나 당신도 죽으셔야 해요. 당신은 치욕스런 제 모습을 보았습니다. 저는 이대로 당신 혼자 남겨둘 수는 없어요."

저는 간신히 이 말을 하였습니다. 그래도 남편은 증오의 눈으로 저를 노려보고 있을 뿐이었습니다. 저는 터질 듯한 가슴을 억누르면서 남편의 칼을 찾았습니다. 그러나 그 도적이 빼앗아갔겠지요. 칼은 물론 활과 화살도 덤불 속에는 보이지 않았습니다. 하지만 다행히 단검은 내 발밑에 떨어져 있었습니다. 저는 단검을 들고 다시 한번 남편에게 이렇게 말했습니다.

"그럼 당신의 목숨을 거두도록 하겠어요. 저도 곧 뒤따라가요."

남편은 이 말을 들었을 때 겨우 입술을 움직였습니다. 물론 입에는 대나무 낙엽이 가득 차 있었으니 소리는 전혀 들리지 않았습니다만, 저는 그 말뜻을 알아챘습니다. 남편은 저를 경멸하며 "죽여"라고 말했습니다. 저는 거의 비몽사몽간에 남편의 가슴에 단검을 푹 찔러 넣었습니다.

저는 그때 다시 정신을 잃어버렸겠지요. 마침내 주위를 둘러보았을 때는 남편은 묶인 채로 이미 숨이 끊어졌습니다. 창백한 얼굴 위로는 대나무와 삼나무가 섞인 숲 위의 서쪽 하늘에서 햇살이 한 줄기 쏟아져 내렸습니다. 저는 울음을 삼키면서 시체의 밧줄을 풀었습니다. 그리고…… 그리고 제가 어떻게 되었느냐고요? 그것에 관해 이미 저는 말할 힘도 없습니다. 어쨌든 저는 아무래도 죽어버릴 힘이 없었습니다. 단검을 목에 대기도 하고 산기슭의 연못에 몸을 던지기도 하면서 이것저것 시도를 해보았으나, 끝내 죽지 못하고 이렇게 살아 있으니, 이것도 자랑은 못 되겠지요. (쓸쓸한 미소) 저처럼 한심스러운 여자는 대자대비하신 관세음보살도 내버리신 것인지도 모르겠습니다. 그러나 남편을 죽인 저는, 도적에게 치욕을 당한 저는, 도대체 어떻게 하면 좋을까요? 도대체 저는……, 저는……. (돌연 격렬한 흐느낌)

무녀의 입을 빌린 혼령의 진술

…… 도적은 아내를 겁탈하고 나서 그곳에 앉은 채로 이리저리 아내를 위로하기 시작했다. 나는 물론 말을 못하였다. 몸도 삼나무에 묶여 있었다. 그러나 나는 그사이에 몇 번이나 아내에게 눈짓을 하였다. 이 남자가 말하는 것을 그대로 믿지 마라, 무엇을 말해도 거짓이라고 생각해……. 나는 그런 뜻을 전하려고 하였다. 그러나 아내는 초연히 대나무 낙엽에 앉은 채 가만히 시선을 무릎에 떨어뜨리고 있었다. 그 모습이 아무래도 도적의 말을 새겨듣는 것처럼 보이는 것이 아닌가. 나는 질투에 몸을 떨었다. 그러나 도적은 계속하여 교묘하게 말을 이었다. 한 번이라도 몸을 더럽히게 되면 남편과의 사이도 돌이킬 수 없을 것이다. 그런 남편을 따라가는 것보다 내 마누라가 될 마음은 없는가? 나는 그대가 너무 예뻐 당치도 않은 일을 저질렀다……. 도적은 대담하게도 그런 말까지 꺼냈다.

도적의 말을 듣자 아내는 가만히 얼굴을 들었다. 나는 그때만큼 아름다운 아내를 본 적이 없었다. 그러나 묶인 내 앞에서 그토록 아름다운 아내는 그때 무엇이라 도적에게 대답하였던가. 나는 중유(中有)*를 떠돌고 있지만 아내의 대답이 떠오를 때마다 분노에 불타오른다. 아내는 분명 이렇게 말했다…….

---

*   죽어서 다음 세상에 태어날 때까지의 49일의 기간

"그럼 어디론가 데려가줘요." (긴 침묵)

아내의 죄는 그것뿐이 아니다. 그뿐이라면 이 어둠 속에서 이렇게 나는 괴롭지 않을 것이다. 믿을 수 없게도 아내는 도적의 손에 이끌려 덤불 밖으로 나가려다 갑자기 창백한 얼굴로 삼나무 밑의 나를 가리켰다.

"저 사람을 죽여줘요. 나는 저 사람이 살아 있는 한 당신과 같이 살 수 없어요."

……아내는 미친 듯이 몇 번이나 이렇게 외쳤다.

"저 사람을 죽여줘요!"

……이 말은 폭풍처럼 불어와 지금도 깊은 어둠 속으로 나를 거꾸로 떨어뜨리려고 한다. 언제 이렇게 가증스러운 말이 사람의 입에서 나온 적이 있었던가. 한 번이라도 이렇게 저주스러운 말이 인간의 귀에 닿은 적이 있었던가. 단 한 번이라도 이렇게……. (돌연 터지는 조소) 그 말을 들었을 때는 도적도 새파랗게 질렸다.

"저 사람을 죽여줘요!"

……아내는 그렇게 외치면서 도적의 팔에 매달렸다. 도적은 가만히 아내를 쳐다본 채 죽일 것인지 말 것인지 아무 대답을 하지 않았다……. 그렇게 생각하는 사이에 갑자기 아내는 도적의 발에 차여 대나무 낙엽 위로 쓰러졌다. (다시 터지는 조소) 도적은 조용히 팔짱을 끼고 내 모습을 바라보았다.

"저 여자는 어떻게 할 셈인가? 죽일까? 아니면 살려줄까? 대답은 머리를 끄덕이기만 하면 돼. 죽일까?"

……나는 이 말만으로도 도적의 죄를 사해주고 싶다. (다시 오랜 침묵)

아내는 내가 주저하는 사이에 무언가 외마디 비명을 지르는가 싶더니 곧바로 덤불 속으로 달려갔다. 도적도 곧 쫓아갔으나 소매도 잡지 못한 듯하였다. 나는 단지 환상처럼 그 광경을 바라보고 있었다.

도적은 아내가 도망간 후 내 칼과 활, 화살을 빼앗고 밧줄을 한군데 끊어주었다.

"이제는 내 목숨이 위험해."

……나는 도적이 덤불 밖으로 사라지기 전에 이렇게 중얼거린 것을 기억한다. 그 후로는 사방이 조용하였다. 아니, 아직 누군가 우는 소리가 들렸다. 나는 밧줄을 풀면서 가만히 귀를 기울여 보았다. 그러나 그 소리도 가만히 들어보니 나 자신이 우는 소리가 아니었던가. (세 번째 긴 침묵)

나는 마침내 삼나무 밑동에서 지친 몸을 일으켰다. 내 앞에 아내가 떨어뜨린 단검이 번뜩였다. 나는 그것을 들고 단번에 내 가슴을 찔렀다. 무언가 비린내 나는 덩어리가 목구멍으로 치밀어 올라왔다. 그러나 고통은 전혀 없었다. 단지 가슴이 차가워지자 한층 주위가 조용해졌다. 아아, 얼마나 조용한가. 산그늘의 덤불 하늘에는 지저귀는 새 한 마리 보이지 않았다. 단지 삼나무와 대나무 가지 끝에 쓸쓸한 햇빛이 감돌았다. 햇빛이……, 그것도 점차 흐려졌다……. 이제 삼나무와 대나무도 보이지 않았다. 나는 그곳에 쓰러진 채, 깊은 정적에 휩싸였다.

그때 누군가가 발소리를 죽이고 내게 다가왔다. 나는 그쪽을 보려고 하였다. 그러나 내 주위에는 어느새 어스레한 어둠이 가득 찼다. 누군가……, 그 누군가는 보이지 않는 손으로 내 가슴의 단도를 살며시 뺐다. 그러자 동시에 내 입 안에는 다시 한번 피가 넘쳐흘렀다. 나는 그것을 마지막으로 영원히 중유의 어둠 속으로 빠져들어 갔다…….

오도미의 정조

메이지 원년* 5월 14일의 오후였다.

"관군은 내일 날이 밝는 대로 도에이산 창의대**를 공격하니 우에노 일대의 주민은 속히 다른 곳으로 피난할 것."

이러한 공지가 있던 날의 오후였다. 시타야마치 2초메***의 잡화

---

*   1868년

**   메이지 원년 막부를 무너뜨리고 왕정복고를 이룩한 신정부 군대와 싸운 구막부의 무사단. 신왕에게 공경의 뜻을 표하기 위해 오사카에서 에도로 와 근신 중이던 마지막 장군 도쿠가와 요시노부를 옹위하여 에도 경비의 목적으로 우에노 도에이산을 근거지로 하여 결성되었으나, 나중에는 신정부의 치안 유지를 방해하기도 하고, 구막부의 중신에게서도 버림받은 반역 낭인 집단으로 간주되어, 5월 15일(양력 7월 4일) 관군에 토벌되었다. 오전 7시 공격 개시, 오후 5시 종결. 우에노 전쟁이라 부른다.

*** 현재의 우에노역 부근

점 고가야세베에 가족이 피난을 가버린 뒤, 부엌 구석의 전복 껍데기 더미 앞에는 얼룩무늬에 몸집이 큰 수고양이 한 마리가 가만히 웅크리고 있었다.

한낮이라고 하지만 문을 굳게 닫아버린 집 안은 컴컴하였다. 사람 소리도 전혀 들리지 않았다. 단지 귀에 들리는 것은 며칠째 계속되는 빗소리뿐이었다. 비는 때때로 지붕 위로 갑자기 쏟아져 내리고는 다시 금세 먼 하늘로 사라져 갔다. 고양이는 빗소리가 세질 때마다 호박색 눈을 동그랗게 떴다. 부뚜막도 잘 보이지 않는 컴컴한 부엌에도 이때만큼은 으스스한 인광(燐光)이 번쩍였다. 그러나 쏴아 하는 빗소리 외에 아무런 변화가 없는 것을 깨닫자 고양이는 꼼짝할 생각도 없이 다시 눈을 실처럼 가늘게 하였다.

그런 일이 몇 번인가 반복되는 사이에 고양이는 결국 잠이 들었는지 눈을 크게 뜨는 것도 하지 않았다. 그러나 비는 변함없이 갑자기 내리고 그치기를 반복하였다. 2시, 3시……, 시각은 빗소리 속에서 점차 저녁을 향해 갔다.

그러다 네 시가 다 되었을 때, 고양이는 무엇에 놀란 듯 돌연 눈을 크게 떴다. 동시에 귀도 쫑긋 세웠다. 그러나 비는 아까처럼 많이 내리지는 않았다. 거리를 뛰어가는 가마꾼의 고함 소리……, 그 밖에는 아무것도 들리지 않았다. 그러나 침묵이 몇 초 흐른 후 컴컴했던 부엌은 어느새 뿌옇게 밝아오기 시작했다. 좁은 마루 밑의 아궁이, 뚜껑 없는 항아리의 물빛, 부뚜막의 솔가지˚, 여닫이 창문의 망……,

그런 것들도 차례로 보였다. 고양이는 이윽고 불안해진 듯, 열린 부엌문 쪽을 노려보면서 천천히 큰 몸을 일으켰다.

이때 부엌문을 연 것은, 아니 바깥문만 연 것이 아니라 이미 안쪽의 장지문도 연 사람은 온몸이 비에 흠뻑 젖은 거지였다. 그는 걸레 같은 수건을 덮어쓴 머리만 앞으로 내민 채, 잠시 조용한 집의 기척에 귀를 기울였다. 그리고 사람 기척이 없는 것을 확인하자, 유일하게 새것인 비에 젖은 가마니를 걸친 몸을 스윽 내밀고 부엌으로 올라왔다. 고양이는 귀를 활짝 펴면서 두세 걸음 뒤로 물러났다. 그러나 거지는 놀라지도 않고 등 뒤의 장지문을 닫고 나서 천천히 머리의 수건을 벗었다. 얼굴은 온통 수염이 더부룩하고 고약도 두세 군데 붙어 있었다. 그러나 얼굴이 지저분하기는 하지만 이목구비는 반듯한 편이었다.

"나비야."

거지는 머리와 얼굴의 물을 닦으면서 작은 소리로 고양이를 불렀다. 고양이는 그 목소리를 들은 기억이 있는지 활짝 편 귀를 다시 원래대로 접었다. 그러나 아직 그 자리에 웅크린 채 때때로 빤히 그의 얼굴에 의심스러운 시선을 보냈다. 그사이에 가마니를 벗은 거지는 정강이까지 흙투성이가 된 발 그대로 고양이 앞에 털썩 주저앉

---

*   고진마쓰. 부뚜막 귀신을 공양하는 소나무 가지를 걸어놓는 풍습이 지금도 일부 농촌에는 남아 있다.

왔다.

"나비 씨, 왜 그래? 아무도 없는 걸 보니 너 혼자만 남겨 놓고 다 가버렸구나."

거지는 혼자 웃으면서 큰 손으로 고양이 머리를 쓰다듬었다. 고양이는 순간 도망가려는 자세를 취했다. 그러나 자세만 취했을 뿐 그냥 그 자리에 앉아 점차 눈까지 가늘게 감기 시작했다. 거지는 고양이를 쓰다듬고 나서 이번에는 품속에서 기름기가 반질거리는 권총을 꺼냈다. 그리고 희미한 어둠 속에서 방아쇠의 상태를 점검하기 시작했다. '전투'의 공기가 감도는 인기척 없는 집의 부엌에서 권총을 만지작거리는 거지⋯⋯. 그것은 확실히 소설 같은 광경임이 분명하였다. 그러나 눈을 가늘게 뜬 고양이는 여전히 등을 둥글게 한 채 모든 비밀을 안다는 듯이 차분하게 앉아 있을 뿐이었다.

"내일이 되면 말이야, 나비야, 이 동네에도 비처럼 총알이 쏟아질 거다. 거기에 맞으면 뒈진다. 내일은 밖에 무슨 소리가 나도 종일 마루 밑에 꼭꼭 숨어 있어라⋯⋯."

거지는 권총을 점검하면서 때때로 고양이에게 말을 걸었다.

"너랑 알고 지낸 지도 오래구나. 그러나 오늘이 이별이다. 내일은 네게도 대재앙의 날이다. 나도 내일 죽을지 모르겠구나. 좋아, 다시 죽지 않고 살아난다면 앞으로 다시는 너랑 같이 쓰레기 더미를 뒤지는 짓을 하지 않을 테다. 그러면 너도 아주 기쁘겠지?"

그러는 동안 비는 다시 한차례 요란한 소리를 내며 내리기 시작했다. 구름도 용마루 기와를 흐리게 할 정도로 지붕 가까이 내려왔으리라. 부엌에 떠도는 빛은 아까보다 더 흐려졌다. 그러나 거지는 얼굴도 들지 않고 점검이 끝난 권총에 차곡차곡 총알을 채워 넣었다.

"그래도 이별은 슬퍼해주겠니? 아냐, 고양이라는 놈은 3년의 은혜도 저버린다고 하니 너도 기대할 수는 없겠지. 하지만, 뭐 아무려면 어때. 어차피 나도 죽어버리면……."

거지는 갑자기 입을 다물었다. 그 순간 누군가 부엌문 밖에 다가온 기척이 들렸다. 권총을 집어넣은 것과 뒤돌아본 것이 동시였다. 아니, 장지문이 활짝 열린 것도 동시였다. 거지는 즉시 자세를 취하며 정면으로 침입자와 눈을 마주쳤다.

그런데 장지문을 연 누군가는 거지의 모습을 보자마자 오히려 뜻밖에 놀랐다는 듯이 "앗!" 하고 작게 비명을 질렀다. 그 누군가는 맨발에 우산을 손에 든, 아직 나이가 어린 여자였다. 그녀는 거의 충동적으로 지금 온 빗속으로 다시 도망가려 하였다. 그러나 최초의 놀람이 지나고 다시 용기를 회복하자, 부엌의 희미한 빛 속에서 뚫어지게 거지의 얼굴을 들여다보았다.

거지는 어이가 없었는지 한쪽 무릎을 세운 자세로 상대에게서 눈을 떼지 않았다. 이미 그 눈에도 아까처럼 빈틈이 없는 기색은 보이지 않았다. 두 사람은 아무 말 없이 잠시 동안 서로의 눈을 쳐다보았다.

"뭐야, 신공(新公)이잖아."

그녀는 약간 마음이 가라앉은 듯 이렇게 거지에게 말을 걸었다. 거지는 능글맞게 히죽거리면서 두세 번 그녀에게 꾸벅 머리를 숙였다.

"아이고 미안합니다요. 너무 비가 많이 와서 어쩌다 보니 빈집에 들어와 버렸네요. 뭐, 그렇다고 빈집털이로 업종을 바꾼 건 아니올시다."

"깜짝 놀랐잖아, 정말. 아무리 빈집털이가 아니라지만 뻔뻔스러운 것도 정도가 있지."

그녀는 우산의 빗물을 털어내면서 화난 듯이 덧붙였다.

"자, 이리 나와. 내가 집에 들어갈 테니."

"예, 나갑니다요. 나가라고 안 해도 나갑니다요. 그런데 아가씨는 아직 피난 가지 않았소?"

"피난은 갔지. 피난은 갔지만……, 그런 건 상관할 바 아니잖아."

"그럼, 뭔가 잊어버린 게 있나 보군요……. 자, 이리 들어오시죠. 거기는 비가 들이치니까."

그녀는 아직 화가 풀리지 않은 듯, 거지의 말에는 대답하지 않고 부엌 마루에 앉았다. 그리고 흙투성이가 된 발을 내밀고 물을 착착 뿌리기 시작했다. 태연하게 책상다리로 앉은 거지는 수염투성이의 턱을 만지면서 빤히 그 모습을 바라보았다. 그녀는 피부가 약간 거무스름하고 코 주위에 주근깨가 있는 시골소녀 같았다. 옷차림도 하녀들이 입는 무명 홑옷에 허리띠만 둘러맸다. 그러나 싱싱한 활력이 넘치는 이목구비나, 탱탱한 몸매에는 어딘지 지금 막 딴 복숭아나 배를 연상시키는 아름다움이 있었다.

"이 난리 중에 돌아온 걸 보니 뭔가 소중한 걸 놓고 갔나 보네요. 뭐죠? 안 가져간 것이? 에? 아가씨……, 오도미상*."

신공은 다시 거듭하여 물었다.

"뭔지 알 거 없잖아. 그보다 어서 빨리 나가줘."

오도미의 대답은 퉁명스러웠다. 그러나 문득 뭔가 생각난 듯이 신공의 얼굴을 쳐다보고 진지한 표정으로 이렇게 물었다.

"신공, 우리 집 나비 못 봤나?"

"나비? 나비는 여기에……, 어, 어디로 가버렸지?"

거지는 주위를 둘러보았다. 고양이는 어느새 선반의 절구와 쇠냄비 사이에 자리 잡고 앉아 있었다. 그 모습은 신공과 동시에 오도미에게도 보였을 것이리라. 그녀는 물바가지를 던지자마자 거지의 존재도 잊은 듯이 마루로 올라갔다. 그리고 환한 웃음을 지으면서 선반 위의 고양이를 불렀다.

신공은 이해할 수 없다는 표정을 하고 어두컴컴한 선반 위의 고

---

*   お富さん. 앞의 お는 옛날 여자 이름 앞에 붙어 친애의 뜻을 나타낸다. 우리의 '씨'에 해당하는 상(さん)은 일본어를 몰라도 다 아는 호칭이므로 그대로 쓴다. 그리고 '오토미'라고 발음할 수도 있으나 여자 이름이라 부드러운 발음 '오도미'로 한다.

양이에게서 오도미에게 시선을 옮겼다.

"고양인가요? 아가씨, 놓고 간 것이?"

"고양이면 안 되나? 나비야, 나비야, 어서 내려와."

신공은 돌연 웃음을 터뜨렸다. 그 소리는 빗소리 속에서 기분 나쁘게 울려 퍼졌다. 그러자 오도미는 다시 화가 나서 얼굴을 붉히고 신공에게 소리쳤다.

"뭐가 우스워? 우리 집 마님이 나비를 놓고 와서 난리가 났잖아. 나비가 죽으면 어쩌지 하면서 계속 울고 계시잖아. 나도 나비가 불쌍해서 빗속이지만 일부러 돌아온 거고."

"잘 왔습니다요. 이제 안 웃겠습니다요."

신공은 그래도 계속 웃으면서 오도미의 말을 가로막았다.

"이젠 절대 웃지 않겠는데요, 그런데 생각해보시죠. 내일 '전투'가 시작된다는데, 겨우 고양이 한 마리나 두 마리, 이건 아무리 생각해도 심하지 않은가요? 아가씨 앞이니 말하지만 도대체 여기 마님처럼 답답한 사람도 없을 거예요. 우선 이 나비를 찾으러……."

"입 닥쳐! 마님 욕 듣고 싶지 않아."

오도미는 바닥에 발을 굴렀다. 그러나 거지는 예상외로 그녀의 화난 행동에 놀라지 않았다. 그뿐만 아니라 빤히 거침없는 시선을 그녀에게 쏟고 있었다. 실제로 그때의 그녀 모습은 야성의 아름다움 그 자체였다. 비에 젖은 겉옷과 속치마……, 그 옷들은 몸에 착 달라붙어 그녀의 육체를 그대로 드러내었다. 게다가 한눈에 처녀가 느껴지는 싱싱하게 젊은 육체를 보여주었다. 신공은 그녀에게 눈을 떼지 못한 채 여전히 웃으며 계속 말을 이었다.

"우선 나비를 찾으러 아가씨를 보낸 것도 알 만해. 그렇잖아요? 지금 우에노 일대에 피난 가지 않은 집이 없어요. 집들은 늘어서 있지만 사람이 없는 산속과 같아. 설마 늑대는 나오지 않겠지만 어떤 위험에 처할지도 모른다고 할 수 있잖아요?"

"그런 쓸데없는 걱정은 하지 말고 얼른 고양이를 잡아줘. 아직 '전투'도 시작되지 않았는데 뭐가 위험하다는 거야?"

"농담이 아니죠. 젊은 처녀 혼자 돌아다니는 것이 위험하지 않다면 뭐가 위험하겠어요? 예를 들면 이곳에는 아가씨와 나 둘뿐인걸. 만약 내가 이상한 마음이라도 먹으면 아가씨는 어떻게 할래?"

신공은 점차 농담인지 진담인지 모를 말투가 되었다. 그러나 맑은 오도미의 눈에 두려운 빛은 전혀 보이지 않았다.

단지 그 얼굴은 아까보다도 더 혈색이 좋아진 듯하였다.

"뭐야? 신공! 나를 협박하는 거야?"

오도미는 협박하려는 듯이 한발 신공 쪽으로 다가섰다.

"협박? 협박만으로 끝나면 다행이죠. 관군 중에서도 질 나쁜 놈이 많은 세상인데, 더구나 나는 거지고, 협박만으로는 끝나지 않을 걸요. 만약 정말로 이상한 마음을 먹는다면……."

신공은 말을 다 끝맺기도 전에 세차게 머리를 얻어맞았다. 오도미는 어느새 그 앞에서 우산을 쳐들고 있었다.

"건방진 소리나 하고."

오도미는 다시 신공의 머리를 힘껏 우산으로 내려쳤다. 신공은 몸을 피하려고 하였다. 그러나 우산은 그 순간 신공의 어깨를 쳤다. 이 소동에 놀란 고양이는 쇠냄비를 발로 차 떨어뜨리고 부뚜막 선반으로 튀어갔다. 그러자 동시에 솔가지와 등불접시가 신공 위로 굴러떨어졌다. 신공은 몇 번이나 오도미의 우산을 얻어맞은 후 간신히 몸을 피해 일어났다.

"이 짐승, 짐승아."

오도미는 우산을 계속 휘둘렀다. 그러나 신공은 맞으면서도 마침내 우산을 빼앗았다. 그리고 우산을 팽개쳐버리고 맹렬한 기세로 오도미에게 달려들었다. 둘은 좁은 마루 위에서 한동안 맞붙어 싸웠다. 난투가 한창일 때, 비는 다시 부엌 지붕에 엄청난 소리를 내며 내리기 시작했다. 빗소리가 세어지자 주위의 어둠도 짙어졌다. 오도미에게 맞고 할퀴어져도 신공은 계속 오도미를 덮쳐 누르려고 하였다. 그렇게 몇 번이나 시도한 끝에 마침내 그녀를 완전히 제압하였다고 생각하였을 때, 돌연 신공은 다시 튀어 올라 부엌 쪽으로 물러났다.

"이년이······."

신공은 장지문 앞에 서서 한동안 오도미를 노려보았다. 어느새 머리도 흐트러진 오도미는 마루에 앉아서 허리띠 사이에 끼워온 듯한 면도칼을 거꾸로 손에 쥐고 있었다. 그것은 살기를 띠면서 동시에 묘하게 요염한, 말하자면 부뚜막 선반 위에서 등을 높이 치켜든 고양이와 닮은 모습이었다. 두 사람은 잠시 말없이 상대의 눈을 살폈다. 그러다 신공은 잠시 후 짐짓 과장된 냉소를 보이더니 품에서 아까의 권총을 꺼냈다.

"자, 얼마든지 팔딱거려 봐."

권총의 끝은 천천히 오도미의 가슴께를 향했다. 그래도 그녀는 분한 듯이 신공의 얼굴을 노려본 채 아무 말도 하지 않았다. 신공은 그녀가 가만히 있는 것을 보자 이번에는 문득 생각난 듯이 권총 끝을 위로 향했다. 그곳에는 침침한 어둠 속에 호박색 고양이 눈이 번뜩였다.

"이래도 괜찮아? 오도미상……."

신공은 상대를 약 올리는 듯 웃으며 말했다.

"이 권총이 탕! 하고 소리 내면 저 고양이는 거꾸로 굴러떨어질 걸. 너도 마찬가지지. 그래도 좋아?"

방아쇠를 당기려고 하였다.

"신공!"

돌연 오도미는 소리쳤다.

"안 돼. 쏘면 안 돼."

신공은 오도미에게로 눈을 옮겼다. 그러나 아직 권총 끝은 얼룩 고양이를 겨냥하고 있었다.

"안 된다는 건 나도 알지."

"쏘면 불쌍해. 나비는 살려줘."

오도미는 아까와는 전혀 달라진 걱정스러운 눈을 하면서 약하게 떨리는 입술 사이로 가지런한 이를 보였다. 신공은 반은 조롱하듯 또 반은 의아하다는 듯 그녀 얼굴을 바라보고 마침내 권총을 내렸다. 그러자 동시에 오도미의 얼굴에는 안심의 기색이 떠올랐다.

"그럼 고양이는 살려주지. 그 대신……."

신공은 거만하게 말했다.

"그 대신 네 몸을 빌리지."

오도미는 잠시 눈을 외면하였다. 한순간 그녀 마음속에는 미움, 분노, 혐오, 비애, 그 밖의 여러 감정이 뒤섞여서 타오르는 것 같았다. 신공은 그런 그녀의 변화를 주의 깊게 바라보면서 옆걸음으로 그녀 뒤로 돌아가 거실의 장지문을 활짝 열었다. 거실은 부엌보다 더욱 어두웠다. 그러나 피난 간 흔적이라고는 하지만, 남은 장롱과 화로는 그 안에서도 분명히 보였다. 신공은 그곳에 선 채 약간 땀에 젖은 오도미의 목덜미로 바라보았다. 그러자 그것을 느꼈는지 오도미는 몸을 돌려 뒤에 서 있는 신공의 얼굴을 쳐다보았다. 그녀 얼굴에는 아까와 전혀 다르지 않은 생생한 혈색이 어느새 되살아나 있었다. 신공은 당황한 듯이 묘하게 눈을 한번 깜빡이더니 갑자기 다시 고양이에게 권총을 향했다.

"안 돼, 안 된다고 했잖아……."

오도미는 그를 저지함과 동시에 손 안의 면도칼을 마루에 떨어뜨렸다.

"안 된다면 저쪽으로 가야지."

신공은 미소를 지었다.

"구역질 나!"

오도미는 부아가 난 듯 중얼거렸다. 그러나 불쑥 일어서자 될 대로 되라는 듯이 척척 거실로 들어갔다. 신공은 그녀의 빠른 체념에 다소 놀란 모습이었다. 그때는 이미 빗소리도 많이 가라앉았다. 또 구름 사이로 저녁 햇빛이 비치기 시작했는지, 어두컴컴했던 부엌도 점차 훤해지기 시작했다. 신공은 그 안에 우두커니 서서 거실의 기척에 귀를 기울였다. 허리띠가 풀리는 소리, 다다미 위로 눕는 듯한 소리…….그리고 거실은 조용해졌다.

신공은 잠시 망설인 후, 어스름한 거실로 발을 들여놓았다. 거실 한가운데에는 오도미가 소매로 얼굴을 가린 채 가만히 드러누워 있었다. 신공은 그 모습을 보자마자 도망치듯 부엌으로 되돌아왔다. 그 얼굴에는 형용할 수 없는 묘한 표정이 가득 찼다. 그것은 혐오 같기도 하고 수치 같기도 한 표정이었다. 그는 마루로 나가서 거실로 등을 돌린 채 갑자기 민망하다는 듯이 웃기 시작했다.

"농담이야. 오도미상, 농담. 이제 이리로 나오시지…….."

……몇 분이 지난 후, 품에 고양이를 안은 오도미는 우산을 한 손에 들고 다 해진 멍석에 앉은 신공과 태연하게 말을 나누고 있었다.

"아가씨, 나는 아가씨에게 좀 묻고 싶은 것이 있소이다."

신공은 아직 어색한 기분에 오도미의 얼굴은 보지 않으려고 하였다.

"뭐?"

"뭐, 아무것도 아니지만, 글쎄, 몸을 맡긴다는 것은 말이야, 여자 일생에 아주 큰 일이지. 그런데 아가씨는 고양이 목숨과 바꾸려고……, 그건 아무래도 터무니없는 행동 아닌가?"

신공은 잠시 입을 다물었다. 그러나 오도미는 미소를 지은 채 품속의 고양이를 쓰다듬었다.

"그렇게도 고양이가 사랑스러운가?"

"그거야, 나비도 사랑스럽고……."

오도미는 뭔가 애매한 대답을 하였다.

"아니면, 오도미상은 동네에서도 평판이 높은 하녀. 나비가 죽는 날에는 마님 뵐 면목이 없다……. 그런 걱정이라도 했던가?"

"아아, 나비도 사랑스럽고, 마님도 생각한 건 틀림없지. 그래도 단지 나는 말이야……."

오도미는 머리를 갸웃거리면서 먼 곳이라도 보는 듯한 눈을 하였다.

"뭐라고 하면 좋을까? 단지 그때는 그렇게 해야 할 것 같은 마음이 들어서 말이야."

……다시 몇 분 후, 홀로 된 신공은 무릎을 감싸 안고 멍하니 부엌에 앉아 있었다. 노을은 가라앉은 빗소리를 타고 점점 그곳에도 다

가갔다. 창문의 망, 개수대의 물항아리, 그런 것들도 하나씩 어둠 속에 사라져 갔다. 그때 우에노 산의 종소리가 한 번, 두 번, 비구름 속에서 희미하고 무겁게 울려 퍼지기 시작했다. 신공은 그 소리에 놀란 듯 조용한 주위를 둘러보았다. 그리고 손을 더듬어 개수대로 내려가자 바가지에 가득 물을 펐다.

"무라카미 신자부로 미나모토 시게미쓰*, 오늘은 한 방 먹었군."

그는 그렇게 중얼거리고 황혼의 물을 맛있게 마셨다……

***

메이지 23년** 3월 26일, 오도미는 남편과 세 아이와 함께 우에노의 히로코지를 걷고 있었다.

그날은 마침 우에노 공원 광장에서 제3회 전국박람회 개회식이 열리는 날이었다. 더욱이 간에이지 부근에는 이미 벚꽃이 활짝 피었다. 그러니 히로코지에 모여든 인파는 거의 떠밀려 가는 정도였

---

* 무라카미 신자부로는 일상에서 불리는 이름. 미나모토 시게미츠는 본명. 본명을 잘 드러내지 않는 것은 이름에 대한 저주를 피하려는 목적도 있다. 미나모토는 源 씨 계보임을 나타내는 본성. 무사는 源 씨와 平 씨 두 계보로 나뉜다. 시게미쓰는 성인식 때 받은 이름. 즉, 신공이 나름대로 뼈대 있는 무사 집안 출신이라는 것을 말해준다.

** 1890년

다. 그곳에 우에노 쪽에서 개회식을 끝내고 돌아오는 듯한 마차나 인력거 행렬이 계속 내려왔다. 마에다 마사나, 다구치 우기치, 시부사와 에이이치, 쓰지 신지, 오카쿠라 가쿠조, 시모조 마사오……. 그 마차나 인력거를 탄 사람들 중에는 그런 유명인도 섞여 있었다.

다섯 살이 된 차남을 안은 남편은, 장남은 소맷자락을 꼭 붙들게 하고 거리의 인파를 헤쳐 나가다 때로 염려가 되는 듯 뒤의 오도미를 뒤돌아보았다. 오도미는 장녀의 손을 끌고 가면서 그때마다 밝은 웃음으로 회답하였다. 물론 20년의 세월은 그녀에게도 찾아왔다. 그러나 총명한 눈빛은 옛날과 거의 달라지지 않았다. 그녀는 메이지 4, 5년*경에 주인 고가야세베에의 조카인 지금의 남편과 결혼하였다. 남편은 그때 요코하마에서, 지금은 긴자 몇 번지인가에서 작은 시계점을 한다…….

오도미는 문득 눈을 들었다. 그때 마침 다가온 쌍두마차 안에는 신공이 의젓하게 앉아 있었다. 신공은……, 지금 신공의 몸은 타조 깃털 장식 모자, 위엄스러운 금줄, 크고 작은 몇 개의 훈장 등 여러 가지 명예의 표장으로 덮여 있었다. 그러나 반백의 수염 사이로 이쪽을 보는 붉은 얼굴은 그때의 거지가 틀림없었다. 오도미는 무심코 발걸음을 늦추었다. 그러나 이상하게도 놀라지는 않았다. 신공은 단순한 거지가 아니었다……. 그 점은 그때도 어렴풋이 알았다.

---

*   1871, 1872년

얼굴 때문인지, 말투 때문인지, 그렇지 않으면 가진 권총 때문인지 어쨌든 알고 있었다. 오도미는 눈도 깜짝하지 않고 빤히 신공의 얼굴을 쳐다보았다. 신공도 고의인지 우연인지 그녀의 얼굴을 지켜보았다. 20년 전의 비 오던 날의 기억은, 이 순간 오도미의 마음에 애절할 정도로 확연히 떠올랐다. 그녀는 그날 무분별하게도 고양이 한 마리를 구하기 위해 신공에게 몸을 맡기려고 하였다. 그 동기는 무엇이었던가……? 그녀는 알지 못했다. 신공은 또 그런 상황에서도 그녀가 내던진 몸에 손대는 것을 스스로 용납하지 않았다. 그 동기는 무엇이었던가……? 그것도 그녀는 알 수 없었다. 그러나 알 수 없는 것인데도 그것들은 모두 오도미에게는 너무 당연할 정도로 자연스러웠다. 그녀는 마차를 지나쳐 가면서 왠지 나른해지는 기분이 들었다.

  신공의 마차가 지나가버렸을 때, 남편은 인파 속에서 다시 오도미를 되돌아보았다. 그녀는 여전히 그 얼굴을 보고, 아무 일도 없었던 것처럼 웃음을 지어 보였다. 생기 넘치게 기쁜 웃음을…….

인사

야스기치는 이제 서른 살이 되었다. 그리고 여느 글쟁이처럼 정신없이 쫓기는 생활을 보내고 있었다. 그러니 '내일'은 생각해도 '어제'는 거의 생각하지 못했다. 그러나 거리를 걷거나 원고용지를 마주하거나 전차에 탄 동안에는 문득 과거의 한 정경이 선명하게 떠오르기도 하였다. 지금까지의 경험으로는, 대개 후각의 자극에서 연상을 낳는 결과인 것 같았다. 또 그 후각의 자극이라는 것도 도시에 사는 탓으로 악취라고 불리는 냄새뿐이었다. 예를 들어 기차 매연 냄새는 아무도 맡고 싶지 않을 것이다. 그렇지만 어느 여자의 기억……, 5~6년 전에 마주친 어느 여자의 기억은 그 냄새를 맡기만 하면 굴뚝에서 내뿜는 불꽃처럼 곧바로 되살아났다.

그녀를 만난 것은 어느 피서지의 정거장이었다. 아니 좀 더 엄밀히 말하자면, 그 정거장의 플랫폼이었다. 당시 그 피서지에 살던 그는 비가 내리고 바람이 불어도 매일 오전 8시 발 하행열차를 타고, 오후 4시 20분 도착 상행열차로 돌아왔다. 왜 매일 기차를 탔는지 그런 것은 아무래도 상관없을 것이다. 그러다 보니 기차를 타면 열 명이 넘는 낯익은 승객들을 만나게 되었다. 그 여자도 그중 한 사람이었다. 그렇지만 오후에는 정초부터 3월 이십 며칠까지는 한 번도 만난 기억이 없었다. 오전에도 그녀가 타는 기차는 야스기치와는 인연이 없는 상행열차였다.

그녀는 열여섯이나 일곱이었을 것이다. 언제나 은회색 정장에 은회색 모자를 썼다. 키는 작은 편이었는지도 모르겠다. 하지만 보기에는 날씬한 몸매였다. 특히 다리는, 역시 은회색 양말에 굽이 높은 구두를 신은 다리는 사슴 다리처럼 미끈하였다. 얼굴은 미인이라고 할 정도는 아니었다. 그러나 야스기치는 아직 동서를 막론하고, 근대 소설의 여주인공으로 완벽한 미인을 본 적이 없었다. 작가는 여성을 묘사할 때 대개 '그녀는 미인은 아니었다. 그러나……' 하는 식의 묘사로 시작하였다. 짐작건대 완벽한 미인을 등장시키는 것은 근대인에게는 체면이 서지 않는 것 같았다. 그러므로 야스기치도 그 여자에게 '그러나'라는 조건을 붙인 것이다……. 확실하게 다시 한번 반복하자면, 얼굴은 미인이라고 할 정도는 아니었다. 그러나 코끝이 약간 오똑하고 애교가 많은 동그스름한 얼굴이었다.

그녀는 번잡스러운 사람들 사이에서 우두커니 서 있거나 사람들에게서 떨어진 벤치에 앉아 잡지 등을 읽거나, 또는 긴 플랫폼 언저리를 천천히 걷기도 하였다.

　야스기치는 그녀의 모습을 보아도 연애소설에 나오는 것처럼 가슴이 두근거린 기억은 없었다. 그저 낯이 익은 진수부(鎭守府)* 사령관이나 매점의 고양이를 보았을 때처럼, '거기 있네……' 하고 생각하는 정도였다. 그러나 어쨌든 낯익은 사람에 대한 친밀감은 품고 있었다. 그래서 때로는 플랫폼에서 그녀의 모습이 보이지 않을 때면, 왠지 실망 비슷한 것을 느꼈다. 왠지 실망 비슷한 것……, 그러나 그것도 절실하게 느낀 것은 아니었다. 야스기치는 실제로 매점 고양이가 며칠 어디 갔는지 알 수 없을 때도, 다를 바 없는 쓸쓸함을 느꼈다. 혹시 진수부 사령관이 급사하거나 자살하였다면……, 이 경우는 의문스럽다. 그러나 일단 고양이 정도는 아니라고 해도, 사정이 다른 어떤 마음이 생겼을 것이다.

　그러나 3월 이십 며칠이던가 약간 따뜻하고 흐린 날 오후의 일이었다. 야스기치는 그날도 퇴근하여 4시 20분 도착 상행열차를 탔다. 희미한 기억으로는, 아마 조사 업무에 지쳤던 탓인지, 기차 안에서 평소처럼 책을 읽지는 않았던 것 같다. 단지 창가에 기대어서 봄기운이 느껴지는 산과 밭 따위를 바라보았던 것으로 기억한다. 언제가 읽은 영문 소설에 평지를 달리는 기차 소리를 "'Tratata tratata

---

*　각 해군 관구의 행정상 기관. 여기서는 요코스카항 진수부를 말한다.

Tratata"라고 묘사하고, 철교를 건너는 기차 소리를 "`Trararach trararach"로 묘사한 것이 있었다. 과연 가만히 귀를 기울여보니 그런 소리처럼 들리기도 하였다……. 그런 생각을 했다는 것을 기억한다.

 야스기치는 나른한 30분이 지난 후, 마침내 그 피서지의 정거장에 내렸다. 플랫폼에는 조금 전에 도착한 하행열차도 정차해 있었다. 그는 사람들에 섞여 걸어가며 문득 그 기차에서 내리는 사람을 바라보았다. 그러자…… 그 사람은 뜻밖에 그녀였다. 야스기치는 앞에서 쓴 것처럼, 오후에는 아직 그녀와 한 번도 얼굴을 마주친 적이 없었다. 그녀는 지금 생각지도 않게 눈앞에 햇빛이 비쳐 보이는 구름과 같은, 혹은 갯버들꽃과 같은 은회색 모습을 나타냈다. 그는 물론 '어!' 하고 생각했다. 여자도 확실히 그 순간 야스기치의 얼굴을 본 듯하였다. 그것과 동시에 야스기치는 엉겁결에 여자에게 꾸벅 인사를 하고 말았다.

 인사를 받은 여자는 깜짝 놀란 것이 분명했다. 그러나 어떤 얼굴 모양이었는지 안타깝게도 지금은 기억이 나지 않는다. 아니, 당시에도 그것을 살펴볼 여유를 갖지 못했을 것이다. 그는 '아차' 하는 생각이 들자마자, 곧바로 귓불이 달아오르는 것을 느꼈다. 그렇지만 이것만은 기억하고 있다……. 그녀도 그에게 살짝 고개를 숙였다!

 마침내 정거장 밖으로 나온 그는 자신의 어리석은 행동에 화가 났다. 왜 인사 같은 것을 해버렸단 말인가. 그 인사는 완전히 반사적이었다. 번쩍 번개가 치는 순간에 눈을 깜빡이는 것과 같은 것이었다. 그렇다면 의지의 자유에서 나온 행동은 아니었다. 자유의사가 아닌 행위는 책임을 지지 않아도 좋을 것이리라. 그런데 그녀는 뭐라고 생각했을까? 분명히 그녀도 인사를 했다. 그러나 그것은 놀라는 바람에 역시 반사적으로 한 것이었는지도 모른다. 지금 아무래도 야스기치를 불량청년이라고 생각하는 듯하였다. 차라리 '아차' 하고 생각한 때에 무례를 사과했으면 좋았을 것이다. 그런 생각도 하지 못했다는 것은…….

야스기치는 하숙집으로 돌아가지 않고 인적이 드문 바닷가로 갔다. 이것은 드문 일이 아니었다. 그는 한 달 5엔의 교통비와 한 끼 50전의 도시락으로 사는 삶이 싫어질 때면 이 바닷가로 와서 글래스고* 파이프 담배를 피웠다. 그날도 흐린 하늘 아래의 바다를 바라보면서 파이프에 성냥불을 붙였다. 오늘 일은 이미 엎질러진 물이다. 그렇지만 다시 내일이면 반드시 그녀와 마주치게 된다. 여자는 그때 어떻게 나올 것인가? 그를 불량청년이라고 생각한다면 쳐다보지도 않을 것이 뻔하다. 그러나 불량청년이라고 생각하지 않는다면, 내일도 다시 오늘처럼 그의 인사에 답해줄지도 모른다. 그의 인사에? 그는, 호리카와 야스기치는 다시 그녀에게 태연하게 인사를 할 마음이었을까? 아니, 인사를 할 마음은 없었다. 하지만, 한 번 인

---

*   스코틀랜드 서쪽 항구 도시

사를 한 이상, 어떤 기회에 그녀와 그는 인사를 서로 나누게 될 수도 있다. 혹시 인사를 서로 나누게 된다면……, 야스기치는 문득 여자의 눈썹이 아름다웠다는 생각이 들었다.

그로부터 7, 8년이 지난 오늘, 그 바다의 조용함만은 묘하게 또렷이 기억한다. 야스기치는 그 바다 앞에서 시간 가는 줄 모르고 망연히 불이 꺼진 파이프를 물고 있었다. 그렇지만, 그의 생각은 그녀에게만 머물던 것은 아니었다. 예를 들면, 최근에 착수한 소설에 관한 것도 떠올랐다. 그 소설의 주인공은 혁명적 정신에 불타는 영어교사였다. 강직함으로 이름 높은 그의 정신은 어떠한 권위에도 굴할 줄 몰랐다. 어느 때 단 한 번, 어떤 낯익은 여자에게 무심코 인사를 해버린 적이 있다. 그녀는 키는 작았는지도 모른다. 그래도 보기에는 날씬한 몸매였다. 특히 은회색 양말에 굽이 높은 구두를 신은 다리는……, 어쨌든 자연히 생각이 그녀에게로 자꾸 옮겨간 것은 사실인지도 몰랐다…….

다음 날 아침 8시 5분 전이었다. 야스기치는 사람들이 붐비는 플랫폼을 걷고 있었다. 그의 마음은 그녀와 마주칠 때의 기대로 가득했다. 마주치지 않았으면 하는 마음도 없지 않았다. 그러나 마주치지 않기를 원하는 것이 아님은 확실했다. 말하자면 그의 마음은 강적과의 시합을 눈앞에 둔 권투 선수의 마음가짐과 같았다. 그러나 그것보다도 잊을 수 없는 것은, 그녀와 얼굴을 마주친 순간에 무언가 상식을 벗어난 바보스러운 행동을 하게 되지 않을까 하는 이상하고 병적인 불안이었다. 옛날, 장 리슈팽*은 지나가던 사라 베르나르**에게 다짜고짜 달려들어 키스를 하였다. 일본인으로 태어난 야스키치는 차마 키스는 하지 못하겠지만 갑자기 혀를 내민다든지, 아래 눈꺼풀을 까 보이는 짓을 할지도 몰랐다. 그는 조마조마한 마음으로 찾는 둥 마는 둥 하며 주위 사람들을 둘러보았다.

그러자 곧 그의 눈은 유유하게 이쪽으로 걸어오는 그녀의 모습을 발견했다. 그는 숙명을 맞이하는 마음으로 똑바로 계속 걸어갔다. 두 사람은 어느새 접근하였다. 열 걸음, 다섯 걸음, 세 걸음……, 그녀는 지금 눈앞에 있다. 야스키치는 고개를 세운 채로 똑바로 그녀의 얼굴을 바라보았다. 그녀도 가만히 그의 얼굴에 차분한 시선을 보냈다. 두 사람은 얼굴을 마주한 채, 아무 일도 없이 지나치려고 하였다.

마침 그 찰나였다. 그는 돌연 여자의 눈에 무언가 동요와 비슷한 것을 느꼈다. 동시에 또 그는 인사를 하고 싶은 충동을 거의 온몸으로 느꼈다. 그렇지만 그것은 말 그대로 한순간의 일이었다. 가슴이 쿵 하는 그를 남겨두고 그녀는 조용히 지나갔다. 햇빛이 퍼지는 구름처럼 또는 꽃이 달린 갯버들처럼…….

---

*   Jean Richepin(1849~1926). 프랑스의 시인. 상스러운 말투의 시어를 많이 사용하여 1개월의 징역형도 받았다. 사회 전통과 관습에 반항하여 이상 행동을 즐겼다.

** Sarah Bernhardt(1845~1923). 19세기 후반 프랑스의 대표적인 여배우

20분 정도 지난 후, 야스기치는 흔들리는 기차 안에서 글래스고 파이프를 물고 있었다. 여자는 단지 눈썹만 아름다웠던 것이 아니었다. 눈도 서늘하게 크고 아름다웠다. 약간 위로 선 코도……, 그러나 이런 생각을 하는 것은 역시 연애라고 하는 것일까……? 그는 그때 어떤 대답을 하였던가? 이것도 또한 기억에 남아 있지 않았다. 단지 야스기치가 기억하는 것은, 언젠가 그를 습격하기 시작한 어렴풋한 우울뿐이었다. 그는 파이프에서 피어오르는 한 줄기 연기를 바라보며, 한동안 우울하게 그녀만을 생각하였다. 기차는 물론 그 사이에도 아침 햇살이 내리쬐는 산과 산 사이를 달리고 있었다.

"Tratata tratata tratata trararach."

흙 한 덩어리

오스미가 아들과 사별한 것은 찻잎 따기*가 시작된 5월 초였다. 아들 니타로는 햇수로 8년 동안 허리 다친 환자처럼 누워만 있었다. 그런 아들이 죽은 것은 고생 끝에 찾아온 '극락왕생'이라고 이웃들이 위로를 하였지만 오스미는 아들의 죽음이 꼭 슬픈 것만은 아니었다. 오스미는 니타로의 관 앞에 향불 하나를 올릴 때에는 어쨌든 마침내 첩첩산중에 길이 하나 뻥 뚫린 기분이었다.

니타로의 장례식을 마친 후 시급한 문제로 떠오른 것은 며느리 오다미의 장래였다. 오다미에게는 남자아이가 하나 있었다. 게다가 누워만 있던 니타로 대신에 바깥일도 거의 혼자 맡아 하였다. 그러

---

* 절기의 하나로 입춘 후 88일째 날

니 오다미를 지금 내보낸다면, 아이 키우는 게 곤란한 것은 물론, 생계도 제대로 잇기 어려울 것 같았다. 어쨌든 오스미는 49재라도 끝나면 오다미에게 데릴사위를 얻어주어, 아들이 있을 때처럼 일을 계속해주었으면 하는 생각이었다. 데릴사위로는 니타로의 사촌 동생인 요기치를 점찍어두었다.

그런 생각을 하던 참이라, 장례 후 7일째가 지난 날 아침, 오다미가 물건을 정리할 때 오스미는 깜짝 놀랐다. 오스미는 그때 손자 히로지를 안방 마루에서 놀리고 있었다. 쥐어준 장난감은 학교에 만개한 벚나무에서 꺾어온 가지였다.

"얘, 오다미야, 내 오늘까지 아무 말 없었던 건 미안한데, 너 이 아이랑 날 두고 어딜 갈 참이냐?"

오스미는 따지는 것이 아니라 애원하는 투로 말을 건넸다. 그러나 오다미는 쳐다보지도 않고, "무슨 말씀이세요? 어머니" 하고 웃을 뿐이었다. 그 말만으로도 오스미는 얼마나 마음이 놓였는지 몰랐다.

"그렇지, 설마 그러지는 않겠지……."

오스미는 자꾸 푸념 섞인 탄원을 거듭하였다. 동시에 또 그녀 자신의 말에 점점 감상적이 되어갔다. 결국에는 눈물도 몇 줄기 주름진 볼을 타고 흐르기 시작했다.

"그래요. 저도 어머니만 좋다면야 계속 이 집에 있을 마음이에요. 이리 어린아이도 있으니, 굳이 나갈 것은 없지요."

오다미도 어느새 눈물을 글썽이면서 히로지를 무릎 위로 안아 올렸다. 히로지는 괜히 쑥스러운 기분이 들었는지 안방의 낡은 다다미에 팽개쳐진 벚가지만 쳐다보았다…….

오다미는 니타로가 살아 있을 때와 조금도 다름없이 열심히 일했다. 그러나 데릴사위를 들인다는 이야기는 생각보다 용이하게 진행되지 않았다. 오다미는 이 이야기에 아무런 흥미가 없는 듯했다. 오스미는 물론 기회만 있으면 슬쩍 오다미를 꾀어보거나, 노골적으로 말을 꺼내보기도 했다. 그래도 오다미는 그때마다, "예, 어쨌든 해가 바뀌면 생각해보죠" 하고 건성으로 대답을 할 뿐이었다. 그래서 오스미는 걱정도 되었지만 내심 기쁜 것도 사실이었다. 오스미는 남들의 이목을 신경 쓰면서 어쨌든 며느리가 말하는 대로 해가 바뀌는 거라도 기다려보기로 하였다.

그러나 오다미는 해가 바뀌어도 여전히 논밭에 일하러 나가는 것 말고는 아무 생각도 없는 듯했다. 오스미는 한 번 더 작년보다 더 센 강도로 사위를 들일 것을 권하였다. 그 일면에는 친척들의 말이나 동네 사람들이 뒤에서 쑤군대는 것에 마음이 불편한 탓도 있었다.

"그래도 오다미야, 너 아직 그리 젊은데 남자 없이 살아갈 수 있겠니?"

"할 수 없죠, 뭐. 우리 집에 딴사람이 들어와 봐요. 히로지도 불쌍하고 어머니도 거북할 것이고, 그리고 무엇보다 내 고생이야 대단한 것도 아니니……."

"그러니까 말이다. 요기치를 데려오면 되잖니. 그놈은 요즘 도박도 딱 손 끊었다고 하잖니."

"요기치야 어머니 친척이지만 내겐 아무래도 남이에요. 뭐, 나만 참는다면야……."

"그래도 얘, 그 참는다는 것도 1, 2년이 아니고."

"괜찮아요. 히로지를 위해서라면요. 내가 지금 고생하면 이 집 밭이랑 땅도 둘로 나누지 않고 그대로 히로지에게 넘겨줄 수 있잖아요."

"그래도 오다미야. (오스미는 항상 이 대목에서는 정색을 하고 목소리를 낮추었다.) 어쨌든 남들 입이 시끄러우니 너도 지금 내게 말한 걸 그대로 남들에게 말해주거라……."

이런 문답은 둘 사이에 몇 번이나 반복되었다. 그러나 오다미의 결심은 그 때문에 더 굳어지면 굳어졌지 약해지지는 않는 듯했다. 실제로 또 오다미는 남자 손도 빌리지 않고, 감자를 심거나 보리를 베며 이전보다 더 일에 열심이었다. 그뿐만 아니라 여름에는 암소를 키우고, 비 오는 날에도 풀을 베러 나가기도 하였다. 이러한 격한 노동의 모습은 이제 와서 타인을 집안에 들이는 것에 대한, 그녀 자신의 강한 항변이었다. 오스미는 마침내 사위 이야기는 단념했다. 하지만 단념한다는 것이 반드시 그녀에게 불유쾌한 것은 아니었다.

오다미는 여자 혼자 몸으로 일가의 생계를 꾸려나갔다. 그것에는 물론 '히로지를 위해서'라는 일념도 있었다. 그러나 또 하나는, 그녀 마음에 깊은 뿌리를 내린 유전의 힘도 있는 듯하였다. 오다미는 불모의 산촌에서 이 마을로 이주해온 소위 '타관 사람'의 딸이었다.

"할멈네 오다미는 보기보다는 강단이 있네. 저번에도 볏단을 네 다발이나 짊어지고 다니고."

오스미는 이웃 할멈들에게서 때때로 그런 말을 들었다.

오스미는 또 오다미에 대한 고마움을 그녀의 일로 나타내었다. 손자를 보거나, 소를 돌보거나, 밥을 짓고, 빨래를 하고, 물을 길으러 가거나……, 집안일도 적지는 않았다. 그러나 오스미는 허리도 펴지 않고 즐거운 마음으로 일을 하였다.

어느 가을의 초저녁, 오다미는 솔잎 다발을 안고서 막 집에 돌아왔다. 오스미는 히로지를 업은 채 좁은 마당 구석에서 욕통의 불을 때고 있었다.

"춥지? 늦었네."

"오늘은 평소보다 잔일이 많아서요."

오다미는 솔잎 다발을 우물가에 던지고 진흙투성이 짚신도 벗지 않고 큰 난로 옆으로 올라갔다. 난로 안에는 상수리나무 뿌리 하나가 빨갛게 타오르고 있었다. 오스미는 곧 일어나려고 하였다. 그러나 히로지를 업은 허리가 무거워 욕통의 테두리를 잡아야 했다.

"어서 욕통에 들어가라."

"목욕보다 배가 고파요. 고구마라도 먼저 먹죠……. 다 익었죠?

어머니."

　오스미는 비틀비틀 우물가로 가서 간식으로 찐 고구마를 냄비째로 난롯가로 들고 왔다.

"아까 쪄놓고 기다렸는데, 식어버렸다."

　두 사람은 고구마를 대꼬치로 찔러 난롯불에 갔다 댔다.

"히로지는 잘 자네. 방바닥에 눕히지 그랬어요."

"아냐, 오늘은 아주 추워서 바닥에선 못 자."

　오다미는 이렇게 말하는 사이에도 김이 나는 고구마를 입 안에 가득 넣었다. 그것은 하루의 노동에 지친 농부만이 터득한 먹는 방법이었다. 고구마는 대꼬치에서 빠지는 것부터 한입에 오다미의 입으로 들어갔다. 오스미는 작게 코를 고는 히로지의 몸무게를 느끼면서 부지런히 고구마를 불에 구웠다.

"어쨌든 너처럼 일하면 남보다 두 배는 배가 고프지."

　오스미는 때때로 감탄이 가득한 눈으로 며느리의 얼굴을 바라보았다. 그러나 오다미는 아무 말 없이 검게 탄 장작불빛을 받으며 우걱우걱 고구마를 먹었다.

　오다미는 더욱더 고생을 마다치 않고 남자 일도 하나둘 해치웠다. 때로는 밤에도 칸델라* 빛에 채소 등을 솎아내는 일도 하였다.

---

*　휴대용 석유 램프

오스미는 이런 남자 이상의 며느리에게 항상 경의를 느꼈다. 아니, 경의라고 하기보다는 오히려 두려움을 느꼈다. 오다미는 산과 들일 외에는 모두 오스미에게 전적으로 맡겼다. 요즘은 자기 속옷도 거의 빤 적이 없었다. 오스미는 그래도 불평하지 않고 굽은 허리를 펴가며 열심히 일했다. 그뿐만 아니라 이웃 할멈이라도 만나면, "어쨌든 오다미가 저렇게 일하니, 나는 인제 죽어도 집안에 고생은 없어" 하고 진심으로 며느리를 칭찬하였다.

그러나 오다미의 '일중독'은 만족을 모르는 것 같았다. 오다미는 다시 1년이 지나자, 이번에는 강 건너의 뽕밭에도 손을 대겠다는 말을 꺼냈다. 오다미의 말로는, 그 5단보*의 밭을 10엔에 소작을 준 것은 아무리 생각해도 한심하다, 그보다도 그곳에 뽕나무를 키워 누에치기를 부업으로 하면 누에고치 시세에 변동이 일어나지 않는 한 필시 1년에 150엔은 벌 수 있다고 했다. 오스미는 돈에 욕심나기는 하지만, 더 바빠지는 것은 도저히 견딜 수 없었다. 특히 손이 많이 가는 누에치기는 힘들다는 말도 많이 들었다. 오스미는 이윽고 푸념을 섞어 이렇게 오다미에게 반항하였다.

"좋아, 오다미야, 나도 피하지는 않겠다. 피하지는 않겠지만, 남자도 없지, 어린아이도 있지, 지금 이대로도 일이 너무 많아. 그런데 네가 당치도 않게 어떻게 누에치기를 할 수 있다는 거야? 조금이라

---

*   1단은 약 10m²

도 너, 내 생각 좀 해다오."

오다미도 시어머니의 우는 소리를 들으니 그래도 하겠다고 고집하는 것은 도리가 아니었다. 그러나 누에치기는 단념하겠지만 뽕나무밭을 만드는 것은 강력하게 주장을 관철하였다.

"좋아요. 어차피 밭은 나 혼자 나가면 되니까……."

오다미는 불만스럽게 오스미를 보면서 이런 비꼬는 말도 중얼거렸다.

오스미는 이때 이후로 다시 사위를 얻는 것을 생각하기 시작했다. 이전에도 살림을 걱정하거나, 남들 이목에 신경이 쓰여서 사위를 맞을 생각을 한 적은 때때로 있었다. 그러나 이번에는 종일 집에 틀어박혀서 집을 지키는 고생에서 도망치고 싶은 마음에 사위를 생각하기 시작한 것이었다. 그런 만큼 이전보다 사위를 얻고자 하는 마음은 아주 절실했다.

집 뒤의 귤밭에 꽃이 만발하였을 무렵, 램프 앞에 진을 친 오스미는 커다란 안경 너머로 천천히 이야기를 꺼내기 시작했다. 그러나 난로 옆에 책상다리로 앉은 오다미는 완두콩을 씹으면서 "또 사위 이야기요? 난 관심 없어요" 하고 상대를 할 기색도 보이지 않았다. 이전의 오스미라면 이 말만으로 아마 포기해버렸을 것이다. 그러나 이번만큼은 오스미는 끈질기게 설득하기 시작했다.

"그래도 야, 그렇게 고집만 부리지 마라. 내일 미야시타 댁 장례식에 말이야, 글쎄 이번에는 우리 집이 무덤 파는 담당이 되었는데 이럴 때 남자 손도 없고 말이야…….”

"좋아요. 내가 하죠 뭐."

"설마, 너, 여자 몸으로…….”

오스미는 짐짓 웃으려고 하였다. 그러나 오다미의 얼굴을 보니 섣불리 웃는 것도 생각해볼 문제였다.

"어머니, 이제 일 손 놓고 편히 지내고 싶어진 거예요?"

오다미는 무릎을 껴안은 채 차갑게 이렇게 못을 박았다. 돌연 급소를 찔린 오스미는 무심코 큰 안경을 벗었다. 그러나 왜 벗었는지는 그녀 자신도 알지 못했다.

"뭐라고? 너, 어찌 그런 말을!"

"어머니, 히로 아빠가 죽었을 때, 어머니 입으로 직접 말한 걸 잊었어요? 우리 집의 밭과 땅을 둘로 나누면 조상에게도 면목이 없다고…….”

"그랬지. 그건 그랬지만, 그래도 생각해봐라. 상황은 때에 따라 변하잖니. 이제는 어쩔 수 없어."

오스미는 열심히 남자가 필요하다고 계속 강변하였다. 그러나 어쨌든 오스미의 의견은 그녀 자신의 귀에도 과연 그러하다는 울림을 전해주지 못했다. 우선 그녀의 속마음, 즉 그녀가 편하게 지내고 싶다는 것을 말하지 못하기 때문이었다. 오다미는 다시 그것을 급소로 하여 여전히 완두콩을 씹으면서 시어머니를 호되게 공격했다. 그뿐만 아니라, 이것에는 오스미도 모르던 천성적으로 좋은 입심도 도움이 되었다.

"어머니는 그래도 좋겠죠. 어차피 먼저 돌아가실 테니까요……. 하지만, 어머니, 내 입장이 되면 그렇게 될 대로 되라는 식으로는 할 수 없어요. 나도 명예나 자랑으로 과부로 지내는 것이 아니에요. 관절이 아파 잠 못 자는 밤에는 오기를 부린다고 해도 쓸모없다고 생각할 때도 있어요. 그럴 때도 당연히 있지만요, 이게 다 우리 집을 위해서라고, 히로를 위해서라고 마음을 고쳐먹으며 여태껏 참고 견뎌왔어요……."

오스미는 단지 망연히 며느리 얼굴만 바라보았다. 그러는 중에 그녀는 확실히 어떤 사실 하나를 깨닫게 되었다. 아무리 발버둥쳐도 도저히 눈 감을 때까지는 편히 지낼 수 없다는 사실이었다. 오스미는 며느리가 열변을 마치자 다시 큰 안경을 걸쳤다. 그리고 혼잣말처럼 이야기의 결말을 맺었다.

"그래도, 오다미야. 세상일은 생각대로 되지 않는 것이야. 너도 차분히 생각해봐라. 나는 이제 아무 말 안 할 테니."

20분 후, 누군가 마을 젊은이가 한 사람, 나직이 노래를 부르면서 집 앞을 지나갔다.

"젊은 아줌마, 오늘은 풀 베긴가, 풀아 누워라, 낫아 베어라……."

노랫소리가 멀어졌을 때 오스미는 다시 안경 너머로 힐끔 오다미의 얼굴을 바라보았다. 그러나 오다미는 램프 저편에 길게 다리를 뻗고 하품을 할 뿐이었다.

"이제 자야지. 아침에 일찍 일어나야 하니."

오다미는 이렇게 말하자마자 완두콩을 한 주먹 입에 넣은 후 고단하다는 듯이 난로 옆에서 일어났다……

오스미는 그 후 3, 4년간 묵묵히 고생을 감내하였다. 말하자면 한창때의 말과 똑같은 멍에를 짊어진 늙은 말이 겪는 고생이었다. 오다미는 변함없이 집 밖에 나가 밭일을 하였다. 오스미는 남의 눈에는 여전히 바지런하게 집을 지키는 역할을 담당하였다. 그러나 보이지 않는 채찍의 그림자는 끊임없이 그녀를 위협하였다. 어느 때는 욕통의 불을 때지 않아서, 어느 때는 왕겨 말리는 것을 잊어버려서, 그리고 또 어느 때는 소가 풀린 것도 몰라서, 그때마다 오스미는 성질이 드센 오다미에게 비꼬는 말이나 잔소리를 듣기 일쑤였다. 그러나 그녀는 아무런 대꾸도 하지 않고 잠자코 고생을 견뎌냈다. 그것은 하나는 인종(忍從)에 익숙한 정신을 가진 것도 있고, 또 하나는 손자 히로지가 엄마보다도 할머니인 그녀를 더 잘 따랐기 때문이었다.

오스미는 실제로 옆에서 보기에는 거의 이전과 다를 바 없었다. 좀 달라졌다고 한다면 그것은 단지 이전처럼 며느리를 칭찬하지 않는 것뿐이었다. 그렇지만 이러한 섬세한 변화는 그리 사람의 주의를 끌지 않았다. 적어도 이웃의 할멈 등에게는 언제나 '극락왕생'의 오스미였다.

어느 여름날, 볕이 쨍쨍한 대낮에 오스미는 헛간 앞 포도 넝쿨 그늘에서 이웃 할멈과 잡담을 나누고 있었다. 주위는 외양간의 파리 소리뿐 아무런 소리도 들리지 않았다. 이웃 할멈은 이야기를 하면서 짧은 궐련을 피웠다. 그것은 아들이 피고 난 꽁초를 차곡차곡 모아 만든 것이었다.

"오다미는? 흠, 건초 베러 갔어? 젊은데 뭐든 다 하네."

"무얼, 여자는 밖에 나가는 것보다 집안일이 우선이지."

"아니야, 밭일 좋아하는 것이 최고지. 우리 며느리는 시집오고 나서 7년간 밭은커녕 풀 뽑는 것도 한 번 나간 적이 없어. 아이들 옷 빨래랑, 자기 옷 손질에 매일 한가롭게 시간 보내고 있다니까."

"그쪽이 더 낫지. 아이 차림새도 깨끗해지고 자신도 예쁘게 가꾸는 게 세상 사는 멋이지."

"그래도 지금 젊은 애들은 도대체 바깥일을 안 할라고 한다니까……. 어, 뭐야, 이 소리는?"

"이 소리? 여보게, 소 방귀 소리지."

"소 방귀? 정말일세. 그래도 땡볕에 등짝 태우며 조밭에서 풀 뽑는 건 젊을 때는 힘들겠지."

두 노파는 이런 식으로 한가롭게 이야기를 나누었다.

니타로가 죽은 지 8년 정도, 오다미는 여자 혼자 몸으로 일가의 살림을 일구어갔다. 동시에 또 어느새 오다미의 이름은 마을 밖으로도 알려지기 시작했다. 오다미는 이제 '일중독'에 빠진 젊은 과부가 아니었다. 더군다나 마을 젊은이 등의 '젊은 아줌마'도 더욱 아니었다. 그 대신 며느리의 모범이 되었다. 현대판 열녀의 귀감이었다. "물 건너의 오다미를 본받아라" 하는 말이 잔소리와 함께 모두의 입에서 나올 정도였다. 오스미는 그녀의 괴로움을 이웃 할멈에게조차 호소하지 않았다. 호소할 생각도 없었다. 그러나 그녀의 마음속에서는 확실히 의식하지 않았다 해도 어딘가 자신의 운명을 하늘에 기대고 있었다. 그 기대도 이윽고 물거품이 되었다. 지금은 손자 히로지 외에 기댈 곳은 없었다. 오스미는 열두세 살이 된 손자에게 필사의 사랑을 퍼부었다. 그러나 이 최후의 기댈 언덕도 때때로 무너지려는 위험에 처했다.

화창한 날씨가 이어지던 어느 가을날 오후, 책보를 둘러멘 손자 히로지는 서둘러 학교에서 돌아왔다. 오스미는 그때 헛간 앞에서 솜씨 좋게 칼을 놀리면서 곶감을 만들고 있었다. 히로지는 조 껍질을 말리는 멍석을 가볍게 뛰어넘자마자 양다리를 모으고 할머니에게 거수경례를 하였다. 그리고 정색을 하고 느닷없이 이렇게 물었다.

"할머니, 우리 엄마 훌륭한 사람이야?"

"왜?"

오스미는 부엌칼의 손을 쉰 채, 손자 얼굴을 쳐다보았다.

"선생님이 도덕 시간에 그렇게 말했어. 히로지 엄마는 이 지역에서 둘도 없는 훌륭한 사람이라고."

"선생님이?"

"응, 선생님이, 거짓말이야?"

오스미는 우선 당황하였다. 손자마저 학교 선생에게 그런 말도 안 되는 거짓말을 배우고 있다니……, 실제로 오스미에게는 이만큼 뜻밖의 사건은 없었다. 그러나 순간의 당황 후에 발작적으로 분노에 휩싸인 오스미는 생판 남처럼 오다미를 비난하기 시작했다.

"그럼, 거짓말이지. 새빨간 거짓말이야. 네 엄마라는 사람은 말이야, 밖에서만 일하는 주제에 남 앞에서는 훌륭히 보이지만 마음은 나쁜 사람이야. 할미만 부려 먹고 성질은 고약해서……."

히로지는 놀란 듯, 얼굴색이 변한 할머니를 바라보았다. 그러던 중에 오스미는 마음에 반동이 일어났는지 금세 다시 눈물을 흘리기 시작했다.

"그러니까, 이 할미는 말이다, 너 하나 바라보고 산단다. 너는 그것 잊어서는 안 돼. 너도 열일곱 살이 되면 곧 장가가서 할미를 편히 모셔야 한다. 네 어미는 징병*이 끝나야 한다는 둥 답답한 말을 하지만 기다릴 것 뭐 있느냐. 알았니? 너는 할미에게 아빠 것까지 두 몫 효도해야 한다. 그러면 할미도 섭섭하게 하지 않을게. 뭐든 네게 다

---

* 1945년 이전 병역법에 따라 남자는 만 20세에 징병검사를 받고 약 1년간 군사 훈련을 받았다.

줄 테니 말이야……."

"이 감도 익으면 내게 줄 거야?"

히로지는 벌써 먹고 싶은 마음에 바구니 안의 감을 만지작거렸다.

"그럼, 주고말고. 너는 나이가 어려도 뭐든 잘 알아들어. 언제까지나 그 마음 잊지 말아라."

오스미는 눈물을 흘리다가 딸꾹질을 하듯이 웃기 시작했다…….

이런 작은 사건이 있은 다음 날 저녁, 오스미는 마침내 사소한 것 때문에 오다미와 심한 말싸움을 벌였다. 사소하다는 것은 오다미가 먹을 감자를 오스미가 먹었다든가 하는 일이었다. 그러나 점점 말이 높아지면서 오다미는 차가운 미소를 띠고, "어머니, 일하는 게 싫어졌으면 죽는 수밖에 없어요" 하고 말했다. 그러자 오스미는 평소와는 달리 미친 듯이 울부짖기 시작했다. 마침 그때 손자 히로지는 할머니 무릎을 베개 삼아 새근새근 자고 있었다. 오스미는, "히로야, 일어나" 하고 손자를 흔들어 깨우고 계속하여 이렇게 소리쳤다.

"히로야, 일어나. 히로, 일어나서 네 에미 말하는 걸 들어봐라. 할미한테 죽으라고 하잖아. 응? 잘 들어라. 네 에미 땜에, 그래, 돈은 좀 늘었지만, 우리 밭은 모두 할애비와 할미가 개간한 것이야. 그런데 뭐라고? 편해지려면 죽으라고 하잖니……. 오다미야, 그래 나 죽을 테다. 죽는 게 뭐가 무서워. 아니, 네 지시 따윈 받지 않아. 죽을게. 꼭 죽어주마. 죽어 귀신이 되어 네게 달라붙을 테야……."

오스미는 큰 소리로 계속 퍼부어 댄 후, 울기 시작한 손자를 껴안

왔다. 그러나 오다미는 여전히 아무것도 들리지 않는다는 듯이 난로 옆에 벌렁 누워 있을 뿐이었다.

그러나 오스미는 죽지 않았다. 그 대신, 다음 해의 복더위 때에 건강을 자랑하던 오다미가 장티푸스에 걸려 발병 후 8일째에 죽어버렸다. 당시 장티푸스 환자는 이 작은 마을 안에서도 많이 나왔다. 그런데 오다미는 발병하기 전에, 역시 장티푸스로 죽은 대장장이의 묘를 파러 갔었다. 그때 대장간에는 함께 일하던 소년이 있었는데 그 아이도 결국 대장장이의 장례식 날에 병원으로 격리되었다.

"그때 필시 옮긴 것이여……."

오스미는 의사가 돌아간 후, 얼굴이 빨개진 환자 오다미에게 이런 비난을 넌지시 비추기도 하였다.

오다미의 장례식 날에는 비가 내렸다. 그러나 마을 사람들은 촌장을 비롯하여 한 사람도 빠짐없이 참석하였다. 참석한 사람들은 모두 일찍 죽은 오다미를 아쉬워하거나 소중한 일꾼을 잃은 히로지와 오스미를 불쌍하게 여겼다. 특히 이장은 군에서도 조만간에 오다미의 근로를 표창할 예정이었다는 말을 하였다. 오스미는 단지 그 말에 머리를 숙이는 수밖에 없었다.

"참, 운명이라고 받아들여야죠. 우리도 오다미의 표창에 관해서는 작년부터 군청에 진정서를 내고 촌장이랑 나는 기차 삯도 들여가며 다섯 번이나 군수를 만나러 갔다니까, 고생 많았지그려, 우리도 운명이라 체념하니 할멈도 그리 생각하소."

사람 좋은 대머리 이장은 이렇게 농담 같은 것도 덧붙였다. 그것을 또 젊은 소학교 선생은 불쾌하게 쳐다보기도 하였다.

오다미의 장례식을 마친 날 밤, 오스미는 불단이 있는 안방 구석에 히로지와 한 모기장에 들어가 있었다. 평소에는 물론 불을 꺼놓고 잤다. 그러나 오늘 밤은 불단에 아직 등불이 켜 있었다. 그리고 묘한 소독약 냄새도 낡은 다다미로 스며드는 것 같았다. 오스미는 이런저런 냄새 탓인지 언제까지나 잠이 오지 않았다. 오다미의 죽음은 확실히 그녀에게 큰 행복을 가져다주었다. 그녀는 이제 일하지 않아도 되었다. 잔소리를 들을 염려도 없었다. 저금은 3,000엔이나 있고, 밭은 1초(町) 3단(段)*이나 있다. 앞으로는 매일 손자와 함께 쌀밥을 먹는 것도 마음대로고, 요즘 맛 좋은 간송어를 한 섬 사는 것도 자유였다. 오스미는 아직 일생에서 이 정도로 마음 편한 기억이 없었다. 이 정도로 마음 편한······? 그러나 기억은 확실히 9년 전의 어느 밤을 떠올렸다. 그날 밤에도 이제 한숨 놓았다고 한 것을 생각하면, 거의 오늘 밤과 다르지 않았다. 그것은 피를 나눈 아들의 장례식이 끝난 밤이었다. 오늘 밤은······? 오늘 밤도 손자 하나를 낳아준 며느리의 장례식이 막 끝났다.

오스미는 문득 눈을 떴다. 손자는 그녀의 바로 옆에 누워 천진스럽게 자고 있었다. 오스미는 손자의 자는 얼굴을 보던 중에, 점점 그

---

* 약 130m²

녀 자신이 불쌍한 인간이라는 생각이 들기 시작했다. 동시에 또 그녀와 악연을 맺은 아들 니타로와 며느리 오다미도 딱한 인간이라는 생각이 들기 시작했다. 그 변화는 순식간에 9년간의 미움과 화를 흘려보냈다. 아니, 그녀를 위로하던 장래의 행복조차 흘려보냈다. 그들 세 사람은 모두 딱한 인간이었다. 그러나 그중에 단 한 사람, 끝내 살아남은 치욕을 당한 그녀 자신은 가장 불쌍한 인간이었다.

"오다미야! 너 왜 죽었니!······."

오스미는 자기도 모르게 입 속으로 이렇게 죽은 망령에게 말을 걸었다. 그러자 갑자기 하염없이 눈물이 뚝뚝 흐르기 시작했······.

오스미는 4시를 울리는 시계 소리를 들은 후 간신히 곤한 잠에 빠져들었다. 그러나 이미 그때에는 초가지붕 위의 차가운 하늘도 새벽녘을 서서히 맞이하고 있었다······.

세 개의 창

1. 쥐

 일등전함 ××*가 요코스카 군항으로 들어온 것은 6월 초였다. 군항을 둘러싼 산들은 비안개로 뿌옇게 보였다. 군함은 항구에 정박하기만 하면 으레 쥐가 번식하기 시작했다. ××도 마찬가지였다. 계속 내리는 빗속에서 깃발을 늘어뜨린 2만 톤 ××의 갑판 밑에도 쥐는 어느새 사물함이나 의낭(衣囊)에도 나타나기 시작했다.
 그래서 쥐를 소탕하려는 목적으로 쥐 한 마리 잡은 자에게 하루의 상륙을 허가한다는 부함장의 명령이 내려진 것은 정박 후 사흘

---

*   군 기밀상 전함명을 ××라 표기하였다.

도 지나지 않은 때였다. 당연히 수병이나 기관병은 이 명령이 하달된 때부터 열심히 쥐 사냥에 나섰다. 그들의 노력으로 쥐들의 수는 순식간에 줄어들었다. 그렇게 되니 이제 그들은 쥐 한 마리도 서로 다투게 되었다.

"요즘은 갖고 오는 쥐새끼가 모두 다 갈기갈기 찢어져 있어. 여럿이 서로 빼앗으려고 잡아 뜯어서 말이야."

건룸*에 모인 장교들은 이런 말을 나누며 웃었다. 동안(童顔)의 A 중위도 그들 중의 한 사람이었다. 좋은 집안에서 자란 A 중위는 장마철의 흐린 하늘 같은 우울한 삶은 잘 알지 못했다. 그러나 수병이나 기관병이 상륙하고자 하는 마음은 그도 충분히 이해할 수 있었다. A 중위는 담배를 피우면서 그들의 대화에 끼어들 때는 으레 이런 대답을 하였다.

"그렇겠군. 나라도 잡아 뜯었을걸."

그의 말은 독신자인 자신에게만 해당하는 것임이 틀림없었다. 그의 친구 Y 중위는 1년 정도 전에 결혼하였기 때문에 짐짓 수병과 기관병에게 냉소를 보냈다. 그것은 또 무슨 일에도 쉬 약점을 보이지 않겠다는 평소 그의 태도와 일치하는 것은 확실하였다. 짧은 갈색 콧수염을 기른 그는 맥주 한 잔에 취했을 때도 테이블 위에 손으로 턱을 괴고 때때로 A 중위에게 이렇게 말하였다.

---

* 무기 보관 창고

"어때? 우리도 쥐 사냥을 할까?"

어느 비가 갠 아침, 갑판사관이었던 A 중위는 S라는 수병에게 상륙을 허가하였다. 그가 작은 쥐를 한 마리, 그것도 오체가 전부 달린 작은 쥐를 한 마리 잡았기 때문이었다. 덩치가 큰 S는 오랜만에 나온 햇볕을 받으면서 폭이 좁은 사다리를 내려갔다. 그때 동료 수병 하나가 가뿐하게 사다리를 오르다 그와 지나치면서 농담을 걸었다.
"어이, 수입이냐?"
"응, 수입이지."
그들의 문답은 A 중위의 귀에도 들려왔다. 그는 S를 다시 불러 갑판 위에 세우고 문답의 의미를 물었다.
"수입이라는 게 뭔 뜻이지?"
S는 똑바로 서서 A 중위의 얼굴을 보았지만 기가 죽은 모습이 역력했다.
"수입이라는 건 밖에서 가지고 온 걸 말합니다."
"뭐 때문에 밖에서 가져왔지?"
A 중위는 물론 무엇 때문에 가져왔는지 알고 있었다. 그러나 S가 대답을 하지 않자 불현듯 화가 치밀어 힘껏 따귀를 때렸다. S는 잠시 비틀거렸지만 곧 다시 부동자세를 취했다.
"누가 밖에서 가지고 왔나?"
S는 아무 대답도 하지 않았다. A 중위는 그를 노려보면서 다시 한

번 그의 옆얼굴을 후려치는 장면을 상상하였다.

"누구야?"

"제 처입니다."

"면회 왔을 때 가지고 온 건가?"

"예"

A 중위는 속으로 웃지 않을 수 없었다.

"어디에 넣어서 갖고 왔지?"

"과자 상자에 넣어 가지고 왔습니다."

"집이 어디야?"

"히라사카시타입니다."

"부모님은 다 건강하신가?"

"아뇨, 처와 둘이 살고 있습니다."

"아이는 없나?"

"예."

S는 이런 문답을 하면서도 불안스러운 모습을 바꾸지 않았다. A 중위는 그를 세워놓은 채로 잠시 요코스카 시내를 쳐다보았다. 요코스카 시내를 둘러싼 산기슭에도 지붕들이 층층이 쌓여 있었다. 집들은 햇빛을 받았지만 왠지 초라한 느낌을 주는 경치였다.

"자네 상륙은 허가하지 않는다."

"예."

그리고 S는 A 중위가 다음 말을 하지 않고 가만히 있는 것을 보고 어떻게 할 줄 몰라 주저하는 듯했다. 그러나 A 중위는 다음 명령을 머릿속으로 준비하고 있었다. 그러나 잠시 아무 말도 없이 갑판 위를 걸었다.

'녀석은 벌 받는 것을 겁내고 있어…….'

그런 느낌은 다른 상관처럼 A 중위도 유쾌한 것은 사실이었다.

"됐어. 꺼져버려."

A 중위는 마침내 이렇게 말했다. S는 거수경례를 한 후 몸을 빙글 돌려 해치 쪽으로 걸어가려고 하였다. A 중위는 미소를 보이지 않으려고 노력하면서 S가 대여섯 걸음 걸어갔을 때 돌연 "어이, 잠깐" 하고 불렀다.

"예?"

S는 곧 뒤돌아보았다. 불안은 다시 한번 온몸으로 드러났다.

"네게 명령을 하달한다. 히라사카시타에는 크래커를 파는 가게가 있나?"

"예."

"그 크래커를 한 봉 사 온다."

"지금 말입니까?"

"그래. 지금 곧."

A 중위의 눈은 햇볕에 검게 탄 S의 볼에 눈물이 흐르는 것을 놓치지 않았다…….

그로부터 2, 3일이 지난 후 A 중위는 건룸의 테이블에서 여자 이름의 편지를 읽고 있었다. 편지는 분홍색 편지지에 서툰 글씨로 쓴 것이었다. 그는 대충 훑고 나서 담배에 불을 붙이고 마침 앞에 있던 Y중위에게 편지를 던졌다.

"뭐야, 이건……? '어제 일은 남편의 죄가 아니오라 모두 어리석은 제가 저지른 것이므로 모쪼록 용서 바라오며…… 또 베풀어주신 은혜는 영원히 잊지 않겠사오며……'"

Y중위는 편지를 손에 든 채 점차 경멸의 표정을 보이기 시작했다. 그리고 퉁명스럽게 A중위의 얼굴을 보고 비아냥거리듯 말했다.

"공덕을 쌓았다는 생각이 들지?"

"흠, 뭐 다소 그렇기도 하지."

A중위는 가볍게 받아넘기고 둥근 창밖을 바라보았다. 창밖으로 보이는 것은 빗줄기가 길게 뻗어 내리는 바다뿐이었다. 그러나 그는 잠시 후 갑자기 뭔가 겸연쩍은지 Y중위에게 말을 걸었다.

"그래도 이상하게 쓸쓸한 기분이군. 그 녀석 따귀를 때릴 때는 불쌍하다는 생각도 안 했는데 말이야……."

Y중위는 잠시 의혹인지 주저인지 구분되지 않는 표정을 지었다. 그리고 아무런 대답도 하지 않고 테이블 위의 신문을 읽기 시작했다. 건룸 안에는 두 사람밖에는 아무도 없었다. 테이블 위의 컵에는 셀러리가 몇 개 꽂혀 있었다. A중위도 이 생생한 셀러리 잎을 바라보며 담배만 피웠다. 무뚝뚝한 Y중위에게 묘하게도 친근감을 느끼면서…….

2. 세 사람

일등전함 ××는 어떤 해전을 마친 후 군함 다섯 척을 이끌고 조용히 조선의 진해만을 향해 나아갔다. 바다는 어느새 밤이 되었다. 그러나 좌현의 수평선 위로는 커다란 낫 모양의 붉은 초승달이 하늘에 떠 있었다. 2만 톤의 ×× 내부는 물론 아직 안정이 되지 않았다. 그러나 그것은 승리 후에 찾아온 활기인 것은 분명하였다. 단지 소심한 K 중위만은 이 와중에 아주 피곤한 얼굴을 하고 안절부절못하고 아무 일이나 찾아 여기저기 돌아다녔다.

해전이 시작되기 전날 밤, 그는 갑판을 걷던 중에 희미한 랜턴 빛을 발견하여 살며시 그곳으로 다가갔다. 그러자 그곳에는 나이 어린 군악병이 갑판 위에 엎드려서 적의 눈을 피해 랜턴을 비추며 성서를 읽고 있었다. K 중위는 왠지 감동하여 군악병에게 부드럽게 말을 걸었다. 군악병은 좀 놀란 듯하였다. 그러나 상대 상관이 꾸지람을 하지 않는 것을 알자 곧바로 여자 같은 웃음을 띠고 머뭇머뭇 그의 말에 대답하기 시작하였다……. 그러나 그 어린 군악병도 지금은 메인 마스트* 밑에 명중한 포탄 때문에 시체가 되어 누워 있었다. K 중위는 그의 시체를 발견했을 때, 갑자기 '죽음은 사람을 조용하게 만든다'라는 문장이 떠올랐다. 만약 K중위 자신도 포탄에 갑

---

* 주 돛대

자기 목숨을 잃었다고 한다면……, 어떠한 죽음보다도 행복한 죽음일 것이라고 생각했다.

그렇지만 해전이 벌어지기 전의 사건은 상처받기 쉬운 K 중위의 마음에 아직도 확연히 남아 있었다. 전투 준비를 끝낸 일등전함 ××는 군함 다섯 척을 이끌고 파도가 높은 바다로 나아갔다. 그런데 우현의 대포가 1문 어쩐 일인지 뚜껑이 열리지 않았다. 게다가 이미 수평선에는 적의 함대에서 올라오는 연기도 몇 줄기 희미하게 보였다. 이 실수를 발견한 수병 중의 한 사람이 포신 위로 올라타서 슥슥 포구까지 기어가 양다리로 뚜껑을 열려고 했다. 그러나 뚜껑을 여는 것은 생각만큼 쉽지 않은 듯했다. 수병은 바다를 밑으로 한 채 계속 양다리를 바동거렸다. 그리고 때로 얼굴을 들고는 흰 이를 내보이며 웃기도 하였다. 그러던 중에 ××는 크게 흔들리며 진로를 오른쪽으로 틀기 시작했다. 또 그와 동시에 바다는 오른쪽 뱃전 전체에 엄청난 파도를 끼얹었다. 그것은 눈 깜짝할 사이에 대포에 걸터앉은 수병을 휩쓸어가기에 충분했다. 바다로 떨어진 수병은 한 손을 쳐들고 열심히 무언가 크게 소리를 질렀다. 구명대는 수병들의 고함과 함께 바다 위로 날아갔다. 그리고 말할 것도 없이 ××는 적 함대 앞에 있는 이상, 보트를 내릴 수는 없었다. 수병은 구명대에 달라붙었지만 순식간에 멀어져갈 뿐이었다. 시간 차는 있을지언정 그가 언젠가 익사하리라는 것은 피할 수 없는 운명이었다. 그뿐 아니라 상어는 이 바다에도 결코 적다고는 할 수 없었다…….

어린 군악병의 전사에 대한 K 중위의 기분은 해전 전에 일어난 이 사건의 기억과 대조가 되었다. 그는 해군병학교*에 들어갔지만, 언젠가 자연주의 작가**가 될 것을 꿈꾸고 있었다. 그뿐만 아니라, 학교를 졸업한 후에도 모파상의 소설 등을 애독하였다. 인생은 이런 K 중위에게는 어두컴컴한 일면을 자주 보여주었다. 그는 ××에 승선한 후, 이집트의 석관에 적혀진 '인생-전투'라는 말을 떠올리고, ××의 장교나 하사관은 물론, ×× 그 자체야말로 말 그대로 이집트인의 격언을 철강으로 조립한 것이라는 생각도 하였다. 따라서 군악병의 시체 앞에는 무언가 모든 전투를 끝낸 정적을 느끼지 않을 수 없었다. 그러나 그 수병처럼 끝까지 살려는 고통도 견딜 수 없는 것이라고 생각하였다.

K 중위는 이마의 땀을 닦으면서 바람이라도 쐬려고 후부 갑판 해치로 올라갔다. 그곳에는 12인치 포탑 앞에 깨끗하게 면도한 갑판사관이 뒷짐을 지고 돌아다니고 있었다. 또 그 앞에는 하사가 한 명, 광대뼈가 튀어나온 얼굴을 반쯤 숙이고 포탑 앞에 똑바로 서 있었다. K 중위는 좀 불쾌하고 들뜬 기분으로 갑판사관 옆으로 걸어갔다.

"왜 그래?"

---

*   현재의 해상자위대 간부후보생학교
** 당시 일본은 모파상 등의 영향으로 자연주의 문학이 주류를 이루었다.

"별거 아냐. 부함장이 점검하기 전에 변소에 들어가 있어서 말이야."

물론 군함 안에서는 그리 드물지 않은 사건이었다. K 중위는 그곳에 앉아 스탠션*을 철거한 좌현의 바다와 낫 모양의 붉은 초승달을 바라보았다.

주위는 갑판사관의 구두 소리뿐 아무 소리도 들리지 않았다. K 중위는 좀 가라앉은 마음으로 오늘 해전 중의 심정 등을 떠올리고 있었다.

"다시 한번 부탁합니다. 선행상은 취소되어도 할 수 없습니다."

하사는 갑자기 고개를 들고 이렇게 갑판사관에게 말했다. K 중위는 무심코 그를 바라보고, 어두컴컴한 그 얼굴에 무언가 심각한 표정을 느꼈다. 그러나 쾌활한 갑판사관은 여전히 양손을 뒤로 한 채 조용히 갑판을 걸어다녔다.

"바보 같은 소리 하지 마."

"그렇지만, 여기에 기립하고 있으면 제 부하 얼굴을 쳐다볼 수 없습니다. 진급이 늦는 것도 각오합니다."

"진급이 늦는 것은 중대한 일이다. 그곳에 기립하고 있어."

갑판사관은 이렇게 말한 후 가볍게 다시 갑판을 걷기 시작했다. K 중위도 이성적으로는 갑판사관과 같은 의견이었다. 그뿐 아니라 하

---

*   지주(支柱)

사의 명예심이 감상적이라는 생각도 하였다. 그러나 가만히 머리를 숙인 하사는 묘하게 K 중위를 불안하게 하였다.

"여기에 서 있는 것은 치욕적입니다."

하사는 낮은 목소리로 애원하였다.

"그건 네가 초래한 거지."

"벌은 달게 받을 생각입니다. 단지 제발 기립하고 있는 것만은."

"치욕이라는 면에서 보자면 어느 쪽도 어차피 같은 거 아니야?"

"그렇지만 부하에게 위엄을 잃는다는 것은 저로서는 괴롭습니다."

갑판사관은 아무 대답도 하지 않았다. 하사도 체념한 듯, '괴롭습니다'에 힘을 주었을 뿐 한마디도 하지 않고 우두커니 서 있었다. K 중위는 점차 불안해져, (게다가 또 일면에서는 하사의 감상주의에 속지 않으려는 마음도 있었다) 무언가 그를 위해 말해주려고 하였다. 그러나 그 '무언가'도 입에서 나올 때에는 특색이 없는 말로 바뀌어버렸다.

"조용하군."

"응."

갑판사관은 이렇게 대답하고 이번에는 턱을 만지며 걸었다. 해전 전날 밤에 K 중위에게 '옛날에 기무라 시게나리*는……' 하고 말하

---

* 도요토미 가의 무장. 당시 주요 장수를 죽이면 그 머리를 상자에 넣어 윗사람에게 올려 확인을 받는다. 기무라의 머리에서는 향기가 났다. 즉 결전에 임하기 전에 기무라가 머리에 향수를 뿌리듯 K 중위는 면도를 깨끗이 하였다.

며 특별히 정성껏 면도를 한 턱을…….

그 하사는 벌을 마친 후 언제부터인가 행방불명이 되어버렸다. 그러나 물론 바닷물에 투신하는 것은 당직이 지키는 한 절대로 불가능한 일이었다. 그뿐 아니라, 자살을 시도하기 쉬운 석탄창고 안에도 없는 것은 반나절도 지나지 않아 밝혀졌다. 그러나 그가 행방불명이 된 것은 확실히 그가 죽은 것을 의미했다.

그는 어머니와 남동생에게 각각 유서를 남겨놓았다. 그에게 벌을 가한 갑판사관은 누구의 눈에도 초조한 모습을 보였다. K 중위는 소심한 자인만큼 다른 사람보다 더 그를 동정하여, K 중위 자신 마시지 않는 맥주를 몇 잔이나 억지로 권하였다. 또 동시에 상대가 취하는 것도 걱정이 되었다.

"어쨌든 그 녀석은 자존심이 센 놈이라서 말이야. 근데 죽을 것까지는 없잖아……."

상대는 의자에서 미끄러져 떨어질 듯한 자세로 몇 번이나 이런 푸념을 거듭하였다.

"난 단지 서 있으라고 한 것뿐인데. 그렇게 죽을 것까지는 없잖아……."

××가 진해만에 정박한 후, 굴뚝을 청소하러 들어간 기관병은 우연히 하사를 발견하였다. 그는 굴뚝 안에 늘어진 쇠사슬에 목을 매어 죽었다. 그러나 그의 군복은 물론 가죽과 살도 다 타서 떨어져 나간 탓에 매달려 있던 것은 해골뿐이었다. 이 사실은 당연히 건륨

에 있던 K 중위에게도 전해졌다. 그는 하사가 포탑 앞에 우두커니 서 있던 모습을 떠올리고, 지금도 그가 어딘가 낫 모양의 붉은 초승달에 걸려 있는 것처럼 느껴졌다.

이 세 사람의 죽음은 K 중위의 마음에 언제까지나 어두운 그림자를 드리우고 있었다. 그는 언젠가 그들에게서 인생의 모든 면까지 느끼기 시작했다. 그러나 세월은 이 염세주의자를 어느새 부대에서도 평판이 좋은 해군소장으로 만들어놓았다. 그는 휘호를 써달라는 권유를 받아도 거의 붓을 드는 적은 없었다. 그러나 어쩔 수 없는 경우에는 반드시 화첩 등에 이렇게 썼다.

君看雙眼色
不語似無愁*
(그대여 두 눈의 빛을 바라보라
말하지 않아 슬픔도 없이 보이지만)

---

* 선어(禪語) 5,500구를 모은 《선림구집(禪林句集)》에 나온 글. 아이다 미츠오(相田みつを, 1924~1991)의 〈근심(憂)〉이라는 시에도 이 문구가 인용되었는데, 해설의 일례로 인용하면 '말하지 않아 슬픔이 없는 것처럼 보이지만 그것은 슬픔이 없는 것이 아니라, 말할 수 없이 깊은 슬픔이라 말하지 못하는 것이니, 그 슬픔은 그저 두 눈빛에서 볼 수 있다.'

3. 일등전함 ××

　일등전함 ××는 요코스카 군항의 독(dock)*에 들어가게 되었다. 수선 공사는 쉬이 진척되지 않았다. 2만 톤의 ××에는 높은 뱃전 안팎으로 많은 직공이 달라붙어 있어 여느 때와 달리 초조한 심정이었다. 그러나 바다에 떠 있을 때도 굴조개가 달라붙는 것을 생각하면 근질근질한 기분이 드는 것도 사실이었다.

　요코스카 군항에는 ××의 동료인 △△도 정박하고 있었다. 1만 2,000톤의 △△은 ××보다 나이가 어린 군함이었다. 그들은 넓은 바다를 사이에 두고 때때로 소리 없는 대화를 나누었다. △△는 ××의 나이도 나이지만, 조선기사의 잘못으로 키(舵)가 자주 고장 나는 것을 동정하였다. 그러나 ××를 위로하고자 한 번도 그런 문제에 관해 말을 나눈 적은 없었다. 그뿐 아니라 몇 번이나 해전을 거친 ××에 대한 존경을 표현하고자 항상 경어를 사용하였다.

　어느 흐린 날 오후, △△는 화약고에 불이 나 갑자기 무서운 폭음을 내며, 반쯤 바다에 잠겨버렸다. ××는 물론 깜짝 놀랐다. (많은 직공은 ××가 떠는 것을 물리적으로 해석했을 것이다.) 해전도 하지 않은 △△가 돌연 불구의 몸이 되어버린다……. 그것은 실제로 ××에게는 믿기 어려운 사실이었다. 그는 억지로 놀라움을 감추고 멀리 있

---

*　선박의 건조와 수리를 위한 시설

는 △△를 격려하였다. 그러나 △△는 기울어진 채, 화염과 연기가 솟아오르는 가운데 단지 신음할 뿐이었다.

그 후 3, 4일이 지난 후, 2만 톤의 ××는 뱃전의 수압을 잃어버렸기 때문에 점차 갑판이 갈라지기 시작했다. 이 모습을 본 직공들은 더욱 수선 공사를 서둘렀다. 그러나 ××는 어느새 그 자신을 포기하였다. △△는 아직 나이도 어린데 눈앞의 바다에서 침몰하고 말았다. 이런 △△의 운명에 비하면, 그의 생애는 기쁨과 고통을 충분히 맛보았다. ××는 이미 까마득한 과거가 된 어떤 해전이 떠올랐다. 그것은 깃발도 갈기갈기 찢어지고 돛대도 부러져버린 해전이었다…….

2만 톤의 ××는 희끔하게 메마른 도크 안에서 높이 선수(船首)를 쳐들고 있었다. 그 앞에는 순양함과 구축함이 여러 척 지나다녔다. 그리고 새로운 잠수함과 수상비행기도 보였다. 그러나 그것들은 ××에게 허무를 느끼게 할 뿐이었다. ××는 밝아지고 흐려지기를 거듭하는 요코스카 군항을 내려다본 채 가만히 그의 운명을 기다렸다. 그 사이에도 여전히 갑판이 저절로 쩍쩍 휘어지는 것에 적잖은 불안을 느끼면서…….

작품 해설

라쇼몽(羅生門, 1915)

 이 작품은 구로사와 아키라 감독의 영화 〈라쇼몽〉으로 그 제목이 더 유명해졌다. 영화 〈라쇼몽〉의 줄거리는 〈덤불 속〉이지만, 영화의 처음과 마지막 장면은 라쇼몽을 배경으로 하였다. 영화에서는 마지막에 라쇼몽에 버려진 갓난아이를 하인이 데려다 키우겠다고 함으로써 인간에 대한 신뢰를 회복하는 모습을 보여준다. 대중성을 고려한 영화에서는 있을 법한 결말이다.

 폐허가 된 라쇼몽은 동물이나 들락거리고 시체가 버려지는 곳이며 어쩌다 길 가는 사람들이 비를 피하는 곳에 불과하다. 따라서 그곳은 폐허가 된 인생을 극명하게 보여주는 배경이 된다. 더욱이 비는 계속 내린다. 배부른 자는 쉬는 시간이다. 배고픈 자는 굶주림의 고통이 늘어나며 막막하기만 할 뿐이다. 이 이상 인생의 폐허가 없다.

하인은 2층 누각으로 올라가 시체의 머리털을 뽑는 노파를 만난다. 시체의 머리털을 뽑고 있다는 사실, 즉 '악'에 대한 분노를 느끼고 노파를 윽박지른다. 그러나 노파는 먹고살려고 가발용 머리털을 뽑고 있으니 시체도 자신을 이해해줄 것이라고 말한다. 그 말을 들은 하인은 자신도 악을 행할 수 있다는 논리를 얻고 노파의 옷을 빼앗아 도망간다. 빗속에 갇혀 굶어 죽기만을 기다리던 수동적 삶이 이제는 과감히 비를 박차고 세상 속으로 다시 뛰어드는 적극적인 삶으로 바뀌었다.

사람을 속여 뱀 고기를 판 여자, 그 여자 시체의 머리칼을 뽑아 가발용으로 팔려는 노파, 그 노파를 위협하여 옷을 벗기고 빼앗아 도망가는 하인, 세상은 악의 고리로 연결된 듯하다. 그러나 달리 생각해보면, 하인은 노파 덕분으로, 노파는 여자 시체 덕분으로, 여자는 속아준 사람 덕분으로 먹고산다는 것이 가능하니, 선의 고리이기도 하다. 증오나 죄악보다 더 무서운 것은 고리의 단절, 무관심이나 소외이다.

벌거벗긴 노파에게도 아직 삶의 희망은 있다. 왜냐하면 시체 중에는 옷을 입은 시체나 다른 여자 시체도 아직 많기 때문이다. 그래서 라쇼몽은 삶(生)의 문(門)이 아닐까.

코(鼻, 1916)

스승 나쓰메 소세키가 극찬의 편지를 보내주어 아쿠타가와가 소설가의 길을 걷게 된 결정적인 영향을 끼친 작품이다.

아쿠타가와가 등장하였을 때 아쿠타가와를 소세키와 오가이 사이에서 태어난 사생아라고 비유하는 말도 있었는데, 고전에서 제재를 가져와 소설로 한 오가이의 방식을 따르고, 인간의 에고이즘을 주로 다룬 소세키의 주제를 도입하였다는 의미였다.

작가가 본문에 직접 등장해 '방관자의 이기주의'로 표현하듯, 타인의 불행을 동정하면서도 한편으로 구경거리로 삼아 즐기려는 우리 인간 마음속의 사악한 면을 드러내고 있으나, 작가의 말에만 구애받으면 다소 억지라는 느낌도 있다.

스님이 겉으로는 높은 지위까지 올랐지만 속으로는 진정한 깨달음이 없다가 코를 줄인 사건 후에야 마침내 코를 극복하게 되었다는(깨달음을 얻었다는) 것으로 볼 수 있으며, 남들이 짧아진 코를 비웃은 것은 작가가 말한 '방관자의 이기주의'가 아니라, '큰 코'에 구애받은 고승의 '작은 마음'을 발견하였기에 가소롭다는 것이 아니었을까.

두 통의 편지(二つの手紙, 1917)

모리 오가이가 번역하여 소개한 〈안드레아스 타마이엘의 유서〉(슈니츠렐)에서 착상하였을 것이라고 평자들은 말한다. 도플갱어라는 흥미로운 소재를 내세우면서 풀어가는 이야기에는 아내의 정조를 끝내 의심하지 않으려고 발버둥치는 가련한 남자가 있다. 현실을 인정하지 않으려는 고투의 끝에는 발광이라는 탈출구가 있다. 〈의혹〉에서처럼 여기서도 화자는 '윤리' 및 영어를 가르치는 교사다.

여자(아내)의 배신이 가져온 남자의 비애는 〈덤불 속〉에서 절정을 이룬다.

이 작품과 〈의혹〉에서의 결말 부분에는 비슷한 말이 나온다.

즉, 우리도 언제 어느 때 마음속에 있는 괴물이 혹은 바이러스가 활동을 하여 머리를 돌아버리게 할 수도 있다. 작가의 모친이 발광한 사실이 평생 작가의 내부에 어두운 그림자를 드리우고 있음을 알 수 있다.

지옥변(地獄變, 1918)

《오사카마이니치 신문》에 연재한 중편이다. 추리적인 요소도 가미되어 내용이 단순하지가 않다. 아쿠타가와 최고의 작품으로 호평하는 사람이 많다. 이 작품에는 요시히데 내부의 대립과 요시히데 외부의 (대신과의) 대립이 큰 틀을 이룬다.

요시히데 내부에는 사람 요시히데와 원숭이 요시히데가 있다. 원숭이 요시히데는 아버지의 심정으로 딸을 사랑하고, 딸이 겁탈당하는 것을 막으려고 하고, 불 수레에 뛰어들어 죽어버린다. 사람 요시히데는 예술지상주의자의 심정이다. 타인은 모두 그림의 모델에 불과하고, 딸이 타 죽는 모습까지 그린다.

다음에 외부적으로는 대신과 요시히데의 대립이다. 보통의 아버지라면 딸이 대신의 총애를 받아 아이라도 낳아 잘먹고 잘살기를 바랄 것이다. 아버지가 아닌 남자로서(보통 아버지의 사랑과 다른 여러 방증이 있다) 대신과 대립하는 요시히데가 대신에게 딸의 하직을 몇 번이나 부탁하지만 거절당한다. 그럼 딸을 지키는 방법으로 요시히데가 취한 방법은 무엇이었을까? 인륜을 어긴 '인면수심(人面獸心)'의 죄악을 저지른 것은 아니었을까……?

딸은 지옥화의 한가운데에 그려졌지만, 순진한 딸의 죽음을 걸고 오기의 싸움을 벌인 두 남자는 〈지옥변〉이라는 작품에 두 주인공으로 그려진 것이라고 생각한다.

귤(蜜柑, 1919)

짧지만 수작이다. 노란색은 빛의 색깔이다. 화가 고흐는 슬픔의 색 파랑과 함께 희망의 색 노랑을 자주 쓴 것으로 나는 생각한다. 슬픔이 깊은 사람일수록 노란색에서 받는 인상은 강렬한 것 같다. 후에 역시 31세에 요절한 작가 가지이 모토지로*가 1931년에 발표한 '레몬'이 떠오르고, 우리나라의 작가 이상이 도쿄에서 사망하기 전에 레몬 냄새를 맡고 싶다고 한 것이 떠오른다.

늪지(沼地, 1919)

예술을 위해 살다 머리가 돌아버려 죽은 가련한 화가를 동정하는 예술가 자신의 모습을 그리고 있다. 아쿠타가와는 그림도 잘 그렸고, 화가 오아나 류이치**는 매우 가까운 친구였다. 말년의 작품 〈어느 바보의 일생〉에서 다음과 같은 내용이 나오는 것을 보아 고흐를 염두에 둔 것인지도 모른다.

---

*   梶井基次郎, 1901~1932
**   小穴隆一, 1894~1966

7. 그림.

그는 돌연, 그것은 실제 돌연한 일이었다. 그는 어느 책방의 앞에 서서, 고흐의 화집을 보고 있는 중에 돌연 그림이라는 것을 이해하였다. (중략) 그는 사진판 안에서도 선명하게 떠오르는 자연을 느꼈다…….

의혹(疑惑, 1919)

모리 오가이는 〈다카세부네〉에서 안식사의 문제를 다루었다. 아쿠타가와는 〈의혹〉에서는 실천윤리학자인 '나'의 입을 통하여 비슷한 문제에 대한 우리의 생각을 묻는다. 이야기의 진행에 따라 하나 둘 밝혀지는 사실은 독자가 한시도 긴장을 잃지 않게 한다.

미생의 믿음(尾生の信, 1919)

중국의 고전에서 따온 글이다. 오지 않는 무언가를 기다리는 자신의 모습을 미생을 통해 말하고 있으나, 여자를 마냥 기다리는 미생의 모습에서 자학의 쾌감도 엿보인다. 앞으로도 영원히 반복될 문장, '그러나 여자는 아직 오지 않았다.'

가을(秋, 1920)

〈라쇼몽〉 등의 왕조물(王朝物)이 고대에서 제재를 가져와 쓴 것이라 하여, 자연주의 작가들은 자기 고백이 없는 알맹이 없는 작품이라는 혹평을 하였다. 그런 영향도 있어서인지 아쿠타가와가 심혈을 기울여 쓴 첫 번째 현대물로, 보란 듯이 작가의 능력을 드러낸 수작이다.

물론 여기서도 인간의 심연에 자리 잡은 질투심을 적나라하게 드러내고 있지만, 쓸쓸한 가을 분위기에 맞는 애수(哀愁) 넘치는 작품이다.

당시 교제하던 히데 시게코가 소재를 제공해주었다고 하는데, 그 사실을 염두에 두고 읽으면 노부코는 시게코, 테루코는 작가의 아내 후미를 떠오르게 한다.

묘한 이야기(妙な話, 1920)

〈두 통의 편지〉의 여성 버전이 아닌가 생각한다. 남편이 해외에 있는 동안 다른 남자(나)와 밀회를 시도하려는 여자가 겪는 정신적 고통을 환상적 기법을 사용하여 표현하였다. 작품 중에서도 나오듯 환상소설의 원조격인 이즈미 교카의 영향을 받은 것으로 보인다.

〈두 통의 편지〉에서도 아내가 결혼 전에 히스테리컬한 성격이 있었는데 결혼 후 좋아졌다가 다시 요즘 심해졌다고 하는 내용이 나오는데, 그런 히스테리컬한 심리 상태가 다른 남자 때문에 번뇌하는 상태라는 설정이다.

버려진 아이(捨兒, 1920)

외삼촌의 양자로 입적되어 자란 아쿠타가와에게 '버려진 아이'의 의식이 심층에 있었다고 본다. 발광하여 사망한 어머니 대신에 이모가 평생 독신으로 아쿠타가와를 돌보았다. 작품 속의 기아 이름은 유노스케로, 류노스케와 발음이 비슷하다. 한편 친구 오아나 류이치는 1956년《두 개의 그림(中央公論社)》이라는 저서에서 아쿠타가와의 사생아 설을 발표한 적이 있다.

남경의 그리스도(南京の基督, 1920)

아쿠타가와가 자살하였을 때 머리맡에 성경이 놓여 있었다고 한다. 기독교에 대한 관심도 많아 소위 기독교물이라 하여 〈봉교인의 죽음〉 등 많은 작품을 남겼다. 그러나 평자들이 아쿠타가와에게 기독교는 종교 그 자체에 대한 성찰보다는 이국 문화에 대한 관심이 더 컸다고 말하듯, 시니컬한 성향의 그는 끝내 믿음을 얻기는 힘들지 않았나 생각된다.

이 작품은 단순히 보면, 순진한 창녀가 질 나쁜 외국인을 예수로 착각해 믿어버리는 종교의 허상을 말하는 것이라고 볼 수 있으나, 좀 더 깊게 생각해보면, 종교는 믿음 그 자체가 소중한 것이지 실체를 따지는 것은 부질없다는 것을 말한다고 생각한다. 테레사 수녀도 신의 존재를 의심할 때가 있었다고 고백하였다. 믿음이란 그렇게 끝없이 찾아오는 회의를 극복하고 다시 극복하는 과정 자체가 아닐까. 〈덤불 속〉의 범인을 찾을 수 없듯이, 신을 눈으로 확인하겠다는 부질없는 욕망을 버리고 믿음 안에 존재하는 신을 느껴야 하는 것이 아닐까. 그 외국인이 질 나쁜 자였는지 진짜 예수였는지는 일본인 여행객의 말만 들어서는 믿을 수 없다. 그 말을 절대 사실로 인정한다면 〈덤불 속〉의 논리와 모순된다.

덤불 속(藪の中, 1921)

진실은 어디에 있는가. 절대적인 사실은 없고 상대적인 사실만이 존재하는가. 말하는 사람마다 말이 다 다르다. 죽은 남자의 영혼이 하는 말은 가슴 저리는 비애가 느껴지는 클라이맥스이며, 그가 죽어서까지 거짓말을 하겠느냐는 생각도 들지만, 그것도 역시 의심스럽다.

영화 〈라쇼몽〉을 보면 감독의 해석이 가미되어 좀 더 이해하기 쉽다. 도적 다조마루가 23합이나 칼을 겨뤘다고 하지만 영화에서는 개싸움을 보여준다. 둘 다 공포에 질려 헉헉대며 넘어지고 엎어지고 하다가 어쩌다 칼에 찔려 남자가 죽어, 말 뒤의 실제 상황은 전혀 다르다. 또 각자는 자신에게 유리한 면만 부각하여 말한다.

거짓과 과장이 없다 하더라도, 정물 하나도 보는 이의 위치에 따라 다르게 보이고, 보는 이의 시력과 관념 때문에 달리 보인다. 그러니 정물이 아닌, 스토리가 사람들과 얽힌 사건에 대한 통일된 증언은 더욱 어려울 것이다. 그래서 사건은 '덤불'에 가려 보이지 않는다.

오도미의 정조(お富の貞操, 1922)

메이지 시대를 배경으로 한 소위 '개화물'이라고 한다. 아쿠타가와 자신이 섬세한 남자이기 때문인지 강한 여자에게 끌리는 경향이 있는 듯하다. 사진으로 본 아쿠타가와의 처도 둥근 얼굴에 건강미가 넘치는 여자였고, 〈덤불 속〉의 여자가 그러했고, 이 작품의 오도미도 남자와 몸싸움을 마다지 않을 만큼 강한 성격과 건강한 몸매에서 매력이 흘러넘친다. 아무도 없는 동네, 어두컴컴한 집 안에 젊은 남녀 둘이 마주쳤다. 더구나 밖에는 비가 내린다…….

인사(お時儀, 1923)

　야스기치가 등장하는 작품은 대개 자기 고백의 사소설류이다. 소위 야스기치물(物)이라고 한다. 연애가 싹트는 순간의 심정을 엿볼 수 있는 소품.
　그녀의 기억은 기차의 매연 냄새와 함께 살아나 달리는 기차소리와 함께 사라지는 듯하다.
　그리고 맨 마지막 기차 소리가 'tratata tratata tratata trararach'로 표현된 것에 주목하면, 평지를 지나는 소리(tratata tratata tratata) 후에 곧바로 철교를 지나는 소리(trararach)가 이어져, 기차가 평지를 지나 이제 다리를 건너기 시작하였다는 것을 알 수 있다. 돌아갈 수 없는 지난 추억의 다리…….

흙 한 덩어리(一塊の土, 1924)

이 작품도 〈가을〉처럼 현대물이기는 하나 농촌을 배경으로 하였다. 그의 작품 중에서도 매우 독특한 사실주의의 수작으로 꼽힌다. 에고이즘은 아쿠타가와의 영원한 테마이다.

세 개의 창(三つの窓, 1927)

죽은 해에 발표된 작품 중에 비교적 흐트러지지 않은 수작이다. 청춘 시절을 보낸 요코스카 항을 배경으로 하였다. 죽음에 관한 세 개의 이야기(창)를 통해 아쿠타가와는 자신의 죽음을 바라보았던 것 같다.

두 번째 이야기에 나온 '君看雙眼色 不語似無愁'은 아쿠타가와가 자신의 첫 번째 단편집 〈라쇼몽〉의 책 표지에도 써 넣을 정도로 좋아한 글이니 아쿠타가와 일생을 지배한 심정을 한 글자로 표현한다면 '수(愁)'가 아니었을까.

옮긴이

옮긴이의 말

　흐릿한 흑백 사진 속에 검은 옷을 입고 봉두난발(蓬頭亂髮)의 머리에 핼쑥한 뺨으로 날카롭게 우리를 쳐다보는 얼굴. 지금껏 우리에게 익숙한 아쿠타가와 류노스케의 모습은 그랬고, 또 우리나라에 번역된 그의 작품도 그런 분위기의 작품이 많았다.

　고전에서 제재를 가져온 〈라쇼몽〉 등의 초기 작품은 훌륭하다고 평가하지만, 작가 말년에 정신적 고통이 심해졌을 때 발표한 작품들은 자기 고백의 사소설을 높이 평가하는 일본에서는 주목을 받았으나 작가의 사생활을 잘 알지 못하며 실제 작가처럼 신경증을 겪은 적이 없는 일반 독자에게는 아쿠타가와가 어렵고 어둡다는 이미지를 주었을 것이다.

　그래서 역자는 이번 번역을 통하여 아쿠타가와의 진면목을 보여주려고 노력하였다. 고전에서 제재를 가져온 초기 수작 몇 편 외에, 여기에 실린 현대물은 대부분 처음으로 국내에 소개되었다.

물론 현대물 곳곳에서도 어두운 배경을 많이 볼 수 있다. 비가 내리거나 흐린 날, 어두컴컴한 저녁노을, 희미한 등불……, 그러나 이러한 배경은 인간의 심연을 말하기에 적당할 정도의 분위기로 절제되어 있다. 심연에 발을 딛되 현실감을 잃지 않은 작가의 예리한 정신을 엿볼 수 있다.

여기에 새로 소개된 작품 속에도 여전히 삶의 고뇌가 보이기는 하지만, 겉으로는 깔끔한 머리 모양을 한, 바로 지금 당신의 모습과 비슷한 아쿠타가와를 새롭게 바라보는 계기가 되었으면 한다.

끝으로 출판의 기회를 주신 문예출판사와 일본 사투리의 해석에 많은 도움을 준 하라 카츠시(原克志) 씨에게 고마움을 전한다.

아쿠타가와 류노스케 연보

1892년 3월 1일 도쿄에서 태어났다. 아버지는 우유 판매업자였고, 연말에 어머니의 광증이 발병해(둘째 누이가 요절한 충격 때문으로 추정) 어머니의 친정인 아쿠타가와 가문에서 외삼촌의 양자로 자랐다.

1898년 소학교에 입학했다.

1905년 도쿄부립 제3중학교에 입학했다. 문예서를 탐독했고 학업 성적이 우수해 차석으로 졸업했다.

1910년 무시험으로 제1고등학교에 입학해 차석으로 졸업했다.

1913년 도쿄제국대학교 문과대학 영문학과에 입학해 구메 마사오, 기쿠치 간 등과 교우했다.

1914년 도쿄제국대학교를 중심으로 한 제3차 《신사조》에 참여해

〈노년〉을 발표했다.

1915년 〈라쇼몽〉을《제국문학》에 발표했다. 12월 나쓰메 소세키의 '목요회'에 참석했다.

1916년 제4차《신사조》를 발행했다. 창간호에 〈코〉를 발표해 소세키에게 극찬을 받았다. 7월에 도쿄제국대학교를 차석으로 졸업하고 9월 〈고구마죽〉을 발표했다. 12월부터 해군기관학교에서 영어 교관으로 재직했다.

1917년 5월 첫 번째 창작집《라쇼몽》을 출간했다. 〈두 통의 편지〉와 〈희작삼매〉를 발표했다.

1918년 쓰카모토 후미와 결혼했다. 〈지옥변〉, 〈거미줄〉, 〈봉교인의 죽음〉 등을 발표했다.

1919년 3월 해군기관학교를 사직했다. 출근하지 않고 작품을 기고하는 조건으로 〈오사카 매일신문〉의 사원이 되었다. 아버지가 돌아가셨다. 〈귤〉, 〈의혹〉, 〈미생의 믿음〉, 〈늪지〉 등을 발표했다. 히데 시게코를 만났다.

1920년 〈묘한 이야기〉, 〈버려진 아이〉, 〈가을〉, 〈무도회〉, 〈남경의 그리스도〉, 〈두자춘〉을 발표했다.

1921년 〈오사카 매일신문〉 특파원으로 4개월간 중국을 여행했는데 이후부터 건강이 악화하기 시작했다.

1922년 〈덤불 속〉, 〈장군〉, 〈밀차〉, 〈오도미의 정조〉를 발표했다.

1923년 9월에 관동대지진이 일어났다. 〈인사〉, 〈아바바바〉 등을 발표했다.

1924년 1월 〈흙 한 덩어리〉를 발표했다. 건강이 더 악화했다.

1925년 1월 〈다이도지 신스케의 반생〉을 발표했고, 《근대일본문예독본》전 5권 편집에 참여했으나 인세 관련한 오해를 사 정신적인 피로가 가중되었다.

1926년 위장병과 신경쇠약이 심해져 요양했다. 10월 〈점귀부〉를 발표했다.

1927년 〈세 개의 창〉, 〈겐가쿠산보〉, 〈신기루〉, 〈갓파〉, 〈문예적인 너무도 문예적인〉을 발표했다. 4월 7일 부인의 동창생과 호텔에서 동반 자살을 약속했으나 여자의 변심으로 실패했다. 7월 24일 새벽, 자택에서 치사량의 수면제를 복용해 자살했다. 유서에는 자살의 이유로, '그저 막연한 불안'이라고 썼다. 유고 〈톱니바퀴〉, 〈어느 바보의 일생〉, 〈서방의 사람〉, 〈속 서방의 사람〉이 발표되었다. 7월 27일 영결식이 거행되고 지겐지 묘에 안장되었다.

1935년 친우 기쿠치 간이 문학상인 '아쿠타가와상'을 제정했다.

옮긴이 **김영식**

작가, 번역가. 중앙대학교 일문과를 졸업했다. 2002년 계간《리토피아》신인상(수필)을 받았고 블로그 '일본문학취미'는 2003년 문예진흥원 우수문학사이트로 선정되었다. 역서로는 다니자키 준이치로의《슌킨 이야기》, 나쓰메 소세키의《그후》,《나는 고양이로소이다》, 모리 오가이의《기러기》, 나카지마 아쓰시의《산월기》, 구니키다 돗포의《무사시노 외》, 다카하마 교시의《조선》등이 있고 저서로는《그와 나 사이를 걷다-망우리 사잇길에서 읽는 인문학》(문화체육관광부 우수교양도서) 등이 있다. 산림청장상, 리토피아문학상, 서울스토리텔러 대상 등을 수상했다. 블로그: blog.naver.com/japanliter

아쿠타가와 류노스케 중단편선

라쇼몽

1판 1쇄 발행 2008년 4월 20일
2판 1쇄 발행 2025년 8월 18일

지은이 아쿠타가와 류노스케 | **옮긴이** 김영식
펴낸곳 (주)문예출판사 | **펴낸이** 전준배
출판등록 2004. 02. 11. 제 2013-000357호 (1966. 12. 2. 제 1-134호)
주소 04001 서울시 마포구 월드컵북로 21
전화 02-393-5681 | **팩스** 02-393-5685
홈페이지 www.moonye.com | **블로그** blog.naver.com/imoonye
페이스북 www.facebook.com/moonyepublishing | **이메일** info@moonye.com

ISBN 978-89-310-2551-4 04800
ISBN 978-89-310-2365-7 (세트)

• 잘못 만든 책은 구입하신 서점에서 바꿔드립니다.

문예출판사® 상표등록 제 40-0833187호, 제 41-0200044호

■ 문예세계문학선

★ 서울대, 연세대, 고려대 필독 권장 도서   ▲ 미국대학위원회 추천 도서
● 《타임》 선정 현대 100대 영문 소설   ▽ 《뉴스위크》 선정 세계 100대 명저

1 **젊은 베르테르의 슬픔** 괴테 / 송영택 옮김	34 **지상의 양식** 앙드레 지드 / 김붕구 옮김
▲▽ 2 **멋진 신세계** 올더스 헉슬리 / 이덕형 옮김	35 **체호프 단편선** 안톤 체호프 / 김학수 옮김
●▽ 3 **호밀밭의 파수꾼** J. D. 샐린저 / 이덕형 옮김	36 **인간 실격** 다자이 오사무 / 오유리 옮김
4 **데미안** 헤르만 헤세 / 구기성 옮김	37 **위기의 여자** 시몬 드 보부아르 / 손장순 옮김
5 **생의 한가운데** 루이제 린저 / 전혜린 옮김	●▽ 38 **댈러웨이 부인** 버지니아 울프 / 나영균 옮김
6 **대지** 펄 S. 벅 / 안정효 옮김	39 **인간 희극** 윌리엄 사로얀 / 안정효 옮김
●▽ 7 **1984** 조지 오웰 / 김승욱 옮김	40 **오 헨리 단편선** 오 헨리 / 이성호 옮김
●▽ 8 **위대한 개츠비** F. 스콧 피츠제럴드 / 송무 옮김	★ 41 **말테의 수기** R. M. 릴케 / 박환덕 옮김
●▽ 9 **파리대왕** 윌리엄 골딩 / 이덕형 옮김	42 **파비안** 에리히 케스트너 / 전혜린 옮김
10 **삼십세** 잉게보르크 바흐만 / 차경아 옮김	★▲▽ 43 **햄릿** 윌리엄 셰익스피어 / 여석기 옮김
★▲ 11 **오이디푸스왕 · 안티고네**	44 **바라바** 페르 라게르크비스트 / 한영환 옮김
소포클레스 · 아이스킬로스 / 천병희 옮김	45 **토니오 크뢰거** 토마스 만 / 강두식 옮김
★▲ 12 **주홍글씨** 너새니얼 호손 / 조승국 옮김	46 **첫사랑** 이반 투르게네프 / 김학수 옮김
●▽ 13 **동물농장** 조지 오웰 / 김승욱 옮김	47 **제3의 사나이** 그레이엄 그린 / 안흥규 옮김
★ 14 **마음** 나쓰메 소세키 / 오유리 옮김	★▲▽ 48 **어둠의 심장** 조지프 콘래드 / 이덕형 옮김
★ 15 **아Q정전 · 광인일기** 루쉰 / 정석원 옮김	49 **싯다르타** 헤르만 헤세 / 차경아 옮김
16 **개선문** 레마르크 / 송영택 옮김	50 **모파상 단편선** 기 드 모파상 / 김동현 · 김사행 옮김
★ 17 **구토** 장 폴 사르트르 / 방곤 옮김	51 **찰스 램 수필선** 찰스 램 / 김기철 옮김
18 **노인과 바다** 어니스트 헤밍웨이 / 이경식 옮김	★▲▽ 52 **보바리 부인** 귀스타브 플로베르 / 민희식 옮김
19 **좁은 문** 앙드레 지드 / 오현우 옮김	53 **페터 카멘친트** 헤르만 헤세 / 박종서 옮김
★▲ 20 **변신 · 시골 의사** 프란츠 카프카 / 이덕형 옮김	★ 54 **몽테뉴 수상록** 몽테뉴 / 손우성 옮김
★▲ 21 **이방인** 알베르 카뮈 / 이휘영 옮김	55 **알퐁스 도데 단편선** 알퐁스 도데 / 김사행 옮김
22 **지하생활자의 수기** 도스토옙스키 / 이동현 옮김	56 **베이컨 수필집** 프랜시스 베이컨 / 김길중 옮김
★ 23 **설국** 가와바타 야스나리 / 장경룡 옮김	★▲ 57 **인형의 집** 헨리크 입센 / 안동민 옮김
★▲ 24 **이반 데니소비치의 하루**	★ 58 **소송** 프란츠 카프카 / 김현성 옮김
알렉산드르 솔제니친 / 이동현 옮김	★▲ 59 **테스** 토마스 하디 / 이종구 옮김
25 **더블린 사람들** 제임스 조이스 / 김병철 옮김	★▽ 60 **리어왕** 윌리엄 셰익스피어 / 이종구 옮김
★ 26 **여자의 일생** 기 드 모파상 / 신인영 옮김	61 **라쇼몽** 아쿠타가와 류노스케 / 김영식 옮김
27 **달과 6펜스** 서머싯 몸 / 안흥규 옮김	▲▽ 62 **프랑켄슈타인** 메리 셸리 / 임종기 옮김
28 **지옥** 앙리 바르비스 / 오현우 옮김	▲●▽ 63 **등대로** 버지니아 울프 / 이숙자 옮김
★▲ 29 **젊은 예술가의 초상** 제임스 조이스 / 여석기 옮김	64 **명상록** 마르쿠스 아우렐리우스 / 이덕형 옮김
▲ 30 **검은 고양이** 애드거 앨런 포 / 김기철 옮김	65 **가든 파티** 캐서린 맨스필드 / 이덕형 옮김
★ 31 **도련님** 나쓰메 소세키 / 오유리 옮김	66 **투명인간** H. G. 웰스 / 임종기 옮김
32 **우리 시대의 아이** 외된 폰 호르바트 / 조경수 옮김	67 **게르트루트** 헤르만 헤세 / 송영택 옮김
33 **잃어버린 지평선** 제임스 힐턴 / 이경식 옮김	68 **피가로의 결혼** 보마르셰 / 민희식 옮김

(뒷면 계속)

★ 69 **팡세** 블레즈 파스칼 / 하동훈 옮김
70 **한국단편소설선** 김동인 외 / 오양호 엮음
71 **지킬 박사와 하이드** 로버트 L. 스티븐슨 / 김세미 옮김
▲ 72 **밤으로의 긴 여로** 유진 오닐 / 박윤정 옮김
★▲▽ 73 **허클베리 핀의 모험** 마크 트웨인 / 이덕형 옮김
74 **이선 프롬** 이디스 워튼 / 손영미 옮김
75 **크리스마스 캐럴** 찰스 디킨슨 / 김세미 옮김
★▲ 76 **파우스트** 요한 볼프강 폰 괴테 / 정경석 옮김
▲ 77 **야성의 부름** 잭 런던 / 임종기 옮김
★▲ 78 **고도를 기다리며** 사뮈엘 베케트 / 홍복유 옮김
★▲▽ 79 **걸리버 여행기** 조너선 스위프트 / 박용수 옮김
80 **톰 소여의 모험** 마크 트웨인 / 이덕형 옮김
★▲▽ 81 **오만과 편견** 제인 오스틴 / 박용수 옮김
★▽ 82 **오셀로 · 템페스트** 윌리엄 셰익스피어 / 오화섭 옮김
★ 83 **맥베스** 윌리엄 셰익스피어 / 이종구 옮김
▽ 84 **순수의 시대** 이디스 워튼 / 이미선 옮김
★ 85 **차라투스트라는 이렇게 말했다** 니체 / 황문수 옮김
★ 86 **그리스 로마 신화** 이디스 해밀턴 / 장왕록 옮김
87 **모로 박사의 섬** H. G. 웰스 / 한동훈 옮김
88 **유토피아** 토머스 모어 / 김남우 옮김
★▲ 89 **로빈슨 크루소** 대니얼 디포 / 이덕형 옮김
90 **자기만의 방** 버지니아 울프 / 정윤조 옮김
▲ 91 **월든** 헨리 D. 소로 / 이덕형 옮김
92 **나는 고양이로소이다** 나쓰메 소세키 / 김영식 옮김
★ 93 **폭풍의 언덕** 에밀리 브론테 / 이덕형 옮김
★▲ 94 **스완네 쪽으로** 마르셀 프루스트 / 김인환 옮김
★ 95 **이솝 우화** 이솝 / 이덕형 옮김
★ 96 **페스트** 알베르 카뮈 / 이휘영 옮김
▲ 97 **도리언 그레이의 초상** 오스카 와일드 / 임종기 옮김
98 **기러기** 모리 오가이 / 김영식 옮김
★▲ 99 **제인 에어 1** 샬럿 브론테 / 이덕형 옮김
★▲ 100 **제인 에어 2** 샬럿 브론테 / 이덕형 옮김
101 **방황** 루쉰 / 정석원 옮김
102 **타임머신** H. G. 웰스 / 임종기 옮김
● 103 **보이지 않는 인간 1** 랠프 엘리슨 / 송무 옮김
● 104 **보이지 않는 인간 2** 랠프 엘리슨 / 송무 옮김
▲ 105 **훌륭한 군인** 포드 매덕스 포드 / 손영미 옮김
106 **수레바퀴 아래서** 헤르만 헤세 / 송영택 옮김
▲ 107 **죄와 벌 1** 표도르 도스토옙스키 / 김학수 옮김
▲ 108 **죄와 벌 2** 표도르 도스토옙스키 / 김학수 옮김
109 **밤의 노예** 미셸 오스트 / 이재형 옮김
110 **바다여 바다여 1** 아이리스 머독 / 안정효 옮김
111 **바다여 바다여 2** 아이리스 머독 / 안정효 옮김
112 **부활 1** 레프 톨스토이 / 김학수 옮김
113 **부활 2** 레프 톨스토이 / 김학수 옮김
▲● 114 **그들의 눈은 신을 보고 있었다** 조라 닐 허스턴 / 이미선 옮김
115 **약속** 프리드리히 뒤렌마트 / 차경아 옮김
116 **제니의 초상** 로버트 네이선 / 이덕희 옮김
117 **트로일러스와 크리세이드** 제프리 초서 / 김영남 옮김
118 **사람은 무엇으로 사는가** 레프 톨스토이 / 이순영 옮김
119 **전락** 알베르 카뮈 / 이휘영 옮김
120 **독일인의 사랑** 막스 뮐러 / 차경아 옮김
121 **릴케 단편선** R. M. 릴케 / 송영택 옮김
122 **이반 일리치의 죽음** 레프 톨스토이 / 이순영 옮김
123 **판사와 형리** F. 뒤렌마트 / 차경아 옮김
124 **보트 위의 세 남자** 제롬 K. 제롬 / 김이선 옮김
125 **자전거를 탄 세 남자** 제롬 K. 제롬 / 김이선 옮김
126 **사랑하는 하느님 이야기** R. M. 릴케 / 송영택 옮김
127 **그리스인 조르바** 니코스 카잔차키스 / 이재형 옮김
128 **여자 없는 남자들** 어니스트 헤밍웨이 / 이종인 옮김
129 **사양** 다자이 오사무 / 오유리 옮김
130 **슌킨 이야기** 다니자키 준이치로 / 김영식 옮김
131 **실종자** 프란츠 카프카 / 송경은 옮김
132 **시지프 신화** 알베르 카뮈 / 이가림 옮김
133 **장미의 기적** 장 주네 / 박형섭 옮김
134 **진주** 존 스타인벡 / 김승욱 옮김
135 **황야의 이리** 헤르만 헤세 / 장혜경 옮김
136 **피난처** 이디스 워튼 / 김욱동